Friedrich Gerstäcker, Karl Reinhardt

**Nach Amerika! Ein Volksbuch**

Sechster Band

Friedrich Gerstäcker, Karl Reinhardt

**Nach Amerika! Ein Volksbuch**
*Sechster Band*

ISBN/EAN: 9783337354671

Hergestellt in Europa, USA, Kanada, Australien, Japan

Cover: Foto ©Andreas Hilbeck / pixelio.de

Weitere Bücher finden Sie auf **www.hansebooks.com**

# Nach Amerika!

## Ein Volksbuch

von

# Friedrich Gerstäcker

## Illustrirt von Carl Reinhardt.

### Sechster Band.

Leipzig,
Hermann Costenoble,
Verlagsbuchhandlung.

Berlin,
Rudolph Gaertner,
Amelang'sche Sort.-Buchhandlung.

1855.

―――――――――

## Inhalt des sechsten Bandes.

# Capitel 1.

## Ein Sheriffsverkauf in Arkansas.

Ein volles Jahr war nach den, im letzten Capitel beschriebenen Vorfällen verflossen; die heiße Sonne Amerikas hatte wiederum den Mais und Waizen gereift, und die Früchte und Beeren des Waldes mit süßem Saft gefüllt; durch die blaue sonnenreine Luft zog der weiße wehende Spinnenfaden seine stille Bahn, und legte sich einem duftigen Schleier gleich über die Wipfel des grünen Waldesdoms, in dessen Schatten die feisten Hirsche zu Rudeln zusammenstanden, und die jungen Truthühner in die Zweige hinauf flatterten, die ersten jungen Weinbeeren zu versuchen, die sich mit ihren Reben dort empor gerankt.

Und wie das raschelte und rauschte im stillen Wald, wie sich das blitzende Sonnenlicht in den fallenden Tropfen spiegelte, die ein wohlthätiger Nachtregen über das grüne Laubmeer ausgegossen, und die jetzt leise klopfend auf die gelbe, noch vorjährige Blattdecke des Bodens niederschlugen. Und die Grille zirpte ihr regelmäßig melancholisch Lied, das wie das leise Schnarren einer in zeitrechten Schwingungen gehenden Uhr von allen Seiten tönte, nur manchmal durch den gellenden Schrei eines aufstiebenden Falken gestört, dem der blaue Heher im Busch spöttisch den Warnungsruf nachäffte.

Wie das summte und schwirrte um Lianenblüthen und frisch aufkeimende Waldesblumen, von Bienen und Käfern, zwischen denen hin hie und da, wie ein verirrter Sonnenstrahl, ein blitzender gold und grün schimmernder Kolibri gedankenschnell fast herüber und hinüber surrte, über einem duftenden honigschweren Kelch einen Moment mit unsichtbaren, schattengleich fibrirenden Schwingen stand, und dann verschwunden war, daß ihm das Auge nicht folgen konnte, bis ihn sein Summen an dem nächsten Blüthenbusch verrieth.

Wie die Natur in wundervoller Harmonie, besonders in der Jahreszeit, den ganzen Wald mit ihrer Pracht durchwirkt, und ineinandergreifend Jedes sich die Hände reicht zum schönen Ganzen; wie selbst der morsche umgestürzte Baum, von wilden blühenden Ranken umzogen, zum Bilde hier gehört und nicht fehlen dürfte; ja wär' ein einziger Zweig gebrochen von den tausenden, die überall dem Licht, der Luft die grünen Arme entgegenstrecken, die L ü c k e würde fühlbar, und der fallende Tropfen selbst schmückt das Blatt das er verließ mit höherem Glanz, und wird zur Perle wo er niederfällt.

Und doch ein Miston in der Harmonie — ein dunkler Fleck der da nicht hingehörte, der sich nicht wohl da fühlte und das Ganze störte — ein nasses, schmutziges, verdrießlich unzufriedenes Menschenbild, mitten im Wald, im freien schönen wundervollen Wald — Zachäus Maulbeere, vom Regen durchnäßt, kalt, hungrig, verirrt, festgefahren mit seinem Karren in einem Gewirr von Reben und Wurzeln, und in einer Laune, Milch nur durch bloßes Ansehn zu säuern.

»Ein Gottvermaladeites Land das,« lästerte er, sich erschöpft auf einen umgefallenen Baum setzend und sein Taschentuch, das er in der Hand hielt, zusammenrollend und ausringend, »daß mich der Teufel plagen mußte nach diesem Gottvergessenen Staat zu gehn — Bäume — Bäume — Nichts als Bäume in der Welt — gerade in die Höh und gerade über den Weg. — Schönes Vergnügen das, wo man sich erst sein Schnupftuch a u s r i n g e n muß, daß man sich damit a b t r o c k n e n kann — s c h w a b b e n nannten sie's auf dem Schiff. Und jetzt sitz ich hier — keine Ahnung wo bin — keine Idee von einer Richtung — ein Scheerenschleifer im Wald — Maulbeere, Esel, was hast Du hier im Busch zu suchen, heh? — war Dir zu wohl draußen zwischen den Ansiedlungen im Osten, zwischen dem Waizenbrod und Honig, eh? — mußtest geschwind machen daß Du h i e r h e r kamst, zwischen Maisbrod und Speck, oder gar die Nacht in den Wald hinein — S c h ö n e Nacht die ich da verlebt habe, beim heiligen Sebastian — oben in dem verdammten Baum eingeklemmt gesessen, daß ich die Glieder nicht mehr rühren kann, und das Beest was da um mich her in den

Bäumen geschrieen hat — daß ich nicht gefressen bin ist ein reiner Zufall. — Romantisch im Wald zu lagern eh? — wenn ich nur wenigstens den verdammten langhaarigen Dichter die Nacht bei mir gehabt hätte, um an dem meinen Gift auszulassen — aber zehn gegen eins, der Lump hat die ganze Nacht trocken und behaglich in einem warmen Bett geschlafen, und am andern Morgen lügt er dann wie ein Leichenstein, schreibt von »Gesicht im Thau baden« und »Windsbraut die Schläfe kühlen« — na D i r möcht' ich einmal die Schläfe kühlen Du — Du Blattlaus, statt mit sechs, mit zwei schiefen Beinen. — Und der Herr Schultze — der selige Piepvogel mit einem Gesicht — wenn man's auf einen Stock schnitt, könnte man einen Hund damit prügeln, dem hätte die Nacht kreuzwohl zu Muthe sein müssen — hundemüde auf einem Ast zu sitzen mit dem Kopf unterm Flügel und mit der wohlthuenden Überzeugung beim ersten Einnicken herunter zu fallen und den Hals zu brechen.«

»Das geschieht Dir aber recht, Zachäus, vollkommen recht, mein Herzchen — was dumm ist muß geprügelt werden, und anstatt lieber den alten verdammten Karren, den ich es zum Sterben müde bin im Lande umherzuschieben, in den Mississippi hineinzufahren und umzudrehen, mußt Du auch noch Fährgeld dafür zahlen und damit herüberkommen, dann Wochenlang durch den heißen nassen Sumpf ziehn, um hier endlich an einem Platz, den die Nachkommen gar nicht finden können wenn sie Einem wirklich ein Monument setzen wollten, elendiglich und Gotteserbärmlich umzukommen.«

Maulbeere drückte sich nach diesem Selbstgespräch den alten aufgeweichten Hut fester in die Stirn, stemmte beide Ellbogen auf die Knie, stützte den Kopf in die Hände und starrte finster und mit dicht zusammengezogenen Brauen eine ganze Weile vor sich nieder.

Er sah auch traurig aus; — den grünen Rock trug er noch immer. Das Wild im Wald wechselt seinen Pelz oder sein Fell mit der Jahreszeit, der Vogel hat seine Mauser, die Schlange streift ihre Haut ab, einer neuen Raum zu geben, und jede Kreatur leckt oder säubert dabei ihr Kleid, das ihr der Schöpfer gegeben, nach besten Kräften, streicht Federn oder

Haare glatt und fühlt sich dann erst wohl, und behaglich wenn das geschehn. Nur Maulbeere kannte kein solches Bedürfniß; wie die Katze die Nässe scheut, haßte er, vor allen anderen Elementen, das Wasser; Niemand hatte je gesehen daß er sich wusch; wenn das an Bord geschehen war mußte er es in der Nacht gethan haben und selbst dann heimlich, von der Wacht an Deck unbemerkt. Den grünen Rock, jetzt an unzähligen Stellen geflickt und ausgebessert, trug er noch bis oben an die schwarze, matt glänzende Pferdehaarhalsbinde fest zugeknöpft, der alte Filz, der keine Façon mehr zu verlieren hatte, lag ihm mit seinem, an drei Seiten durch Bindfaden befestigten Deckel, weich und lappig geworden, dicht auf dem Scheitel, und die derben rindsledernen Schuhe, zu denen die durch Dornen unten ausgefranzten großkarirten baumwollenen Hosen niederhingen, schienen das einzig trag- und nutzbare am ganzen Menschen. Auch der blonde starre Bart hatte seit Wochen kein Rasirmesser gesehn, und das kurze semmelblonde struppige Haar hing ihm jetzt naß und in zusammenklebenden Streifen über Stirn und Schläfe, und ließ ihm einzelne durch den defekten Hutrand eingedrungene Tropfen über die fahlgrauen Backen, auf denen sie lange Schmutzstreifen bildeten, in die Halsbinde laufen.

In der widrigen Feuchtigkeit hatte ihn auch sein trockener Humor verlassen, und Maulbeere saß neben seinem Karren wie ein wild gewordener, der Civilisation abtrünnig gewordener Scheerenschleifer, Haß und Groll gegen die ganze Welt — die er überhaupt noch nie lieb gehabt — im Herzen.

Ein Schuß! — Zachäus fuhr in die Höh, als ob ihn die Kugel getroffen hätte, und horchte gespannt, nach welcher Richtung hin er das nächste Geräusch jetzt hören würde, als auch der Fall eines Körpers, nur wenige Secunden später, sein Ohr erreichte.

»Hallo! hupih! — hallo!« schrie er jetzt dorthin aus Leibeskräften, »he! hallo! hallo! hu — ih — ahoy!«

Das laute Anschlagen eines Hundes antwortete dem

fremden Ton, dem gleich darauf der ermunternde Zuruf einer menschlichen Stimme folgte.

»Existirt wirklich noch eine andere menschliche Kreatur in dieser gottvergessenen Mischung von Streu und Nutzholz,« brummte Maulbeere vor sich hin, »fehlte mir jetzt weiter gar Nichts, als daß es so eine verdammte Rothhaut wäre, die eben solchen Hunger hätte wie ich. Aber einerlei, lieber an einem warmen behaglichen Feuer gebraten werden, wie hier madennaß vor Frost und Bauchgrimmen umkommen; also noch einmal ein Nothsignal, die wilde Bestie auf meine Spur zu bringen.«

Und wieder ließ er den Wald von seinem Geschrei ertönen, und nicht lange, so brach ein grau gestreifter, kräftig gebauter Hund durch die Büsche, gerad auf ihn zu, machte noch ein paar tüchtige Sätze gegen ihn an, und gab dann Standlaut.

Maulbeere, der seine besonderen Gründe hatte den Hund nicht gegen sich aufzubringen, konnte unter diesen Verhältnissen nichts anderes thun als sich vollkommen ruhig verhalten; nicht lange aber, so brachen und knackten die Büsche und ein Jäger, die Büchse auf der Schulter, einen eben geschossenen Truthahn, Kopf und Ständer mit Bast zusammengebunden, wie eine Tasche umgehängt, trat aus den Büschen und kam, die wunderliche Gestalt mit dem Karren dabei nicht wenig erstaunt betrachtend, auf Maulbeere zu.

»Hallo Fremder!« rief Jack Owen, denn es war Niemand anders als unser Arkansanischer Freund, »wie zum Henker seid Ihr mit dem Fuhrwerk da in die Gründorn-Flat gerathen?«

»Hineingerathen?« erwiederte Maulbeere, der in den zwei Jahren seines hiesigen Aufenthalts schon ziemlich fertig Englisch gelernt hatte, »fragt mich lieber wie ich wieder hinausgerathe — hier in der Gegend wissen die Leute wohl gar nicht was ein Weg ist?«

»Oh doch,« lachte der Mann, der sich nicht satt sehen

konnte an dem Fremden, »manchmal haben wir hier so schmale Dinger, die man, in Ermangelung besserer, Wege nennt. Aber wo kommt Ihr her? — was habt Ihr da in der wunderlichen Maschine und wo wollt Ihr hin?«

»Wenn Ihr mich gefragt hättet wie ich die Nacht geschlafen habe und ob ich etwas zu essen haben wollte, wäre mehr Sinn d'rin,« brummte Maulbeere verdrießlich. »Wie weit ist's bis zum nächsten Haus?«

»Kaum eine Viertelstunde — wenn Ihr h i e r übernachtet habt, konntet Ihr die Hähne heut Morgen krähen hören — wo habt Ihr geschlafen?«

»Wenn's Euch interessirt,« knurrte Maulbeere, »und Ihr den Spuren nachgehen wollt, die ich mit dem verdammten Kasten hier aufgewühlt, dann kommt Ihr zuletzt zu einem Baum — irgend ein weitläufiger Verwandter von diesen hier — auf dem hab' ich gesessen!«

»Oben im Baum?« lachte der Jäger.

»Wenn ich d r u n t e r gelegen hätte fändet Ihr einen Theil meiner Gliedmaßen vielleicht heute Morgen in dem Magen eines Panthers, und den anderen sauber verscharrt für eine zweite Mahlzeit, unter dem Laube.«

»Unsinn Mann — Ihr könnt hier ein Jahr lang unter einem Baum im Walde schlafen, und wenn Euch die Mosquitos und Holzböcke nicht auffressen, die Panther thun Euch Nichts.«

»So? — es hat wohl nicht Einer dicht bei mir auf einem anderen Baum gesessen, und mir die ganze Nacht eine schauerliche Geschichte vorgeheult, heh?«

»Hahahahaha!« lachte Jack, »das wird eine Eule gewesen sein; in dieser Jahreszeit schläft sich's wundervoll im Wald.«

»Eule,« brummte Maulbeere verächtlich zwischen den Zähnen durch, »wundervoll im Wald schlafen — wer eine Leidenschaft dafür hat. Mir ist's lieber ich erfahre es erst am nächsten Morgen, wenn's in der Nacht geregnet hat.«

»Alle Wetter ja,« rief Jack gutmüthig, »Ihr seid durch und durch naß — es hat die Nacht wohl stark geregnet? und wir zu Hause haben nicht einmal viel davon gemerkt. Aber kommt, nehmt Euer Fuhrwerk und bringt es nur hier herüber mir nach.«

»Wenn ich nicht fest damit säße hätte ich mich nicht hier häuslich niedergelassen,« erwiederte der Scheerenschleifer mürrisch — »das Dornenwerk hält wie Ankertaue.«

»Da wollen wir leicht Bahn hauen,« lachte Jack, sein langes schweres Jagd- oder Bowiemesser aus dem Gürtel nehmend, und die Dornen ringsum mit leichten Schlägen durchhauend, »so — so — so — jetzt versucht's einmal, gleich da drüben wo die alte Eiche liegt geht ein schmaler Kuhpfad nach der Farm zu, dem können wir folgen bis wir in den Reitweg kommen, und dann habt Ihr freie Bahn — gehts?«

»Wenn ich Jemanden finde der dumm genug ist mir den Kasten abzukaufen,« sagte Maulbeere, das Tragband wieder einhenkend und den Versuch machend, »so gebe ich mein Geschäft auf und gehe unter die Millionaire — hol der Teufel das Scheerenschleifen.«

Jack sah ihm lachend zu, bis der Fremde nach drei vier Ansätzen den schweren eingesunkenen Karren nicht vorwärts brachte, dann ging er rasch auf einen jungen Papaobaum zu, von dem er die Rinde, so hoch er hinaufreichen konnte, mit seinem Messer abschlug und niederstreifte, ein Seil daraus drehte, und dieses vorn am Karren befestigend, sich selber vorspannte.

»So — nun noch einmal — a hoy — alle zusammen!«

»Ahoy!« rief Maulbeere, und mit dem Ruck kam der Karren frei, der von den beiden Männern jetzt mit ziemlicher Leichtigkeit bis zu dem schmalen Pfad, und diesen hin bis in den Reitweg gezogen wurde, wo ihn Maulbeere allein fortbringen konnte.

Unterwegs wurde der Scheerenschleifer, mit der Aussicht auf ein warmes Feuer und Essen, wie auf eine heiße Tasse Kaffee aber gesprächiger, erzählte dem Jäger welcher Art sein Geschäft sei, was er thue und treibe und wie er sein Brod erwerbe, und die ganzen Vereinigten Staaten schon durchzogen habe, bis er zuletzt, durch die vielen brillanten Schilderungen der westlichen Staaten verführt worden sei auch h i e r sein Glück zu versuchen, wo er sich jetzt die größte Mühe geben werde, so rasch als möglich wieder fortzukommen.

Jack Owen amüsirte sich ungemein über die wunderliche mürrisch-drollige Ausdrucksweise des Mannes, dem er aber doch zu dessen Trost mittheilte, daß er sich hätte zu keiner glücklicheren Zeit in diese Gegend verirren können, als gerade heute, da sich fast das ganze County in der Nähe der Farm, der sie eben zusteuerten, zu einer sogenannten Camp-Meeting (eine fromme Zusammenkunft im Freien) versammelt sei, während zu gleicher Zeit von dem Gouvernement des Staates der öffentliche Verkauf des ganzen Platzes, in Folge eines alten Processes, anberaumt sei.

Maulbeere horchte hoch auf — von den Camp-Meetings des Westens hatte er schon so viel gehört, daß er selber gespannt war einer derselben beizuwohnen, und Leute die sich bei einer solchen Versammlung einfanden, führten auch stets Geld bei sich. Auf eine gute Einnahme in seinen verschiedenen Branchen durfte er jedenfalls rechnen, und wer weiß was da sonst noch für ihn auftauchte. Maulbeere war ganz der Mann dazu von solcher Gelegenheit den größtmöglichen Nutzen zu ziehn, und daß er sie nicht versäumen würde, fest entschlossen.

Vor ihnen lag jetzt Olnitzkis alte Farm, von der er übrigens keine Ahnung hatte, daß Fräulein von Seebald, seine alte Reisegefährtin, mit ihr in so genauer Beziehung gestanden, und eine Masse Menschen lagerten um zahlreiche dort entzündete Feuer, kochten Kaffee, brieten Fleisch an der Gluth, und gaben dem sonst so stillen Platz ein eigenes lebendiges, fröhliches Aussehn — und wie ernst doch war der Zweck der sie hier versammelt.

Als Olnitzki damals von Jack Owen erschossen worden, galopirte Soldegg nach Little Rock zurück und — klagte nicht etwa gegen die Farmer und Squatter von Arkansas, er war zu klug dazu, und wußte was ihm selber geschehen konnte in dem Fall, aber er verkaufte seine rechtsgültigen von Olnitzki selber gezeichneten Papiere, die den V e r k a u f seiner Farm wie seines sämmtlichen Viehstands, mit Ausnahme eines einzigen Pferdes betrafen, an einen Advokaten in Little Rock, einen sonst schlauen und durchtriebenen, aber erst seit kurzer Zeit aus den östlichen Staaten hierhergekommenen Burschen, für den halben Werth gegen baar Geld, womit er Arkansas verließ.

Der Advokat, ein gewisser Kowley, reiste ohne Weiteres nach Oaklandgrove hinüber, sein Eigenthum in Besitz zu nehmen, fand sich aber hierin getäuscht, erfuhr daß Olnitzkis Frau, die Einzige die nach den Begriffen der Nachbarn etwas zu sagen habe, Farm und Vieh einer Waise geschenkt habe, die der von Olnitzki erschossene Riley hinterlassen, die Nachbarn es übernommen hätten die Farm für diese zu bewirthschaften, bis sie den Besitz selber antreten könne, und daß keine Klaue und kein Huf von diesem Eigenthum ihre »range« verlassen solle, in andere Hände überzugehen.

Mr. Kowley sah sich genöthigt unverrichteter Sache nach Little Rock zurückzureiten; aber keineswegs gesonnen sich »in seinem guten Recht« durch eine Bande gesetzloser Squatter, wie er sie nannte, stören zu lassen, machte er die Sache in Little Rock anhängig, und ein ordentlicher Proceß entstand, von dessen Kosten sich die Squatter schon durch das sie schützende Gesetz[1] freihielten, der aber doch, nachdem er sich über Jahr und Tag hingezogen, g e g e n die Squatter entschieden und ein Termin zu gleicher Zeit anberaumt wurde, an dem die früher dem Polen Olnitzki gehörende und käuflich an Mr. John Kowley übergegangene Farm, mit den dazu gehörigen und in dem Verkaufsbrief einzeln aufgeführten Pferden, Rindern und Schweinen, öffentlich und an den Meistbietenden verkauft werden sollte.

D e r Termin war heute, und zwei, gerade in jenem County

befindliche Geistliche, sogenannte *circuit riders*, die von ihren Consistorien ausgeschickt werden die noch wenig bevölkerten Distrikte, in denen keine Kirchen sind, zu durchziehn und dort zu predigen, hatten sich entschlossen für den nächsten Tag eine schon längst beabsichtigte »Betversammlung im freien Walde« anzusagen, da der Gerichtstermin ja ohnedieß eine Menge Menschen herbeiziehen mußte. Ob gerade d i e s e Gelegenheit eine sonst passende war kümmerte sie wenig, sobald nur viel Menschen dort zusammen kamen und die Beisteuer zu ihren milden Zwecken — Kirchenbau, Missionswesen, Bibelvertheilung und Erhaltung der Geistlichen — recht reichlich ausfiel.

Jack Owens sonst so freundliches Gesicht nahm aber einen recht ernsten, finsteren Ausdruck an, als er den freien Platz betrat auf dem die Fremden versammelt waren, und unter diesen eine ziemlich große Zahl städtisch gekleideter Advokaten und Kaufleute von Little Rock, die theils Neugierde, theils wirkliche Lust zu kaufen hier heraus in den Wald getrieben, erkannte. Schweigend, und von seinem Begleiter dicht gefolgt, seine Büchse über der Schulter, seinen großen Hund hinter sich, ohne zu grüßen, ohne umzusehen, schritt er zwischen der Schaar durch und auf das Haus zu, in dessen Thür ein junges, bildhübsches vielleicht vierzehnjähriges Mädchen stand, und ihm freudig und herzlich beide Hände entgegenstreckte.

»Oh Gott segne Euch Mr. Owen« rief ihm das etwas bleich und angegriffen aussehende Kind entgegen — »wie froh, wie glücklich bin ich daß Sie endlich angekommen sind; ich hatte schon solche Angst Sie — Sie würden —«

»Doch nicht fortbleiben heute, Jenny?« lachte der Jäger, gutmüthig ihre zarten Wangen und das goldene Haar aus ihrer Stirn streichend — »nein mein Kind, wir verlassen Dich nicht, darauf darfst Du bauen; dieß ist deine Heimath und soll es bleiben und wenn wir Alle unsere Heerden verkaufen müßten, sie Dir zu erhalten — wohin es aber nicht kommen wird. Wie geht's Deiner Großmutter, Herz?«

»Schlecht Mr. Owen, recht schlecht — die vielen Menschen

da draußen machen ihr Angst — sie hat stärkeres Fieber heute gehabt, und ist vor einer halben Stunde etwa nur erst eingeschlafen.«

»Hier hab' ich Dir 'was zu leben mitgebracht, Jenny« sagte der Jäger, dem Kinde lächelnd das Kinn emporhebend — »ein junger Truthahn, aber feist wie Butter; die ißt Du ja so gern. Doch dem Mann da, — ein Fremder der sich verirrt und die Nacht im Walde zugebracht hat — mußt Du etwas zu essen machen und einen Platz an Deinem Feuer gönnen bis er sich getrocknet hat, wenn er sich nicht lieber draußen in die Sonne legt. Hast Du etwas für ihn?« —

»Für Sie und ihn, Mr. Owen, der Kaffee ist fertig und steht am Feuer, ebenso das Brod, und der Speck ist in wenigen Minuten gebraten.«

»Bravo mein Herz, dann können wir gleich zulangen; ich habe überdieß schon den ganzen Morgen durch den Wald gepirscht, solch einen Vogel für Dich zu suchen, und Dir dabei gleich den Scheerenschleifer gefangen, der die Nacht irgendwo im Wald aufgebäumt war aus Furcht vor Panthern und wilden Bestien. Kommen Sie herein, Mister, wie ist gleich ihr Name? — Mowlbare — wunderliches Wort das, aber ich denke Sie halten's wohl mit dem alten Sprichwort was wir hier im Walde haben — einerlei w i e man uns ruft, nur nicht zu spät zum Essen!«

Maulbeere ließ sich nicht zweimal nöthigen — seinen Karren draußen vor der Thür stehn lassend, nahm er den alten aufgeweichten Filz vom Kopf, strich sich die nassen struppigen Haare aus der Stirn, und machte Miene sich ohne Weiteres an den schon gedeckten Tisch zu setzen, auf den die Kleine eben die breitfüßige blecherne und dampfende Kaffeekanne stellte.

»Wenn Sie sich erst waschen wollen, so steht draußen der Eimer und das Becken« sagte Jack, dem es vielleicht so vorkam, als ob ein wenig Seifenwasser der Physiognomie und den Händen des Fremden eben nicht schaden könne.

»Danke« sagte aber der Scheerenschleifer in aller Ruhe —

»ich bin die Nacht gerade genug gewaschen, und habe mir das Wasser verleidet — Kaffee ist mir lieber.«

»Helft Euch selber dann« sagte Jenny freundlich, dem wunderlichen Fremden einen Stuhl zum Tisch rückend — »Ihr seid herzlich willkommen zu Allem was wir haben.«

Die beiden Männer setzten sich und aßen, und eine Weile wurde weiter Nichts gehört, als das Klappern der Messer, Gabeln und Tassen, von denen noch einige aus Olnitzkis Nachlaß übrig geblieben waren und über die sich Maulbeere allerdings den Kopf zerbrach, wie solch reich vergoldetes, weit anderen Verhältnissen angehörendes Geschirr hierher seinen Weg gefunden haben konnte. Er würde freilich noch weit mehr erstaunt gewesen sein, wenn er erfahren hätte daß die nämliche allerdings henkellose und oben ausgebrochene Tasse aus der er trank, mit ihm auf ein und demselben Schiffe von Deutschland erst herübergekommen wäre. Die Lebensmittel, besonders der heiße Kaffee nahmen jedoch seine Aufmerksamkeit viel zu sehr in Anspruch, sich für jetzt um irgend etwas anderes zu bekümmern, und wieder und wieder mußte Jenny die Tasse füllen.

»Jenny« sagte da Jack nach langer Pause, in der seine Blicke ernst und sinnend über den kleinen Raum geschweift waren — denn das vergoldete Geschirr hatte bei ihm ganz andere Erinnerungen wach gerufen, »wenn das Haus nachher zum Verkauf angekündigt ist, wirst Du mit bieten müssen, Herz.«

»Ich, Mr. Owen?« sagte das arme Kind, wehmüthig lächelnd, »Du lieber Gott, mit was sollt ich wohl bieten; Sie wissen ja recht gut daß wir Nichts haben auf der weiten Welt.«

»Hast Du gar kein Geld, Jenny?« sagte Jack, sie halb erstaunt aber recht freundlich anschauend — »gar Nichts, nicht ein ganz klein wenig?«

»Ein ganz klein wenig, oh ja« lächelte das Mädchen gutmüthig — »einen Viertel Dollar in Silber, den mir Großmutter schon vor langer langer Zeit gegeben.«

»Nun siehst Du wohl, Schatz« lachte der Jäger, »daß Du reicher bist wie Du Dich machst? das ist vollkommen genug.«

»E i n Viertel Dollar, sagte ich Mr. Owen.«

»Jawohl, und noch dazu in Silber.«

»Aber was soll ich d a m i t anfangen?«

»Nun die Farm und das Vieh kaufen — ganz Arkansas kannst Du freilich nicht dafür bekommen.«

Das Mädchen wandte sich langsam ab eine aufsteigende Thräne zu unterdrücken, denn der Scherz that ihr weh; Jack aber, der sie nicht kränken wollte, stand auf, ging zu ihr, legte seine Hand auf ihre Schulter und sagte freundlich —

»Es i s t kein Scherz, Jenny, Du mußt gewiß mit bieten, ja noch mehr, Du mußt den Anfang machen. F ü r ch t e s t Du Dich wenn ich dabei bin?«

»Nein Mr. Owen« sagte das Mädchen herzlich — »aber ich begreife nur nicht —«

»Wirst das schon Alles noch erfahren — welche Zeit haben wir jetzt?«

»Bald elf Uhr, nach der Sonne.«

»Alle Wetter, dann ist auch nicht mehr viel zu versäumen, um elf beginnt die Auktion — wenn ich Dich rufe komm zu mir hinaus. Und Sie, Mr. Mowlbare können heut etwas Neues sehn in Arkansas, aber« — setzte er ernster und fast wie drohend hinzu — »wenn ich Ihnen zum Besten rathen soll, so bieten Sie nicht mit.«

»Danke herzlich« sagte Maulbeere verbindlich — »spüre für jetzt noch nicht die mindeste Lust mich in Arkansas niederzulassen — aber hinaus darf man doch kommen?«

»Gewiß, gewiß« lachte Jack wieder, »und werden treffliche

Gesellschaft da finden;« und seine Büchse schulternd, während er dem Mädchen freundlich zunickte, verließ er rasch das Haus.

Draußen kamen indessen Fremde auf Fremde, sammelten sich um die verschiedenen Feuer, wo sie einen Bekannten trafen, oder besahen auch wohl die aus dem Nachlaß von den Nachbarn selber herbeigebrachten Pferde, die dort ausgehobbelt — d. h. mit zusammengebundenen Vorderfüßen — an hingeworfenen Maiskolben knapperten, und munter den immer und immer wieder neuankommenden Reitern entgegenwieherten.

Um den Sheriff, der von Little Rock selber herübergekommen war den Verkauf zu leiten, hatte sich dabei eine ziemliche Anzahl von »Stadtleuten« versammelt; der Platz ging jedenfalls für ein Spottgeld weg, denn der jetzige Eigenthümer Mr. Kowley, wollte ihn um jeden Preis los sein, und die Pferde allein, wackere prächtige Thiere, hatten einen guten Werth.

Jack ging wieder zwischen den Gruppen durch, ohne sie auch nur eines Blicks zu würdigen, und hie und da flüsterte man wohl leise hinter ihm her, daß das der Mann sei, der den frühern Eigenthümer dieses Platzes erschossen. Vor eine Jury damals gestellt war er aber, da es in Selbstvertheidigung geschehen, frei gesprochen worden; Olnitzki hatte zuerst nach ihm geschossen, und der Wille allein wäre genügend gewesen, selbst ohne die, noch damals nicht geheilte Narbe von dessen Kugel. Die Leute von Little Rock hielten sich aber fern von dem Mann; sie wollten mit den Squattern dieses Distrikts, die den Ruf eines wilden unzähmbaren Volkes hatten, so wenig als möglich in Berührung kommen, und waren vollkommen zufrieden Niemand weiter von der Schaar zu sehn, wenn sie sich auch eigentlich darüber wunderten.

»Gentlemen!« redete da der Sheriff die Versammlung an, »es wird etwa elf Uhr sein, und ich glaube wir können die Auktion beginnen, damit die Herren, die noch gesonnen sind heute nach Little Rock zurückzukehren, Zeit dazu behalten. Wir sind doch wahrscheinlich Alle versammelt, die an dem Kaufe Theil nehmen wollen und ich werde anfangen.«

Jack Owen stand etwa zwanzig Schritt von ihm entfernt, als er diese Worte an die ihm Nächsten richtete, und nahm jetzt, ohne eine Sylbe darauf zu erwiedern, seine Büchse von der Schulter. Zugleich spannte er den Hahn, zielte einen Augenblick nach dem Wipfel einer der nächsten Eichen, und bei dem Krachen des Schusses stürzte ein Rothkehlchen, das sich dort oben im Gefühle völliger Sicherheit niedergelassen, gänzlich von einander geschossen herunter zu Boden.

»Ein famoser Schuß!« riefen Einige der Stadtleute, die nicht recht wußten was sie aus dieser plötzlichen Schießübung mitten zwischen sich machen sollten — »ein vortrefflicher Schuß!« Der Sheriff nur wandte sich mit eben keinem freundlichen Blick gegen den Schützen um, sagte aber Nichts und Jack, ohne die geringste Notiz von irgend Jemand Anderem zu nehmen, stieß seine Büchse vor sich auf den Boden nieder, reinigte sie, und lud sie wieder.

Da brachen rings die Büsche, Rosse wieherten, Hunde schlugen an; überall raschelte und knackte es im Wald, und der Boden zitterte unter den schmetternden Hufen einer heranstürmenden Anzahl Pferde, nach denen sich die hier um die Feuer Versammelten kaum überrascht, ja erschreckt umsehen konnten, als auch schon einige dreißig kräftige wilde Gestalten, fast Alle in lederne oder wollene Jagdhemden und ausgefranzte Leggins gekleidet, ihre langen Büchsen über der linken Schulter, ihre Messer an der Seite, die Zügel ihrer Thiere locker in der rechten Hand, Einzelne im bloßen Kopf mit flatternden Haaren wie Indianer, Andere mit alten Filz- oder Strohhüten auf, über umliegende und dort umhergestreute Stämme wegsetzend, herankamen, und dicht um die Feuer her ihre schnaubenden Thiere parirten. So rasch und plötzlich und so mit einem Mal von allen Seiten war die Schaar der Backwoodsmen, sämmtlich Nachbarn hier und Squatter dieser Niederungen, herangekommen, daß der Schuß des Einen von ihnen jedenfalls das S i g n a l für Alle gewesen sein mußte, die schon lange darauf harrend im Hinterhalt gelegen. Aber Keiner von ihnen kümmerte sich um den

Anderen, und handelten sie nach einem Entschluß, so war der jedenfalls schon früher verabredet und besprochen, und bedurfte keines weitern Worts noch Winkes. Aber Alle warfen sich jetzt von den Pferden, hingen die Zügel der scharrenden, stampfenden Thiere an den nächsten schwingenden Zweig der ihnen zur Hand war, und traten dann, ihre Büchsen auf den Schultern und trotzig genug sich dabei im Kreise umsehend, mitten zwischen die Käufer hinein, so daß sie diese von allen Seiten umgaben und umstanden. Unter ihnen waren der alte Rosemore, Bill Jones, Sam Houston und überhaupt das ganze »*settlement*« oder die Nachbarschaft — Keiner fehlte.

Wenn Jemand in der ganzen Versammlung, so hatte aber der Sheriff von Little Rock diese »Demonstration«, für was er sie nicht ganz mit Unrecht hielt, in Zorn und Unwillen angesehn, ohne freilich dagegen einschreiten oder auch nur etwas dawider äußern zu können. Daß die Leute mit ihren Waffen kamen verstand sich von selbst, ein Backwoodsman geht nie ohne diese, nicht hundert Schritt von seiner Hütte ab, vielweniger eine Strecke durch den Wald, sei die Gelegenheit welche sie wolle, und das stille ernste Benehmen der Männer ließ ebenfalls auf keine Störung schließen; nichtsdestoweniger gefiel ihm das plötzliche Ankommen der Leute nicht, das auch auf die übrigen Käufer, die schon wußten daß der Verkauf nicht mit dem Willen der »Nachbarn« geschah, einen fatalen Eindruck gemacht. Dem Gesetz durften sie aber nicht mit Gewalt entgegentreten, und so oft sie dasselbe auch in ihre eigne Hand schon genommen, hüteten sie sich doch jedenfalls den Sheriff in seinem Amt zu hindern. So also auf einen der zahlreichen dort umherstehenden, kurz abgehauenen Baumstümpfe tretend, die Versammlung besser übersehn zu können, zeigte er dieser mit kurzen Worten an daß der Verkauf der Farm jetzt beginnen solle, die er, Zeit und Mühe zu ersparen, und nach dem bestimmt ausgesprochenen Willen des jetzigen Eigenthümers, Mr. Kowley aus Little Rock, gleich mit dem dazu gehörenden Vieh, Pferden, Rindern und Schweinen in einem Gebot an den Meistbietenden losschlagen würden, wonach es dann dem Käufer überlassen bleibe, wenn er es für gut finden sollte, Pferde oder Vieh wieder besonders zu versteigern.

»Ein Wort Mr. Sheriff!« sagte da plötzlich der alte Rosemore mit seiner tiefen, ruhigen Stimme, indem er ebenfalls den Kolben seiner Büchse auf einen andern Stumpf stemmte und hinaufstieg; »ich bin als Ältester hier unter uns, und von den Nachbarn beauftragt worden noch ein paar Worte an die Versammlung zu richten.«

»Ich glaube nicht daß etwas derartiges nöthig sein wird« sagte der Sheriff — aber von allen Seiten rief es »doch, doch! sprecht Sir — was giebt's« und der Sheriff, sich die Unterlippe beißend, schwieg.

»Ich bin gleich fertig« sagte der alte Mann freundlich, »denen nur die es noch nicht wissen, wollte ich hier blos einfach mittheilen daß Farm, Pferde und Vieh von dem früheren Besitzer, dem Polen Olnitzki, an einen anerkannten falschen Spieler und sonst gar verdächtigen Menschen, der es seit der Zeit nie wieder gewagt hat zwischen uns zu erscheinen, im falschen Spiel, wie sich später herausgestellt hat, verloren wurden.«

»Mr. Rosemore« — unterbrach ihn der Sheriff.

»Entschuldigen Sie mich, Sir, ich bin noch nicht zu Ende« sagte der alte Mann ernst und fuhr dann langsam fort, »die Frau wie wir Alle hier wissen, die jener Olnitzki schlimmer behandelt hat, als ein Indianer seine Squaw behandeln würde, stammte aus einer edlen und reichen Familie, und hatte mit ihrem Geld, als sie nach Amerika kamen, Farm und Viehstand, von dem Olnitzki schon früher drei Viertheile durchgebracht, gekauft — aber sie besaß keine Papiere darüber. Vor mehren Jahren hat ferner jener Olnitzki, den hier später seine Strafe erreichte, einen armen aber rechtlichen Mann im allerdings ordentlich abgehaltenen Zweikampf erschossen, weil dieser nicht ruhig zusehn wollte, wie er seine arme, kränkliche Frau mishandelte und schlug. Der Mann hieß Riley und hat eine alte kranke Frau, seine Großmutter, und eine jüngere Schwester ein Kind noch fast, hinterlassen, das dort in der Thür der Hütte steht. Diesem Kinde hat Olnitzki's Frau, als sie mit ihrer Schwester nach des Polen Tode uns verließ, die Farm mit dem sämmtlichen Viehstand geschenkt. Wir Nachbarn erklärten dabei, daß Olnitzki kein Recht gehabt habe die Farm, die seiner Frau gehörte zu ver s pielen, die Gerichte in Little Rock entschieden aber anders. Nach langem Streiten gewann jener Advokat, der von dem falschen Spieler Land und Vieh zu einem Spottpreis gekauft, den Prozeß, und der Herr Sheriff ist heute herübergekommen, Land und Viehstand an den Meistbietenden öffentlich zu versteigern. D a s , Mitbürger, ist der Thatbestand der Sache, und wir Nachbarn« — setzte er mit lauterer Stimme hinzu, »sind der Meinung daß das Kind die Farm, die ihm rechtmäßig schon gehört, erstehen wird.«

»Das kommt auf die Gebote an, Sir!« rief der Sheriff heftig.

»Ei versteht sich, Sir,« sagte der alte Rosemore — »auf die Gebote, und ich bitte daß Sie beginnen. Jack Owen — seid doch so gut und führt das arme Kind einmal hier zwischen die Herren herein — es fürchtet sich sonst näher zu treten; Sie sind wohl so freundlich, Gentlemen, und machen ihm Platz!«

»Oh ja wohl — mit dem größten Vergnügen!« riefen die dem Haus zunächst Stehenden bereitwillig, und Jack Owen schritt langsam dem Hause zu, nahm Jenny, der er einige ermuthigende Worte zuflüsterte, an die Hand, und führte das junge zitternde Mädchen in den Kreis der Männer, die eine Gasse für sie öffneten.

»Oh Bill!« rief während der kleinen Pause die jetzt entstand, Einer der Backwoodsmen, ein rauher, wild aussehender Bursche einem Andern über den ganzen Kreis hinüber zu — »ich habe die Nacht einen schändlichen, nichtsnutzigen Traum gehabt — mir träumte ein feiner Bursche mit einem Tuchrock an, hatte die Farm erstanden, und wie ich zu Haus ritt lag er im Gründorn Flat auf des Polen Grab, und hatte einen rothen, häßlichen Fleck mitten auf der Stirn.«

»Ah Unsinn Jim!« lachte der Andere zurück, »D e i n

Traum hinkt, denn ich habe geträumt es hätte gar Niemand mitgeboten!«

»Gentlemen ich protestire hier feierlich gegen jede drohende Einwirkung auf den Verkauf dieses Gutes!« fiel hier der Sheriff hitzig ein, »oder ich sehe mich genöthigt mich unverrichteter Sache zurückzuziehn, und dem Staatsanwalt Anzeige solchen Benehmens zu machen.«

»Thut Euere Pflicht Sheriff!« rief aber der alte Rosemore ruhig — »es wird kein Mensch mehr ein Wort hineinreden — daß sich ein paar junge Burschen ihre albernen Träume erzählen darf Euch nicht kümmern.«

Der Sheriff zögerte noch einen Augenblick und berieth sich in leisem Flüstern mit den ihm nächst Stehenden was zu thun, ein späterer Termin würde aber ebenfalls zu keinem andern Resultat geführt haben, die Käufer hatten jedenfalls das Gesetz und seinen mächtigen Arm auf ihrer Seite, und nach kurzer Einleitung, in der er jetzt die Zahl der urbar gemachten Äcker, der Pferde, die von den Kauflustigen schon in Augenschein genommen, die Anzahl Kühe, Rinder und Schweine aufgezählt, eröffnete er die Auktion und lud die Anwesenden zu einem Anfangsgebot ein.

Im ersten Augenblick herrschte tiefe Stille, das Zirpen der Grillen drang peinlich deutlich von den nächsten Bäumen herüber, und man konnte das Athmen der Menge hören. Da bog sich Jack Owen freundlich zu dem jungen Mädchen nieder und flüsterte ihr ein paar ermuthigende Worte zu und Jenny, mit todtenbleichen Wangen und zitternden Lippen, aber klaren, blitzenden Augen, trat einen Schritt vor und sagte mit nicht lauter, aber doch bis selbst zu den entferntest Stehenden dringend:

»Ich biete einen Viertel Dollar für das Ganze.«

»Unsinn!« rief der Sheriff, in auflodernder Wuth mit dem Fuße stampfend, »wir haben hier kein Kinderspiel für müssige Leute — ein Viertel Dollar, wo das Gebot in die Hunderte steigen muß, nur den halben Werth zu erreichen.«

»Gebot ist Gebot!« rief es von anderer Seite, »der Verkauf hat begonnen — thut Euere Pflicht Sheriff!«

»Ich brauche mich von Niemanden an meine Pflicht mahnen zu lassen!« schrie dieser, leichenbleich vor innerem Grimm, dem er doch nicht Worte geben durfte, den Männern gegenüber.

»Ein Viertel Dollar ist geboten,« sagte der alte Rosemore ruhig, »Jenny wird es wohl für den Preis bekommen.«

»Wenn kein Gebot geschieht,« rief jetzt der Sheriff, mit Zornfunkelnden Augen, »hebe ich den Verkauf auf!«

»Ein Gebot i s t geschehn!« schrie da Einer der jungen Backwoodsmen, derselbe, der vorher seinen Traum erzählt, und trotzig dabei mit der Büchse in den Kreis springend, »wir Männer von Arkansas sind eingeladen worden dem Verkauf heute beizuwohnen; der Verkauf hat begonnen, ein Gebot ist gemacht worden und ich frage Euch hier, die Ihr anwesend seid, ob etwas Unregelmäßiges in der Verhandlung stattgefunden?«

»Nein — Nichts!« schrie es von allen Seiten, »die Advocaten mögen uns Ihre Dintenklexer hier herüberschicken und uns die Farmen unter der Nase ausbieten lassen, wir können und wollen es ihnen nicht wehren, aber laß sie es wagen unsere Gebote nicht zu respektiren, und wenn es sich um einen einfachen Cent handelte, und bei Höll und Teufel wir schicken sie heim, daß ihre Haut keine Maishülsen mehr halten sollte.«

»Ein Viertel Dollar ist geboten Gentlemen!« rief der alte Rosemore wieder so ruhig wie vorher, »Mr. Sheriff wollen Sie weiter fragen, oder glauben Sie daß der Preis genügt? es wird Mittagszeit, und wir, die wir noch zur *Campmeeting* zu reiten wünschen, möchten doch erst gern zu Hause etwas essen.«

»Gentlemen!« rief aber der Sheriff auch, sich jetzt ermannend, »Sie werden dieses Scheingebot eines Kindes nicht gelten lassen. Das Gesetz und sein starker Arm schützt Sie in jedem Gebot das Sie machen, und meinen eignen Hals will ich zum Pfande setzen daß der von Ihnen, der dieß Gut zu irgend einem Preis ersteht, auch in den rechtlichen Besitz desselben gelangen soll.«

»Mein Traum wird doch wahr, Bill,« rief der Backwoodsman wieder über den Kreis hinüber.

»Denkt nicht daran,« lachte der Andere, »der Sheriff hat ja seinen Hals verpfändet, und wird die Farm vielleicht selber kaufen wollen.«

»Ein Viertel Dollar ist geboten,« begann zum dritten Mal der alte Rosemore, »wenn Ihr nicht selber jetzt die Auktion beginnt, Sheriff, dann thun w i r es — überschreitet Euere Pflicht nicht, denn w i r sind hier herbestellt, und verlangen den Zuschlag für den Käufer.«

»Auf ein solches Gebot schlag ich nicht zu!« schrie aber der Sheriff, jetzt außer sich vor Wuth, »wer will mich zwingen?«

»Das Gesetz!« tobten ihm da die Backwoodsmen entgegen, »glaubt Ihr, daß Ihr uns hier zum Narren haben könnt, gerad' nach Gefallen, und herbestellen wenn es Euch freut, weil Euch ein Gebot nicht behagt? Die Farm ist angesetzt und feil gemacht; das Kind dort hat einen Viertel Dollar geboten und bietet Niemand mehr, und schlagt Ihr dann nicht zu, so straf uns Gott, wenn ein anderer Auktionator, ein anderer Käufer seinen Fuß wieder auf dieses Land setzen soll.«

»Und Keiner bietet einen Cent mehr,« knirschte der Sheriff zwischen den Zähnen durch — wagte aber selber kein höheres Gebot — »Gentlemen ich wiederhole es hier nochmals — das G e s e tz schützt Sie in jedem Gebote das Sie thun, und kein Bürger der Vereinigten Staaten d a r f und wird sich dem widersetzen, denn die Folgen würden schwer und furchtbar auf sein eigenes Haupt zurückfallen. So beginne ich denn nochmals den Verkauf — z w e i B i t s sind geboten, und ich erwarte daß der zweite Bieter mit eben so viel hundert ganzen Dollarn nachfolgen wird — i c h — das

Gesetz steht ein für sein gewahrtes Recht.«

Alles schwieg — der Amerikaner läßt selten lange auf sich warten, wo sich die Aussicht auf Gewinn für ihn bietet, aber die dunklen trotzigen Gestalten hier umher — das Blut das schon unter diesen Bäumen geflossen, ohne daß selbst das Gesetz im Stande gewesen war es zu sühnen, die Drohung selbst, die versteckt, aber doch deutlich genug in dem erzählten Traum lag — hie und da vielleicht auch mit dem Rechtlichkeitsgefühle Manches, der doch wohl einsah daß dem Kind — wie das Gesetz auch da geurtheilt — die Farm gehören müsse — Keiner bot.

Wieder und wieder suchte sie der Sheriff nur erst zu einem Gebot zu treiben, dem dann leicht andere folgen würden — umsonst und endlich selber gereizt, und wüthender fast über die herübergekommenen Käufer als über die Squatter selbst rief er, während die »Nachbarn« ringsum lautlos standen, denn sie wußten jetzt daß sie gesiegt hatten — mit bleichen Wangen und vor innerer Aufregung funkelnden Blicken:

»Gut — wenn Ihr Alle denn zu feige seid Euer Recht zu wahren, und der, der am meisten dabei interessirt ist, sein ausgelegtes Geld wenigstens für das Land wieder zu bekommen, sich gar nicht dabei blicken läßt, was kümmerts mich. Also,« und seine Hand hob sich dabei sie zum Zuschlag sinken zu lassen, »ein Viertel Dollar ist geboten — ein Viertel Dollar zum ersten — kein Gebot weiter? — ein Viertel Dollar zum zweiten« — eine Todtenstille herrschte, man konnte das Zwitschern der Vögel weit im Wald drinne, das Glucken und Kratzen der Hennen vor dem Hause hören — »ein Viertel Dollar zum zweiten, und —« die Hand kam nieder, und mit der Bewegung das Wort: »zum — Dritten!«

»Hurrah! Hurrah!« tobten und jubelten und jauchzten die wilden Gesellen um ihn her — »piff, paff,« gingen die Freudenschüsse hoch in die Luft, und Jack Owen, in der linken Hand seine abgeschossene Büchse schwingend, griff mit dem rechten, eisernen Arm das junge, ängstlich umherschauende, und seinem Glück noch immer nicht

26

trauende Mädchen vom Boden auf und trug es, unter dem Jubelruf der Menge, zwischen die Schaar der Nachbarn hinein. Alle Hände streckten sich nach ihr aus, den rauhen wilden Gesellen standen Thränen in den Augen, und im Triumphe wurde Jenny jetzt dem Hause zugetragen, als neue, rechtmäßige Besitzerin.

# Capitel 2.

## Maulbeere in der Betversammlung.

Die Auktion war vorüber; Farm und Viehbestand gehörte dem jungen Mädchen, trotz jenem Jahrelang geführten Proceß, und all die Käufer, die hergekommen waren das Land, die Pferde zu erstehn, und sich das Alles nun mußten wie ein schönes Traumbild unter den Händen selbst wegschwinden sehen, standen im ersten Augenblick allerdings etwas verdutzt und unbehaglich da, und wußten nicht recht was für ein Gesicht sie dazu machen sollten. Daß die Backwoodsmen nämlich eine solche Drohung, wie sie der eine Bursche so schlau in seine Träume geflochten, wahr machen k ö n n t e n, daran zweifelte nicht Einer von ihnen; des Polen Grab lag keine tausend Schritt von dort entfernt, ein blutig Zeichen, und ein Land kaufen das der Eigenthümer nie hätte wagen dürfen in Besitz zu nehmen, wär auch ein Geldverschleudern nur gewesen, wie der New-Yorker Advokat zu seinem Schaden jetzt erfahren.

»Unter den Umständen durften wir gar nicht bieten,« sagte da der Eine von ihnen zu dem Andern, »der alte Mann hatte ganz recht — man kann doch der kranken Frau und dem Kind das Haus nicht unter den Füßen wegkaufen, und sie in den Wald setzen? — ich wenigstens möchte das nicht auf meinem Gewissen haben.«

»Ich auch nicht,« rief ein Anderer, »die arme Kleine; was für ein hübsches Mädchen das einmal wird — und wie bleich sie aussah.«

»Mit Güte kann man bei mir Alles ausrichten,« sagte ein Dritter, »und ein gutes Wort findet einen guten Ort — die Leute waren klug genug daß sie nicht wirklich drohten.«

»Das wußten sie wohl daß ihnen das Nichts half,« rief der Erste wieder, »was hätten sie machen wollen wenn wir das

Haus erstanden? aber so ist's besser und hundert Dollar sind mir nicht so lieb, als daß es die Kleine bekommen hat.«

Maulbeere war ein stiller, aber höchst aufmerksamer Zuschauer des Ganzen gewesen, und so sehr ihn die höchst eigenthümliche Verhandlung interessirt, überlegte er doch eben, ob er nicht besser seinen eigenen Nutzen jetzt auch ein wenig wahren, und seinen Karren herbeischieben solle, der Versammlung mit wenigen eindringlichen Worten ihre eignen stumpfen Messer und sonstigen Bedürfnisse in's Gedächtniß zurückzurufen, als die Backwoodsmen plötzlich Alle wieder zu ihren Pferden gingen, die Zügel von den Zweigen warfen, in die Sättel sprangen und mit einem wilden Hupih, von den laut anschlagenden Hunden gefolgt, aber jetzt nach einer Richtung hin, in den Wald hineinsprengten. Nur der alte Rosemore blieb mit Jack Owen zurück und ging mit diesem in das Haus, wo sie die Thüre hinter sich zumachten, und eine Zeitlang darin blieben. Nach einer ziemlich langen Weile kam Jack Owen allein zurück, und dem Scheerenschleifer freundlich auf die Schulter klopfend, sagte er lachend:

»Nun wie hat Euch unsere Arkansas-Auktion gefallen?«

»Gut,« erwiederte Maulbeere trocken, »und wenn Sie einmal wieder eine Farm für einen ähnlichen Preis wegzugeben haben —«

»Dann wißt Ihr einen Käufer?« lachte der Jäger, »glaub' es wohl — aber die Stadtherrn gehen auch nach ihren Pferden, so wollen wir denn den armen Thieren hier ebenfalls wieder ihre Freiheit geben; heut oder morgen werden sie doch nicht mehr gebraucht. Und dann Fremder, wenn es Euch recht ist, gehen wir zur *Camp meeting* hinüber, nicht weit von hier nach jener Richtung zu; wäre die Sache schon in Gang, könntet Ihr die Leute selbst hier jauchzen hören.«

»Jauchzen hören?« frug Zachäus verwundert.

»Werdet's schon mit ansehn,« sagte der Jäger ruhig, den zum Verkauf hierher gebrachten und mit, durch den Viertel Dollar erstandenen Pferden die Hobbeln oder Stricke lösend, die ihre Vorderbeine zusammenhielten, daß die Thiere wieder frei zurück in den Wald, und ihren gewöhnlichen Weideplätzen zulaufen konnten, »und nun kommt, nehmt Eueren Karren, und folgt mir den Weg entlang, der hier an der Fenz hinunterführt, und wenn Ihr nicht beten wollt dort, kann ich Euch Arbeit ziemlich gewiß versprechen.«

———————

Was für ein Leben das war hier mitten in dem sonst so stillen Wald; wie die verscheuchten Vögel ängstlich in den Zweigen herüber- und hinüberflogen, und zwitscherten und riefen; wie der Hirsch, der dort sonst seinen ungestörten Äsungsplatz hatte, als er heute langsam und vertraut wie immer auf seinen Wechsel herankam, rasch den schönen Kopf emporwarf, die von feindlichen Dünsten geschwängerte Luft einzog und schreckend zurück in seine Wildniß floh. Wie die Pferde so freudig wieherten und den Boden stampften, und der grüne Rasen ringsumher auf der kleinen Waldesblöße zertreten war, nach allen Seiten, und wie sich das drängte und schob und durcheinander wogte, von einer bunten fröhlichen Menschenmasse, die hier von allen Enden des County zusammengekommen.

Ein Theil der Leute von Little Rock war ebenfalls dabei, die nämlich, die von der Auktion kommend, es vorgezogen hatten den heutigen Tag hier zu verbringen, und morgen früh zur Stadt zurückzukehren. Diese schienen aber am wenigsten vertreten, kamen auch nicht aus Religiosität hierher, sondern nur der leidigen Neugier wegen, und wurden von den Geistlichen am wenigsten gern gesehn. Nein, die Backwoodsmen und besonders deren Frauen und Töchter bildeten den Hauptkern der Versammlung; von allen Seiten strömten sie herbei, die Frauen fest im Sattel — und wenn es auch kein Damensattel war — ihre kleinen Bündel mit Kleidern vor sich auf dem Pferd, die Männer mit Büchse und Messer an der Seite wie immer. Und Lager wurden von Einzelnen aufgeschlagen rings im Wald, mit Rinden- oder Deckendach, während Andere dagegen ordentliche Zelte mit herüberbrachten, die sie allein für diesen Zweck bestimmt. Hier waren Männer an der Arbeit einen Baum zu fällen, und aus den abgeschlagenen Stücken rasch kurze Breter zu spalten zu einem sicheren Regenschutz, dort wurde Feuerholz geschlagen und herbeigeschleppt, oder Zweige wurden abgehauen, mit diesen ein flüchtiges Schutzdach gegen Sonne und Nässe herzustellen; aber überall herrschte Leben und Thätigkeit.

Und wie die Feuer ringsum flammten und die Kessel brodelten, der blaue Rauch so luftig hinauf wirbelte in die grünen rauschenden Wipfel, und emsige Frauengestalten mit den großen, unförmlichen Bonnets auf dem Kopf — gleichen Schutz gegen Sonne wie Küchenfeuer gewährend — so fleißig an den Töpfen und Pfannen schafften und siedeten.

Die Frauen hatten auch das meiste Interesse an solcher *Camp meeting*, und wenn der Mann daheim kaum daran gedacht hätte hinaus in den Wald zu gehn und die Pferde zu suchen, ließen sie ihm nicht Ruhe, und hatten tausend und tausend Gründe dafür weshalb sie, wenigstens dießmal, unter keiner Bedingung die fromme Versammlung versäumen dürften.

Erstlich schadete den Pferden das Bischen Bewegung gar Nichts — sie waren überdieß so lange nicht gebraucht, und *Marys colt* schon ganz lendenlahm geworden von all zu vieler Ruhe. Dann predigte zweitens, dieses Mal ganz gewiß der Ehrwürdige Mr. Sweetlip — und was für eine süße Stimme der hatte, und wie weich und öhlich er Einem zum Herzen sprach — wer hätte da ungerührt bleiben können.

Und dann der andere Ehrwürdige Mr. Hottenbrocken, wie der es den Heiden und Ungläubigen sagte, wie der dem bösen Feind, *alias* Beelzebub zu Leibe rückte und ihn aus dem Felde schlug.

Und dann hatten sie die Nachbarn in so ewig langer Zeit nicht gesehn — lieber Gott, hier im Walde kam man ja mit Niemandem zusammen, und ob Bill Norton und Ann Sally wirklich versprochen wären, konnten sie ja auch nur dort erfahren.

Und die beiden neuen Kleider, die sich Susanne in dem letzten halben Jahr selbst gewebt und genäht, wie hätte sie die anders zeigen oder tragen sollen; doch nicht im Haus etwa beim Spinnrad; und mußten sie nicht wenigstens einmal erst die »priesterliche Weihe« erhalten?

Die armen Frauen der Wälder sind in dieser Hinsicht auch wirklich übel dran; in dem kleinsten unbedeutensten Städtchen, ja selbst in dem einzelnen Haus, das nur an einer begangenen Straße liegt, kann sich das junge Mädchen nett und geschmackvoll anziehn, und hat die Genugthuung, daß sie wenigstens gesehn, und auch bewundert wird, denn es sind oft liebe, bildschöne Gestalten, denen der schlanke Wuchs, die edle Gesichtsbildung und die, mit nur s e h r seltenen Ausnahmen fast untadelhafte Reinlichkeit einen eigenen Zauber verleiht; im Wald aber, im wirklichen Wald, von jeder Verbindung mit der Außenwelt abgeschnitten, wo sollen da die armen Mädchen und Frauen ihre Kleider zeigen, und zeigen m ü s s e n sie dieselben; bei einem »Klötzeroll-Fest« oder »*Quilting frolic?*« wie selten kommt das vor, und wenn's geschieht, wie selten ist dann Tanz nachher — einmal, zwei Mal im ganzen Jahr und das noch dazu im Sommer.

Solche Gelegenheiten benutzen sie dann freilich auch aufs Beste, und welche es irgend von den jungen Mädchen kann, kommt nicht zu einem derartigen Fest ohne wenigstens noch e i n anderes Kleid, manchmal drei und vier mitzubringen, die während dem Tanz gewechselt werden können.

Weit bessere Gelegenheit hierzu bietet aber jedenfalls eine *Camp meeting*, die nicht nur einen einzigen Abend und im günstigsten Fall eine Nacht durch dauert, wie ein solches Fest, sondern nicht selten gleich drei und vier Tage hintereinander weg, während die jungen Leute aus der g a n z e n Nachbarschaft dabei Gelegenheit bekommen einander zu sehen, miteinander zu plaudern — und mehr als das. Mancher Funke ist bei diesen Betversammlungen aus Auge und Herz herüber und hinübergeflogen, und hat gezündet für Lebenszeit — wenigstens gebunden; überdieß mußten die jungen Männer dort still und ehrbar auftreten, durften nicht trinken, fluchen und schwören, und konnten oft nur mit Hülfe einer ihnen allerdings gewaltsam in's Herz geschütteten Religiosität den Pfad betreten, der zu der Liebe der Auserwählten führte.

Mit einem Wort, es geht bunt zu bei solchen Betversammlungen, und wenn der Geist dann erst noch über die Schaaren kömmt, vergeht dem Fremden Hören oft und Sehn.

Maulbeere fand für jetzt aber nicht das mindeste Außergewöhnliche; daß hier so viele Menschen auf einen Platz sich versammelt hatten, der sonst eine Wildniß war, fiel ihm nicht auf, weil er von einer Wildniß, trotz der letztverbrachten Nacht, überhaupt noch keinen rechten Begriff hatte. Die Lagerfeuer sahen ganz gemüthlich unter den grünen Bäumen aus, und die Menge der Gelagerten versprach ihm reichlichen Gewinn. Nur ein großes hölzernes Gerüst fiel ihm auf, das seitwärts von dem Platz, am Rande der kleinen Waldblöße, und noch im Schatten einer riesigen Eiche stand, und rechts und links ein paar kleine Einfriedigungen hatte, die mit Laub und duftenden Kräutern streuartig ausgeschüttet waren. Für das Vieh schienen sie aber nicht bestimmt, denn ringsumher lagen die Feuer, und die Pferde durften schon der Kinder wegen nicht in den inneren Kreis.

Maulbeere dachte aber gar nicht daran sich über die Verwendung der Plätze den Kopf zu zerbrechen — vielleicht dienten sie zu Schlafplätzen, vielleicht nicht, was kümmerte es ihn. Nach einem flüchtigen Überblick über die Vertheilung der verschiedenen Gruppen, schob er seinen Karren, ohne sich weiter um seinen bisherigen Führer zu kümmern, mitten in den Kreis hinein, begann plötzlich mit lauter gellender Stimme, aber natürlich in Englischer Sprache, seine Waaren, Künste und Eigenschaften anzupreisen, und hatte wenige Minuten später die Genugthuung, die große Hälfte der Versammlung ihn umdrängen zu sehn. Maulbeere war auch in der That für diese Waldbewohner ein Gegenstand; er war ein Charakter wie sie nicht oft dort herumgezogen, selbst unter den Yankee-Pedlars. Schon sein ganzes Äußere, die wirklich auffallende Ähnlichkeit mit einem Orang-Utang, die wunderbare Zungenfertigkeit des fremden Mannes, mit seinem trockenen Humor, der sie oft zu lautem Gelächter hinriß, das Alles war ihnen neu, und vielleicht selbst die Ungewißheit dabei, ob die jeden Augenblick erwarteten Geistlichen mit diesem Ausbruch lauter Fröhlichkeit einverstanden sein, oder ihn vielleicht gar verdammen würden, erhöhte den Reiz.

Maulbeere hatte indessen schon sein Schleiferamt begonnen, und Messer wurden ihm so viele gebracht, daß er sich ihrer kaum erwehren konnte; auch Bestellungen bekam er genug, dorthin fünf, dorthinüber acht Meilen vielleicht, eine alte Scheere wieder in Stand zu setzen oder, als er sich auch hierin entwickelte, einem Fingerhut eine neue Decke anzulöthen. Er war unermüdlich dabei, grob gegen die Männer, die ihn auslachten, zärtlich gegen die Frauen und Mädchen, die über ihn kicherten, und sein Rad schwirrte und zischte, während seine Zunge noch viel rascher ging als das Rad.

»Der ehrwürdige Mr. Sweetlip!« — ein freudiges Gemurmel lief durch die ganze Versammlung, und die Frauen besonders, drängten jetzt rasch und eifrig fort von dem Scheerenschleifer, während ihre kleinen lieben Gesichter, die noch vor wenig Minuten so herzlich gelacht, und so fröhlich in die blaue herrliche Welt hinausgeschaut, einen gar ernsten, fast wehmüthigen Ausdruck annahmen. Alles schaarte sich um den frommen Mann, und Maulbeere blieb allein mit seinem Karren in der Mitte stehen.

Mr. Sweetlip war die Freundlichkeit selber; er sprach mit Allen, hatte für jeden ein ermunterndes oder ermahnendes, ein freundlich tadelndes oder lobendes Wort; sprach von der Erndte und vom Wetter, von weggelaufenem Vieh und verirrten Schaafen — in der geistigen Bedeutung des Wortes — und seufzte dann oft recht schwer und traurig auf, wenn er der Sünde der Menschen gedachte, die in die Welt gekommen und leider nicht wieder hinauszubringen war. Mr. Sweetlip war eine wahre Seele von einem Menschen.

Ernster und strenger, in finsterem Schweigen trat der andere Geistliche, Mr. Hottenbrocken auf, und wenn man die beiden mit einem Schwerte des Herrn hätte vergleichen können, so war Sweetlip der Rücken, Hottenbrocken aber die Schneide und Spitze in aller Schärfe und Härte edlen Stahls.

**Capitel 2.**
**Click to ENLARGE**

Wenn Sweetlip mit sanfter Zunge seinen Zuhörern allerdings ihre geistigen Wunden aufriß, aber Öl hineinträufelte, und es manchmal sogar für eine Sünde zu halten schien, selbst der Hölle sämmtliche gute Eigenschaften abzusprechen, so ging Hottenbrocken hinter ihm her und warf Essig und Pfeffer und Salz hinein, rüttelte die sanftschlafenden Sünder aus ihrem bewußtlosen Zustand auf, und beschrieb ihnen mit triumphirendem Lächeln und glühenden Farben einen furchtbaren Abgrund, an dem sie geschlummert haben sollten, und wenn sie den auch nicht gleich sahen, wurden sie doch ängstlich und verzagt, und streckten die Hand nach dem ehrwürdigen Manne aus, sie zu retten.

Mr. Sweetlip hatte übrigens die »*meeting*« zu eröffnen und zu begrüßen, und stieg oder kletterte zu diesem Zweck auf das hohe, kanzelartige Gestell, das unter der Eiche errichtet worden. Von hier aus richtete er eine ziemlich lange Rede, ohne weiteren besonderen Inhalt, an die Versammlung, ermahnte sie, ihre Augen und Herzen und Hände zu Gott zu erheben und ihn zu bitten, daß er sie bei ihrer jetzigen freudigen Zusammenkunft erleuchten, die Guten stärken, und die verlorenen Schaafe zurück zu seiner Heerde führen möge, zu deren Bequemlichkeit hier, wie er mit klaren dürren Worten andeutete, die beiden Einpferchungen angebracht und mit weicher Streu gefüllt waren.

Maulbeere glaubte wirklich im Anfang daß er mit dieser Sache Scherz treibe; der ernste, wehmüthige Mann sah aber nicht aus wie Scherz, und Thränen standen auch schon in vielen Augen seiner schönen Zuhörerinnen. Um sich dessen aber zu vergewissern, drückte er sich durch die Andächtigen, seinen Karren sich selber überlassend, langsam der Stelle zu, wo er seinen alten Freund Jack Owen finster und schweigend an einer Eiche lehnen und der Rede horchen sah.

»Könnt Ihr mir sagen Freund« redete er diesen leise an, »was der fromme Herr da oben mit den beiden Pferchen meint, und ob die nur b i l d l i c h dastehn, oder in der »Hitze des Gesprächs« vielleicht wirklich gebraucht werden sollen? ich habe keine rechte Idee von etwas Derartigem, und möchte mich gern belehren.«

»Es geht mir nicht viel besser, Fremder,« sagte der Backwoodsman seufzend — »ich habe auch keine rechte Idee von dem Wesen und Treiben der Leute; soviel aber ist gewiß, daß sie die Fenzen oder Pferche, wie Ihr sie nennen wollt, heute oder morgen noch brauchen, wenn der Herr da oben die Gemeinde vorbereitet hat, und der andere lange Herr mit dem finsteren Gesicht erst in ordentlichen Schuß und Gang gekommen ist — wenn nicht heute, morgen seht Ihr das gewiß!«

»Und sind das so berühmte Prediger?« frug Maulbeere etwas erstaunt, denn das Äußere der Leute hatte auf ihn den Eindruck nicht gemacht —

»Der sanfte Mann der jetzt da oben spricht« sagte Jack mit einem etwas bitteren Lächeln, »war noch im vorigen Jahr ein Schneider in Little Rock, als plötzlich d e r  G e i s t über ihn kam, wie sie es nennen, und er zu predigen anfing. Er hat eine »sanfte Gabe« wie die Frauen sagen, und wenn er nur anfängt zu reden, weinen sie schon vor lauter Rührung und Wehmuth. Der Andere ist ein Yankee, und war früher ein Pedlar, wie man bei uns die »wandernden Krämer« nennt — betrog alle Welt mit seinen Yankee-Uhren und anderem Trödel den er zum Verkauf im Lande herumführte, und — wurde auch auf einmal religiös, hielt einen Ausverkauf mit seinen Uhren, von denen die Frauen wie toll darauf waren, eine zu kaufen, um, wie sie meinten, dem Teufel zugleich eine Seele zu entreißen, und fing ebenfalls an zu predigen. Die Beiden sind jetzt die beliebtesten Redner, die wir hier zu hören bekommen, und haben die anderen Circuit-rider wenn nicht ganz weggebissen, doch so in den Schatten gedrängt, daß sie sich kaum noch sehn lassen. I h r e Sammlungen fallen auch — jedenfalls die Hauptsache — immer am reichlichsten aus, und für ihre m i l d e n Z w e c k e nehmen sie Geld und Geldes Werth, Hirsch- und Racoonfelle, Talg und Honig und Bärenfett. Aber jetzt paßt auf« setzte er, mit dem Kopf nach der Kanzel winkend hinzu — »jetzt kommt Herr Hottenbrocken d'ran — es wird ein heißer Tag werden, denn er schneidet ein furchtbar finsteres Gesicht.«

Jack schulterte, während er die letzten Worte sprach, seine Büchse, drehte sich ab von dem frommen Mann, und schritt langsam hinein in den Wald, während Mr. Hottenbrocken allerdings von der Kanzel zu donnern begann, und mit leuchtenden Augen und im Anfang zwar noch ziemlich ruhiger, dann aber immer wachsender Stimme den zitternden Zuhörern die Pforten aufriß die hinab in den Schlund der Hölle führten. Mit wilden Gesten und rollenden Augen deckte er dabei alle Schrecknisse auf, die dort unten der Ungläubigen, der Tauben die nicht hören, der Blinden die nicht sehen wollten, harrten, und seine Rede floß ihm glühend heiß von den in wilder Aufregung zitternden Lippen.

Maulbeere, so sehr er sich sonst über derlei Sachen lustig machte, war aber plötzlich unendlich aufmerksam geworden, drängte sich, so weit sich das füglich thun ließ, nach vorn, kein Wort von der Predigt zu verlieren, und verrieth dabei eine Andacht, eine Freudigkeit, die sogar mehrmals die Blicke des Geistlichen selber auf ihn lenkte und wohlgefällig auf ihm weilen ließ. Der Eine war Schneider, der Andere Krämer gewesen, der G e i s t genügte — wenn der Geist kam mußte der Körper gehorchen! — Die Predigt oben dauerte fort, Maulbeere hörte sie aber nicht mehr, sein äußeres Ohr war anscheinend offen, sein inneres lauschte dagegen einem Chaos von Speculationen, die sich in dem Gehirn des praktischen Scheerenschleifers entwickelten, und ihm seinen »Gedankenkasten« mit einer Unmasse von Plänen und Ideen füllten.

So kam der Abend heran; dieser Tag war mehr eine Vorbereitung zu der morgenden S c h l a c h t gewesen, die Mr. Hottenbrocken dem Teufel und seinen Helfershelfern angekündigt hatte; seine »Krieger,« wie er die Frommen und Gläubigen nannte, waren gerüstet und geweiht worden zu dem schweren Kampf, und die nächste Sonne sollte ihre untergehenden Strahlen auf die Streiter werfen, die mit der Glorie des Herrn siegreich aus Kampf und Ringen hervorgegangen wären.

Maulbeere verlangte mehr als das zu wissen, und Jack Owen schien ihm nicht der rechte Mann dazu, denn er hatte, soviel der Scheerenschleifer bis jetzt davon gemerkt, keine Freude an der ganzen Sache, war auch in der That nur herübergekommen, weil er die Frauen nicht zu Hause halten konnte, und nicht allein ziehn lassen w o l l t e.

Frauen sind überhaupt in den meisten Fällen weit besser zu Hause, als bei solchen Campmeetings aufgehoben.

Unter den hierhergekommenen Andächtigen befand sich eine Familie, die Maulbeere's Aufmerksamkeit schon von allem Anfang durch das viele Kochgeschirr und die zahlreichen Proviantkisten auf sich gezogen, die sie bei sich führten. Der Mann, wie er sich indessen erkundigt hatte, war Kirchenältester, und ein großer Gönner Mr. Hottenbrockens, der oft acht und vierzehn Tage auf seiner Durchreise bei ihm blieb, und allabendlich in seiner Familie predigte. Diesem introducirte sich Maulbeere noch v o r dem Abendessen, enthüllte ihm den Eindruck, den die Predigt heute Nachmittag auf ihn gemacht hatte, und bat ihn um die Lebensgeschichte des langen Mannes, der eine so fabelhafte Rednergabe, mit solchem Feuereifer und solcher Gluth der Sprache vom lieben Herrgott und heiligen Geist empfangen habe.

Der Kirchenälteste nahm ihn freundlich auf; Maulbeere mußte sich mit zu seinem Feuer setzen und mit ihnen essen, und erzählte ihnen dafür seine Lebensgeschichte mit einer Phantasie, die seinen alten Schiffsgefährten Theobald glücklich gemacht haben würde, und auch hier ihre Wirkung nicht verfehlte. Er erfuhr dafür Alles was er wissen wollte — daß nämlich nicht etwa ein langes Studium erforderlich sei, mit begabter Zunge zu reden, sondern daß solche, die der heilige Geist als Begünstigte ausersehen, oft von den niedrigsten Handwerken, aus dem sündhaftesten Lebenswandel heraus, zu der hohen Würde eines Seelenhirten sich emporgeschwungen hätten, und Lichter geworden wären, ihren Mitbrüdern und Schwestern auf dem schmalen dornigen Pfad der Tugend voranzuleuchten. Nicht einmal ein Examen war dabei erforderlich; es bedurfte eben weiter Nichts, als der hohen natürlichen Begeisterung, die, für einen monatlichen Gehalt aus einer der frommen Stiftungen und Vereine, ihr leibliches Wohl vollkommen in die Schanze schlug, und die Arbeit aufnahm im Weinberge des Herrn. Schwer war freilich ihre Aufgabe dabei, sie hatten nicht allein gegen die sündhaften Ungläubigen, sondern auch gegen den Antichrist wie eine Menge anderer Sekten anzukämpfen, aber das Ziel war glorreich — sie mußten endlich siegen, der Herr war mit ihnen, und die Schlange blutete mit zertretenem Haupte unter ihren Hacken.

Das etwa war der Sinn der Rede, die der Kirchenälteste dem mit der gespanntesten Aufmerksamkeit zuhorchenden Zachäus Maulbeere hielt, und wie dieser spät am Abend, wo sich die Mehrzahl der hier Gelagerten zur Ruhe begeben, seinen Karren zu seinem neuen Beschützer heranschob, und dann in das laut gehaltene Nachtgebet inbrünstig mit einstimmte, schien ein ganz anderer Geist in den sonst so rohen, profanen Menschen gefahren zu sein. Die Anderen hatten sich längst wieder erhoben, und er kniete immer noch eine Weile allein in still versunkenem Gebet, legte sich dann, in seine Decke gewickelt die er vorn an den Karren geschnallt mit sich führte, ohne mit irgend Jemandem ein Wort weiter zu wechseln, auf den ihm angewiesenen Platz unter ein weit gespanntes Leinwandzelt, und war bald sanft und ruhig — ein etwas lautes Schnarchen abgerechnet — eingeschlafen.

Am anderen Morgen begannen die Predigten ungemein früh, und Maulbeere hätte heute keine Zeit bekommen seine Geschicklichkeit zu verwerthen, selbst wenn er es gewollt; er dachte aber gar nicht daran, saß gleich vom Morgengrauen in den vordersten Reihen der Gläubigen, und schien sich wirklich nur zufällig gerade zur Frühstückszeit an dem Feuer des Kirchenältesten wieder einzufinden. Dieser aber hatte seine innige Freude an dem Mann, der, wie er nicht ganz mit Unrecht meinte, innerlich und äußerlich einer ordentlichen Reorganisation bedürfe, und die nur allein durch das Wort Gottes erhalten könne. Übrigens sei es ein erfreuliches Zeichen auch unter den Deutschen, die sonst nicht in dem Rufe ständen, viel wirkliche Religiosität zu haben, Einzelne zu finden, die eine rühmliche Ausnahme davon machten.

Zum Frühstück trat eine Pause ein, da die Geistlichen selber, zu ihrem heutigen harten Kampfe, einer Stärkung bedurften, und es war für Maulbeere ein rührendes Bild, und eine Quelle tiefen Nachdenkens, zu sehn, wie sich die Brüder, in Liebe und Freundschaft darum stritten, die

41

ehrwürdigen Herren an i h r e m Frühstückstisch bewirthen zu dürfen, wo ihnen dann das Beste aufgetafelt wurde, was die Küche aus Wald und Strom und Farmhof nur zu liefern vermochte.

Gleich nach dem Frühstück begann die Predigt wieder, die aber bis zum Mittagessen wenig Erquickliches bot; es war ein Mischmasch von den allergewöhnlichsten Phrasen, in der allergewöhnlichsten Art vorgetragen; entweder k o n n t e n die Leute nichts Besseres liefern, oder sie versparten sich den vollen Eindruck auf den Nachmittag und Abend, wo die Zuhörer überhaupt mehr aufgeregt und für das Übernatürliche mehr empfänglich sind. Maulbeere nichtsdestoweniger hielt gewissenhaft aus; Manche seiner Nachbarn und Nachbarinnen, die auch entsetzlich in ihrer Andacht durch seinen alten grünen und wie glasirten Rock gestört worden waren, schliefen sanft; Maulbeere wachte, und verwandte kein Auge von dem Redenden.

Mittag kam, und so sehr sich die Amerikaner vor einem unreinlichen Menschen scheuen, hatte Maulbeeres Andacht doch besonders die Aufmerksamkeit der Frauen auf sich gezogen; er war auch fremd hier, und konnte nicht ohne Nahrungsmittel gelassen werden. Maulbeere bekam drei Einladungen an verschiedene Feuer, die er alle drei annahm, und mit geschickter Zeiteintheilung auch verwerthete. Nach Tisch und einer kurzen Ruhezeit, mit der etwa drei Uhr Nachmittags heranrückte, begann die Predigt auf's Neue — jetzt aber mit einem andern Geist.

Der Reverend Mr. Sweetlip machte heute Nachmittag den Anfang, und die Versammlung, als ob die Leute schon eine Ahnung gehabt hätten, wie der Geist heute wirken würde, war zahlreicher als je; Maulbeere aber saß in den vordersten Reihen.

Mit weicher, schmelzender Stimme begann der ehrwürdige Mr. Sweetlip seinen aufmerksam lauschenden Zuhörern die Orte auf dieser Erde zu schildern, wo den armen schwachen Menschen Verführung umlauere, ihn von der Bahn des Guten abzulocken; und dabei zeigte er ihnen den Lohn, den sie auf dieser Welt schon für ein gottgefälliges Leben, aber auch viel größer noch in einer anderen Welt, zu erwarten hätten: in dieser Welt durch ihr ruhiges, zufriedenes Gewissen, das ihnen die Brust mit einer unendlichen Wollust und Seligkeit fülle (und er selber führte sich dabei zum Beispiel auf, wie er, seit er sein Herz dem Himmel zugewandt, in einem wahren Meer von Wonne schwimme) und in jener, wo Gott und der Heiland ihnen ein beneidenswerthes Loos bereiten würde, so sie hier den sündigen irdischen Lüsten widerstünden, und ihre Augen nur nach dem richteten w a s  G o tt es wäre. Auch hierbei ließ er sich in eine nähere und mehr bildliche Beschreibung dieser einstigen Seligkeit, wie er sie sich dachte, ein, und schilderte seinen Zuhörern mit immer glühender und lebendiger werdenden Farben das Paradies, wo sie von Ewigkeit zu Ewigkeit oben im Kreis der Engel in den Wolken sitzen, und Hallelujah singen würden.

Maulbeere sah sich rasch nach seiner Nachbarin zur Linken um, denn diese fing plötzlich an zu stöhnen, schloß die Augen, warf den Kopf herüber und hinüber, und gebehrdete sich etwa so, als ob sie einen Anfall von Krämpfen erwartete. Der Scheerenschleifer dachte auch an seine kleine Hausapotheke die er in dem Karren mit sich führte, an Salmiakgeist und Hofmann'sche Tropfen, Einreibungen von Senfspiritus und andere entsetzliche Mittel; ehe er aber noch zu einem rechten Entschluß kommen konnte, begann seine Nachbarin zur Rechten ebenfalls, ähnliche Töne auszustoßen und überall vor und hinter ihm, und rechts und links, fing es an zu ächzen und zu stöhnen und die Ausrufe — »Oh Loooord — glory — glory — happy — happy — blessed Jesus!« wurden nach allen Seiten hin laut, und kamen in Gestalt von gewissermaßen gewaltsam ausgestoßenen Seufzern zu Tage. Nur erst mit dem Schluß der Predigt, die in einem langen Gebet endigte, beruhigten sich die Andächtigen, und die Frauen hielten ihre Taschentücher vor die Augen und weinten, als ob ihnen das größte Herzeleid in der Welt geschehen und nicht die einstige Seligkeit geschildert wäre.

Lautloses Schweigen folgte, denn Mr. Hottenbrocken kletterte jetzt, nachdem er den ehrwürdigen Bruder Sweetlip heruntergelassen, auf die Kanzel, übersah mit einem, über die Massen schweifenden finster drohenden Blick die Versammlung, und rief plötzlich, zu voller Höhe aufgerichtet und den rechten Arm von sich streckend, mit donnernder Stimme:

»Brüder und Schwestern — Mitbürger — Mitchristen — Sünder — nichtswürdige, elende, erbärmliche Sünder — der Tag der Rache ist nahe!«

»Oh Loooooord!« schrie die eine Mitschwester an Maulbeeres Seite, der doch jetzt fand, daß diese verschiedenen Ausrufe keineswegs einem körperlichen Gebrechen, sondern eher einer geistigen Vervollkommnung, einer Empfänglichkeit des Herzens für das Höhere, zuzuschreiben sei. Mr. Hottenbrocken hatte indessen eine kleine Pause gemacht, als ob er seinen Zuhörern Zeit geben wollte, über diese Verkündigung nachzudenken, und begann nun, nachdem er vorher sein Taschentuch herausgenommen und sich vorsichtig geschneuzt hatte, mit einer Stimme und einem Ausdruck seine Predigt, als ob er in irgend einem gleichgültigen Gespräch etwa gesagt hätte — »ich glaube wir werden diesen Nachmittag Regen bekommen.«

»Der ehrwürdige Mr. Sweetlip, mein verehrter Bruder und fleißiger Mitarbeiter im Weinberg des Herrn, hat Euch, liebe Schwestern und Brüder, die Freuden des Elysiums geschildert; er hat Euch mit glühenden lebendigen Farben, wie den höheren heiligen Sphären abgelauscht, die Plätze der Seligen vorgeführt, wohin die Guten einst kommen werden. Es giebt einen solchen Platz, liebe Schwestern und Brüder, wie ich Euch wohl kaum noch zu sagen habe, denn Jeder von Euch weiß es — es steht mit klaren einfachen Worten in der Bibel, und ist daher keine Kunst das zu wissen — Jeder kann das wissen der nur lesen kann, oder einen Bekannten hat, von dem er weiß, daß er ihm keine Lügen erzählt, und der ihm die Geschichte vorliest. Also wir sind davon, als einer ausgemachten Thatsache, überzeugt, daß es einen Platz giebt, wohin die Guten, die Gerechten vor dem Herrn kommen, und nicht allein unsere Phantasie, geliebte Brüder und Schwestern, verleiht diesem Platz die höhere Wonne, nein auch die heilige Schrift giebt uns ziemlich genaue Grundlagen über den etwaigen Zustand dort oben, wie ihn mein Bruder in Christo, Mr. Sweetlip geschildert hat — Aber« — rief er plötzlich, und unterbrach damit gewissermaßen seine bis dahin vollkommen ruhige und wie gesprächsweis gehaltene Rede — »aber,« donnerte er noch einmal, mit jetzt tief und dröhnend schallender Stimme, »aber wer sind die Gerechten? — wo sind sie? — wie viele oder wie wenige sind es ihrer? — Wehe, wehe, wehe, mein Auge streift umher, und keinen Frieden, kein Licht findet es, wohin es schweift — mein Ohr lauscht auch dem leisesten Klang, und nur Weheklagen sind es, die es vernimmt!«

»Oh Loooooord!« — stöhnte Maulbeere's Nachbarin wieder.

Lauter und lauter wurde jetzt die Stimme des Sprechers, mit der er jammerte daß er umsonst das Haupt eines Gerechten suche, es mit der ewigen Glorie zu decken — sie wären Alle Sünder, schlechte, miserabele, elende Sünder vor dem Herrn — keiner, der bestehen würde vor seiner Gerechtigkeit, und nur wenn sie stürben, würden sie es den ersten Tag bequem haben, sie fortwährend bergunter führen, tief tief hinunter zu dem höllischen Abgrund, wo da ist Heulen und Zähneklappen, dann aber — dann —

»Oh gracious Looooord!« stöhnten die Stimmen rechts und links — »merci, merci — merci! Gnade! — sei gut zu uns Herr, sei gut zu uns!« und hie und da standen Einzelne der Mitglieder auf, und taumelten mehr als sie gingen unter dem glory-, glory- und happy-, happy-Rufen in den einen kleinen Pferch, der zur Linken des Predigers stand, wo sie sich auf die Knie warfen, und laut und brünstig, nur von einzelnen Schreien unterbrochen, an zu beten fingen.

Maulbeere wurde unruhig, er blickte um sich her und sah seine Nachbarn an, machte sogar ein paar Mal Miene aufzustehen, setzte sich aber immer wieder nieder. Das Gestöhne um ihn her wurde dabei immer toller, und je wilder und feuriger der Mann auf der Kanzel jetzt anfing mit rasselnder, dröhnender Stimme die Qualen der Verdammten zu schildern, und lauter und drohender der ganzen Schaar seiner Zuhörer ein ähnliches Schicksal zu prophezeihen, je mehr er mit den Armen warf und seine langen Glieder umherzuschlenkern begann, die Augen dabei verdrehte und mit der Stimme, vielleicht das Wimmern der Gepeinigten nachzuahmen, in ein Gekreisch und Gewinsel fiel, und dann wieder um Gnade, Gnade schrie für die Verdammten, um deren Glieder er schon die Lohe schlagen sähe, die im ewigen Feuer zuckten und sich krümmten und die Arme umsonst flehend, Hülfe suchend, herausstreckten aus dem knisternden Verderben, da erreichte der Aufruhr und Lärmen einen furchtbaren Grad. Die Leute sprangen und heulten auf ihren Sitzen, schlugen mit den Armen und Beinen um sich, und klammerten sich aneinander an, als ob sie schon jetzt fürchteten von dem höllischen Feind gefaßt, und nach seinen Regionen niedergeführt zu werden.

In dem links gelegenen Pferch hatten sich indeß die »Böcke« mehr und mehr angesammelt — es waren die, die sich als die größten, nichtswürdigsten Sünder erkannten — und lagen hier auf den Knieen, rangen die Hände, heulten, schrieen, und gebehrdeten sich mit einen Wort wie Verrückte. Zwangsjacken wären auch in der That das einzige gewesen, was sie hätte halten können.

Mr. Hottenbrocken oben auf seiner Kanzel aber fing an zu triumphiren.

»Da kommen sie!« schrie er mit ausgestrecktem Arm und Finger niederdeutend, auf die mehr und mehr dem Pferch Zudrängenden, (Männer und Frauen und Mädchen, Alles durcheinander) und sein Auge schoß Blitze, seine Gestalt hob sich höher und gewaltiger, und zog sich dann manchmal in sich selbst zusammen, als ob er noch unschlüssig sei, vielleicht mit einem Satz über die Barriere weg, mitten zwischen die Schaar hineinzuspringen — »da drängen sie herbei, vom Teufel gepeitscht, der hinter ihnen mit ausgespreizten Krallen dreinspringt, den Einen oder Anderen noch von denen die ihm entfliehen wollen zurückzureißen in sein Reich der Verdammniß!«

»Oh L—o—o—o—o—o—rd — merci — merci!« schrieen die Frauen wieder, die sich jetzt zwischen den Bänken anfingen ängstlich umzusehn, und sogar manchmal mistrauische Blicke auf den Scheerenschleifer warfen — »habe Gnade mit uns, barmherziger Gott; rette uns, rette uns vor dem Teufel — rette uns vor dem ewigen Feuer!«

»Gnade?« schrie aber der Mann auf der Kanzel mit seiner Donnerstimme nieder in den Lärm und Aufruhr — »Gnade wollt Ihr? — Gnade für Euere S ü n d e n? — Gnade für Euern U n g l a u b e n? Gnade für Euere verderbten und verstockten Herzen? — der Fluch G o t t e s wird Euch treffen am jüngsten Gericht — niederschmettern wird er Euch in den Staub, die Ihr Euch jetzt am stolzesten und höchsten wähnt — niederschmettern in ewige Verdammniß und Nacht und Finsterniß und ewiges Feuer, wo Satan die Macht über Euch haben wird und die Kraft und die Gewalt; und d o r t steht er!« schrie er plötzlich wild gellend auf, mit dem ausgestreckten Arm gegen den Wald hinauszeigend — »dort grinst er herüber auf Euch und fletscht die gelben fürchterlichen Zähne! — dort steht er und schüttelt sich vor Lachen und innerer grimmiger Lust, wie er die Heerde sieht, die er bald eintreiben kann in sein höllisches Reich, die Opfer sieht, die ihm verfallen sind durch ihre eigene Sünde und Lust und rettungslos, rettungslos verloren gehn!«

»Merci — merci — glory — glory — oh Looooord!« schrie und stöhnte die Schaar wieder, und ein solches Wüthen und Drängen und Ächzen und Winzeln begann zwischen den Menschen, daß Maulbeere mistrauisch die Leute von der Seite ansah, und doch nicht herausbekommen konnte ob sie im Ernst waren, oder sich nur verstellten.

Und trotzdem war der Paroxismus noch nicht zum höchsten Grade gestiegen. Der Geistliche auf der Kanzel hatte wieder eine Pause gemacht; es fehlten ihm Worte weitere Schrecken heraufzubeschwören, das Schlimmste was er hatte aufführen können war geschehn — der Teufel stand mit gekrümmten Krallen hinter den Bäumen und lauerte auf seine Opfer; d e r Schrecken mußte jetzt wirken und dann d i e M ö g l i c h k e i t der eingeschüchterten Schaar gezeigt werden, dem zu entgehn.

»Fühlt Ihr Euere Gefahr? — erkennt Ihr den Abgrund an

dem Ihr steht?« rief der lange finstere Mann plötzlich wieder mit nicht sehr lauter, aber zu den entfernteren Stellen dringender, bohrender Stimme, »habt Ihr das schwarze Meer, mit seinen stürmenden rollenden Wogen gesehn, das über Euch hereinwälzen will, Euch in seine Tiefe zu ziehn? — fühlt Ihr endlich Euere Nichtigkeit, Euere Erbärmlichkeit, Euere Sünde, die schwarz genug ist daß sie die Sonne verfinstern und der Engelein Gnadengebet ersticken könnte? — fühlt Ihr sie? wißt Ihr daß Ihr verloren sein müßtet — rettungslos, erbarmungslos für immer und ewig, wenn Ihr nur das bekämt was Ihr hier verdient? nur dem gerechten Richter gegenüber?«

»*Oh Looooooo'od a massy!*« schrie eine dicke, vor Maulbeere sitzende Negerin jetzt mit gellendem Aufkreisch, und fiel von der Bank herunter auf der sie gesessen, als ob sie todtgeschossen wäre. Niemand bekümmerte sich aber um sie, und sie blieb eine Weile regungslos liegen, ohne ein Glied zu rühren.

»Aber noch ist es Zeit!« donnerte da plötzlich des Redenden Stimme, wie eine schmetternde Posaune Heil verheißend durch den Wald — »noch ist die zwölfte Stunde nicht vorüber, noch hält der Engel der Gnade die Hand ausgestreckt nach den Strauchelnden — noch ist es Zeit Mitbrüder, Mitschwestern, der Himmel ist offen, das Licht des Heilands leuchtet Euch entgegen, das Wort der Verheißung kann noch Wahrheit werden — noch ist es Zeit Gentlemen — Brüder, Schwestern, Reisegefährten!« schrie der Mann, der beinah in der Hitze der Rede in sein altes Geschäft, das Auktioniren, gefallen wäre und eben noch Raum fand wieder einzulenken — »noch ist es Zeit — kommt, kommt, kommt zu dem Herrn — kommt, kommt, kommt zu Jesus Christus — kommt — oh kommt in des Heilands Arme, der Euch rettet aus Noth, Tod und Verdammniß — kommt!«

»*Glory — glory — happy — happy!*« brüllte und tobte da plötzlich die Masse — »*blessed be de Looo'd* Dschisos!« schrie die dicke Negerin mit einem gewaltigen Ruck sich emporrichtend, daß sie gerade vor Maulbeere auf die Erde zu sitzen kam, und ihm starr in's Antlitz sah. Aber überall zu gleicher Zeit brach der langverhaltene Sturm jetzt donnernd los — Männer und Frauen sprangen empor, rissen sich die Röcke vom Leib, die Tücher von den Schultern, rauften sich die Haare, schlugen sich die Brust, stöhnten, kreischten, schrieen, den dicken Schaum auf den Lippen, große Schweißtropfen auf der Stirn, und die Augen fast aus ihren Höhlen drängend.

Es wäre überhaupt unmöglich dem Leser auch nur im Entferntesten eine solche Scene lebendig genug zu beschreiben, daß er sich selber hineindenken könnte; etwas Derartiges muß man selber sehn und erlebt haben, und ist es dann vorbei, zweifelt man trotzdem wieder ob es wirklich geschehn sein k ö n n e, ob nicht ein toller Fiebertraum uns geneckt, und selbst der Erinnerung glauben wir nicht mehr, die uns solch wildes, tolles Zeug will aufbewahren. Nichts Geisterhafteres, Unnatürlicheres giebt es auf der weiten Gotteswelt, als diese Scenen, wo der heilige Geist von den schaumbedeckten Lippen wahnsinniger Schwärmer sprechen soll, und diese sich auf der Erde wälzen, die Fingernägel in den Boden einwühlen, den Rasen beißen und *glory, glory!* schreien, Ruhm dem Herrn in der Höhe!

Viele mag es dabei geben, die einen solchen Zustand aus irgend einem Grunde heucheln; die sich eben nur stellen als ob der »Geist« über sie käme, mit den Armen und Beinen werfen, und solcher Art einen sehr billigen Ruf großer Religiosität erlangen, vielleicht Einlaß in manche Familie zu bekommen, deren Kreis ihnen sonst verschlossen geblieben wäre. Ebenso gewiß ist es aber auch, daß Viele, s e h r viele in Wirklichkeit und Wahrheit in diesen Zustand verfallen, daß sie nur durch die oft vollkommen sinnlose, nur mit einer gewissen Begeisterung und mit steigendem Affekt gesprochene Rede in einen halb bewußtlosen überspannten Zustand gerathen, in dem sie sich der Erde entrückt und von einem anderen, außer-, und jedenfalls überirdischen Wesen begeistert wähnen.[2] Fieberanfälle folgen nicht selten demselben, und die aufgeregte Einbildungskraft ist nachher jedenfalls sehr leicht im Stande das, wo sich etwa noch eine Lücke in ihren Gedanken und Bildern finden sollte, mit Leichtigkeit auszufüllen. Auf Jemandem aber, der einer solchen Versammlung mit kaltem, ruhigen Blute beiwohnt, macht sie unausweichlich den Eindruck eines Haufens wahnsinniger Menschen, die losgebrochen sind, und die kurze Zeit ihrer Freiheit geschwind benutzen, sich einmal recht tüchtig auszuschrein.

In diesen Pferchen besonders, wohin die sich drängen, die den heiligen Geist über sich kommen fühlen, geht es zuweilen zu, daß man sich mit Ekel von einem solchen Bilde menschlicher Entwürdigung abwendet, und doch fühlen sich diese verblendeten Menschen auf dem Gipfel menschlicher Erhöhung, und werden natürlich darin von den Geistlichen, die den Erfolg ihrer Wirksamkeit nach den Köpfen ihrer geretteten S ch a a f e zählen, bestärkt.

Ich weiß wirklich nicht, ob der Ausdruck »Schaaf« in s o l ch e n Fällen hinlänglich und stark genug bezeichnend ist — er genügt mir sehr häufig bei uns nicht einmal.

»Glory! Glory! Hallelujah!« brüllte die Schaar, »heiliger Geist komm — senke Dich auf uns herab, rette uns, hilf uns — *glory, happy, happy, happy!*«

»Uch!« schrie oder kreischte da plötzlich eine einzelne Stimme, so scharf und gellend durch die Mistöne um sie her, daß sich selbst von den augenblicklich Begeisterten Viele, halb dabei aus ihrer Rolle fallend, nach der Stelle umsahen, von wo der merkwürdig wilde, unheimliche Laut ertönte, und hier bot sich ihnen allerdings ein neues seltsames Schauspiel.

Zachäus Maulbeere hatte der Geist ergriffen, und während die dicke Negerin, die sich wieder aufgerichtet, seine Knie umklammert hielt und abwechselnd Hülfe und Glory! schrie, stand Maulbeere auf der Bank, auf der er bisher gesessen, mit bloßem Kopf, an der Stirn noch die Spuren des niedergelaufenen Regenwassers von der vorigen Nacht, die Arme zum Himmel ausgestreckt, und das Gesicht ebenfalls dorthin erhoben, und tobte ärger als Einer der Anwesenden sein *happy — happy — happy* dem grünen Waldesdome entgegen.

50

»Dort ist n o c h ein Schaaf!« schrie der Geistliche von der Kanzel nieder, mit dem Arm auf den begeisterten Scheerenschleifer deutend, und mit funkelnden, fast wie beutelustigen Augen die Wirkung seiner Rede an dem Fremden beobachtend — »dort ist ein verirrtes, abtrünniges Schaaf das zur Heerde zurückkehrt — ein Lamm das sich in den Händen des Herrn vor den Krallen des Teufels bergen will — eine Taube, die den Fängen des ewig nagenden Geyers zu entziehen sucht. — Oh komm — komm Lamm Gottes — komm in den himmlischen Pferch — komm in die Arme des Heilands, die sich liebend und sehnsüchtig nach Dir ausstrecken — oh komm — oh komm! —«

»Ich bin ein arger Sünder gewesen!« schrie da Maulbeere, plötzlich seine Brust schlagend und einen vergeblichen Versuch machend sich von der dicken Schwarzen zu befreien — »ein nichtswürdiger, verstockter Sünder — eine Kerze des Satans, ein Pflegekind der Hölle — der rothen, feurigen, flammenden Hölle.«

»*Oh do—nt — do—nt — oh Loooood*« schrie die Schwarze dazwischen.

»Aber ich fühle die Kraft in mir,« fuhr Maulbeere in seiner Begeisterung fort — »Alles abzuwerfen was mich bis dahin gehalten (ausgenommen die Schwarze, die nicht von ihm ließ), ich fühle den G e i s t kommen — ja Brüder, ja Schwestern, ich fühle den Geist kommen, den heiligen, lieben, gesegneten Geist!«

»*Oh glory — glory — glory — happy — happy!*«

»Ich fühle, wie es in mir tobt und wühlt und brennt; d a s ist das Feuer das die Sünde läutert, das ist der letzte Rest der Sünden die jetzt verkohlen und verfliegen — ich komme — ich komme — h e i h!«

Seine Worte arteten zuletzt in eine Art Geheul aus — Augen schienen aus ihren Höhlen herauszudrängen, die struppigen Haare sahen in diesem Augenblick so aus als ob sie vor Entsetzen emporständen, und mit einer gewaltigen und wirklich verzweifelten Kraftanstrengung aus den ihn umklammernden Armen der Negerin sich herauswindend, und jetzt ebenfalls *glory, glory, happy, happy* rufend, arbeitete er sich nach dem schon vollgedrängten Pferch durch, kletterte über die Fenz, sprang mitten in den Haufen hinein, und verschwand dort in dem Gewühl und Zucken menschlicher Gliedmaßen, die sich auf dem bestreuten Boden wanden.

# Capitel 3.

## Der wandernde Krämer.

Warm und freundlich schien die Sonne nieder auf die weiten grünen Prairieen von Illinois, die sich in ungeheueren Flächen, nur hie und da von einem dunklen Streifen hoher Eichen unterbrochen, nach Nord und Süd, nach Ost und Westen dehnten. Wie eine wogende See stand dabei das hohe, üppige Gras in der frischen Westbrise, die darüber hinstrich, und lichte, rasch über die Oberfläche laufende Wellen bildete, täuschend ähnlich einer ruhigen See, über die ein leiser Passat die leicht gekräußten, eben nur sich hebenden Wogen zieht.

Wie Inseln darin, um die Täuschung noch größer zu machen, lagen einzelne kleine Farmen weit zerstreut, deren Maisfelder gleichfalls wogten und dem Wind sich neigten, und das grüne Wasser darstellen konnten in der Nähe des Landes, während die Prairieen schon eine dunklere, gelblichere Färbung angenommen. Daraus vor aber ragten die kleinen grauen Dächer der Blockhäuser, mit ihren blauen dünnen Rauchstreifen, die weit über die Fläche zogen; Felsen gleich, an denen sich die Brandung brach, während in den Wogen der Prairieen selber zahlreiche Heerden, nur mit Kopf und Rücken oft aus dem schwellenden Gras herausreichend, das seine Wellen an ihnen vorübertrieb, herumschwammen, oder die breiten gutmüthigen Köpfe witternd und schnüffelnd der frischen Luft entgegenhielten.

Aber kein Fahrzeug strich auf dem weiten wasserähnlichen Grasspiegel einher; vergebens suchte das Auge nach einem lichten Segel, die Täuschung nicht größer zu machen, sondern mehr fast zur Bestätigung, daß dieß nicht Land- und Pflanzenwuchs, sondern wirklich schiffbares, wogendes Wasser sei.

»Ein Kahn!« von den grünen Wellen getragen schwimmt, einen dunklen Streifen hinter sich herziehend, ein schmaler dunkler Kahn dahin, und ein einzelner Ruderer sitzt darin, still und regungslos sein Forttreiben Wind und Strömung überlassend. Mit Gewalt muß sich das Auge zuletzt zwingen in dem kleinen Kahn und Ruderer Mann und Pferd zu erkennen, die langsam einem schmalen, sich durch die Prairie ziehenden Wege folgen, und gerade auf die nächste, von einem kleinen Feld begrenzte Blockhütte zuhalten.

Der Reiter aber war ein alter Bekannter von uns, Georg Donner, der, langsam seinen Weg verfolgend, die kleine Hütte endlich erreichte, und dort seinem Pferde kurze Rast zu gönnen beschloß. Die ganze Umgebung des Hauses ließ ihn auch auf Landsleute als Eigenthümer schließen, und den Zügel seines klugen wackeren Thiers abstreifend, band er ihm die Vorderfüße, nach Landesart zusammen, und ließ es sich sein Futter auf der weiten Wiese selber suchen. Da ging die Thür der Hütte auf, und ein junges, rothwangiges, kräftiges und auch recht hübsches Mädchen von etwa achtzehn Jahren trat auf die Schwelle, den Fremden neugierig betrachtend.

»Grüß Euch Gott, Kind,« rief ihr dieser freundlich entgegen, »kann man ein Glas Milch hier bekommen? — es ist warm heute und das Wasser in der Prairie schmeckt schlecht.«

»Recht gern und so viel Ihr wollt — grüß Euch Gott,« sagte das Mädchen, rasch in das Haus zurückgehend und bald mit einem großen, bis zum Rand gefüllten Blechmaas voll Milch wiederkehrend. »Ihr seid wohl von weit her unterwegs?« frug sie dann, als Georg das Gefäß dankend an die Lippen hob, und einen langen durstigen Zug daraus that.

»Ich komme von Wisconsin herunter, wo ich ein Jahr mich aufgehalten,« sagte der junge Mann.

»Von Wisconsin; da soll es auch recht gut sein — wir haben viel Freunde drüben, die mit uns über See gekommen sind — wir wollten auch erst dorthin, aber die Schwester wurde hier krank, und da dem Vater die Gegend gefiel, blieben wir da, und ließen die andern weiter ziehn.«

»Und es geht Euch gut hier?«

»Gott sei Dank, ja; wir haben ziemlich billig gekauft, und die Jahre nun, die wir hier sind, recht sparsam gelebt und recht fleißig gearbeitet, und da sieht man doch daß man vorwärts rückt.«

»So kommt Ihr hier besser fort wie in Deutschland?«

»Ei Gott ja, v i e l besser; lieber Himmel dort fraßen die Steuern, was wir mit Mühe und Noth erzwingen konnten; wir schafften und schafften, daß uns das Blut unter den Nägeln vorkam, aber nur schlimmer wurd' es, nicht besser; wir k o n n t e n nicht erschwingen was wir brauchten, und langsam aber sicher ging's bergunter. Hier ist's besser; arbeiten müssen wir freilich auch, beinah so viel wie in Deutschland, aber was wir einnehmen ist unser, wir brauchen Nichts davon abzugeben, haben keine groben Gerichtsleute die uns quälen, und keine Taxen und Steuern, die Einem das Mark aus den Knochen saugen. Auch das Land ist vortrefflich; was man pflanzt gedeiht, und wenn wir nur ein Bischen mehr an einem großen Fluß wohnten, daß wir Alles gleich verkaufen könnten was wir bauen, wär's noch viel besser. Die Leute sagen freilich, daß wir eine Eisenbahn hier vorbeibekommen, nachher wär's schon gut. Wo seid I h r her, wenn man fragen darf?«

»Aus Waldenhayn.«

»Aus Waldenhayn — Jesus, in unserer Gegend liegt auch ein Waldenhayn, aber s'ist doch wohl nicht das —«

»Und welches ist das?« lächelte der junge Mann.

»Krisheim — und Bachstetten liegt auch nicht weit von dort, der Pfarrer von Bachstetten ist ein Bruder vom Waldenhayner Pfarr.«

»D e r Waldenhayner Pfarr' ist mein Vater,« sagte Georg.

»Und Ihr seid in Krisheim gewesen?« frug das Mädchen und hohe freudige Röthe goß sich ihr über Stirn und Schläfe.

»Oft und oft; es sind ja nur höchstens vier Stunden von unserem Ort.«

Das Mädchen sah dem jungen Mann fest und forschend dabei in die Augen, und dann drehte sie sich plötzlich ab, und die hellen klaren Thränen liefen ihr an den Wimpern nieder.

»Ihr hängt wohl noch recht an daheim?« sagte Georg endlich leise und nach langer Pause, »möchtet Ihr wieder zurück?«

»Ich weiß nicht,« flüsterte das Mädchen, immer noch von ihm abgewandt, »ich hatt' es schon beinah vergessen, und seit dem letzten Weihnacht wenig mehr daran gedacht — wenn ich aber den Ort wieder nennen höre, und nun gar wieder Jemanden sehe, der selber dort war, selber eigentlich dorthin gehört, dann — dann fängt's freilich wieder an zu stechen, und — und es kommt mir dann manchmal doch wohl vor, als ob ich das alte, liebe Dorf im Leben nimmer vergessen könnte. — Wenn ich an den Kirchthurm denke und — und was daneben liegt — und an die großen Linden — nur an den Weg der dorthin führt, möcht ich mir die Augen aus dem Kopfe weinen. — Aber der Vater darf's nicht merken,« setzte sie rasch hinzu, »sagt Ihm Nichts wenn er kommt. Es ist ihm gerade so wie uns zu Muthe, ich weiß es wohl, wenn er sich's auch nicht will merken lassen — aber weinen kann er nicht, das geht ihm nicht von der Hand, und da wird er lieber grob, wenn er's auch nicht so böse meint und — wenn man eigentlich weiß warum er's wird, möcht' man ihn nur um so lieber d'rum haben.«

Georg war es, als er das Mädchen so plaudern, und selbst den Dialekt aus seiner eigenen Gegend dabei hörte, ebenfalls recht weich um's Herz geworden; ihm selber klang die Rede wie Glockentöne aus der Heimath, und er hätte den lieben Lauten stundenlang lauschen mögen, so wohl, so weh wurde ihm dabei in der Brust. Von der Fenz herüber tönte da das Knallen einer Peitsche, Stimmen wurden laut und der Bauer, mit seiner andern Tochter, Lisbeth, kam den Weg die Fenz entlang; der Mann hatte frischen Mais aus dem Felde in seinem kleinen Karren geholt, und das Mädchen, wie ein Knabe von etwa dreizehn Jahren, ihm dabei aufladen helfen. Die Leute sahen frisch und wohl aus mit ihren sonnverbrannten aber gesunden Gesichtern, und man merkte es ihnen an, daß sie die Arbeit freute die sie thaten. Sie luden auch den jungen Mann freundlich ein bei ihnen die Nacht zu bleiben und sich und sein Pferd auszuruhen, von dem langen Ritt in der Sonne. Georg aber hatte keine Ruh, es zog ihn nach Indiana hinüber, wo er wenigstens hören wollte wie es denen ging, an denen sein Herz, so weh ihm auch der Mann gethan, den er vor allen Anderen gern geliebt hätte, mit festen — er fürchtete unzerreißbaren Banden hing, und je länger er sich fern gehalten von dem Platz, destomehr drängte und trieb es ihn jetzt, wo seines Pferdes Kopf der Richtung sich wieder zuwandte.

Eine kleine Weile plauderte er noch mit den Leuten; es that ihm wohl hier zufriedene, glückliche Menschen zu sehn, die dem Lande ihr Brod sauer genug abverdienen mußten, die aber die Schultern ernst dagegen stemmten, gegen das Werk, und, wenn auch langsam vorrückten, doch eben sahen, d a ß sie vorrückten, und sich glücklich dabei fühlten.

»Die gebratenen Tauben fliegen uns hier nicht in den Mund,« sagte der Mann unter Anderem und im Laufe des Gesprächs lächelnd, »wie sie uns manchmal, als wir von Deutschland fortgingen, vorgehalten haben, daß wir so etwas erwarteten; aber wenn wir richtig zugreifen und unsere Knochen nicht schonen, dann können wir uns doch Tauben braten, und haben dann welche, und in Deutschland ging das eben n i c h t mehr an. Das erste Jahr haben wir uns freilich tüchtig placken müssen, und sind bei anderen Leuten in Dienst gegangen, alle miteinander — es war ein schweres Jahr, aber es ging vorüber, wir lernten auch das Land dabei kennen und die Arbeit, und nun hab' ich das kleine Grundstück hier gekauft. — Ganz ist's freilich noch nicht bezahlt, aber in zwei Jahren hoffentlich ist's mein, und mit dem Vieh was ich indessen ziehe, und das den Werth der Farm erhöht, können wir der Zukunft ruhig und sorgenfrei entgegengehn.«

Der Mann hatte hundert Preußische Thaler mit herübergebracht, und mit dem dazu was er und seine Familie das erste Jahr verdient, den Stamm gelegt, der ihm eine sorgenfreie Existenz geben konnte.

Georg fing sein Pferd endlich wieder ein, band die Hobbeln ab, legte ihm den Zügel wieder an, und ritt nach freundlichem Abschied von den Leuten auf dem ausgeruhten Thiere rascher die etwas staubige Straße entlang, wo er, wie ihm der Hesse gesagt hatte, noch eine andere kleine deutsche Farm erreichen würde, die ebenfalls ziemlich armen, aber braven, fleißigen Deutschen gehörte. Es waren noch zwölf Englische Meilen bis dorthin, und kein Haus lag dazwischen, kein Baum — unabsehbar mit dem wogenden Gras den Horizont begrenzend, dehnte sich die weite Prairie um ihn aus.

Erst unfern dem Haus lief ein kleiner Steppenstrom dem Wabasch zu, an dessen Ufer dichte Büsche von Weiden, Eichen, Erlen, und einzelne Hickorybäume wuchsen, und dem Platz etwas unendlich freundlich Heimliches gaben. Prairiehühner[3] gab es dort ebenfalls in Menge; auch Kaninchen und die kleinen Rebhühner Nord-Amerikas — ein Mittelding zwischen Rebhuhn und Wachtel.

Die Ansiedlung, die hier stand, war noch ganz neu, das Land erst kürzlich urbar gemacht, aber mit einer prachtvollen Erndte wehenden Maises, die Blöcke zu der Hütte frisch gehauen, und sogar das von ihnen übrig gebliebene und dort zum Feuer gelassene Holz noch nicht ganz verbrannt. Ebenso bestand die Fenz aus ganz neu gespaltenen Riegeln, und selbst die Hühner, die vor dem Haus herumliefen, die Schweine, die dann und wann einmal einen vergeblichen Versuch machten, irgend wo eine Lücke in der Einfriedigung des Feldes zu entdecken und diesem einen Besuch abzustatten, die beiden Kühe, die zum Melken nach Hause gekommen waren, sahen aus, als ob sie dort noch nicht recht hingehörten, und keinen eigentlich bestimmten Platz hätten zu Aufenthalt und Wohnung. Weit eher hatten sich die Kinder eingerichtet, von denen drei vor dem Hause spielten und sich herumtummelten, und ein junges Mädchen von etwa vierzehn Jahren schien alle Hände voll zu thun zu haben, ihnen zu wehren und auf sie aufzupassen.

Heute gab es freilich auch etwas Neues für sie, das die Einförmigkeit ihres Steppenlebens auf erfreuliche Weise unterbrach, denn vor dem Hause hielt ein kleiner Karren, ein sogenannter Pedlar-Wagen, mit allerlei bunten, wunderhübschen Sachen zum Verkauf, und der Mann hatte gesagt, daß er die Nacht da bleiben und jedenfalls warten würde bis Vater und Mutter vom Felde heim kämen, ihnen seine Waaren auszupacken, von denen sie Manches brauchen könnten. Indessen zeigte er ihnen aber allerlei, und gewann ihre Herzen noch überdieß durch ein paar kleine Spielereien, die er ihnen preisgab. Endlich kamen die beiden Leute von ihrer Arbeit zurück, und während die Frau nach den Kühen ging, diese zu melken, trat der Bauer zu dem Pedlar, und reichte ihm die Hand.

»Guten Tag Landsmann — Ihr seid doch ein Deutscher, wie?« —

»Allerdings,« sagte der Pedlar, freundlich den Handdruck erwiedernd, »möcht's nicht verleugnen.«

»Möcht' Euch auch schwer werden,« lachte der Bauer, »Euer Gesichtsschnitt würd' Euch verrathen; nicht wahr Ihr seid von »unsere Leut«, wie wir bei uns zu Lande sagen?«

»Na, wie mer's so nimmt,« lachte Wald, denn es war unser alter Reisegefährte von der Haidschnucke, der hier seine Umstände als Pedlar schon so verbessert hatte, mit einem Güterkarren durch's Land fahren zu können, »wir leben wie die Christen, und handeln wie die Christen — der Mensch kann nicht mehr verlangen.«

»Aber Ihr eßt kein Schweinefleisch,« lachte der Bauer.

»Nu, was wär der mehr d'rum, wenn wir's n i c h t thäten,« sagte Wald achselzuckend, »aber setzt mich 'mal auf die Probe, besonders wenn Bohnen dabei sind.«

»Na, ein Mann ein Wort,« rief der Bauer, »das sollt Ihr heut' Abend haben, und Eueren Kasten könnt Ihr dann auch auskramen, wenn meine Alte mit Melken fertig ist; die hat schon die ganze Zeit lamentirt, daß sie kein Band und keinen Zwirn und keine Nadeln und Kämme und Gott weiß was hat; es ist in Ewigkeit kein Pedlar hier vorbeigekommen.«

»Glück muß der Mensch haben,« sagte Wald vergnügt, »da komm ich wieder einmal gerade recht, und was die Frau braucht, steckt da Alles im Karren d'rin.«

**Capitel 3.**
Click to ENLARGE

»Ja, glaub's schon, wenn nur da im Hause drin auch Alles stäk' um damit zu zahlen — na, aber so viel wird schon da sein. Und nun Cathrine, wie ist's mit dem Kranken drin?« wandte er sich dann an das junge Mädchen das, indessen die geben müssen.

»Nun es geht wohl nicht gut Vater, er hat viel gestöhnt, ist aber vor einer Stunde etwa eingeschlafen und liegt jetzt ruhig.«

»Habt Ihr Jemand krank in der Familie?« frug Wald, »ich habe kleine Hausmittel bei mir, vielleicht kann ich da helfen.«

»Nein in der Familie nicht, Gott sei Dank,« sagte der Bauer, »aber ein Landsmann, ein Bischen ein verkehrter Kauz, der ein paar Wochen bei mir hier gewohnt, und hier versuchen wollte eine neue Erfindung zu machen, ist dabei gefallen und hat das Bein gebrochen. Da nun kein Arzt in der Umgegend zu haben ist, mußten wir es ihm selber zurechtrücken so gut es gehen wollte, und das, fürcht' ich, wird wohl nicht zum Besten geschehn sein. Wir können den armen Teufel aber nicht so verkommen lassen, und ich will lieber morgen nach Vandalia hinunterreiten und einen Doktor holen; es ist ein Bischen weit dazu, kann aber Nichts helfen.«

»Wie ist denn das gekommen?« frug Wald, »und w o hat er das Bein gebrochen?«

»Wo? — da hinten von dem Baume herunter,« sagte der Bauer, »seht Ihr die einzelne Eiche dort an der Prairie, an der die Balken lehnen? — dort drüben links.«

»Ja aber, was um Gottes Willen hatte er denn da oben zu thun?« frug Wald erstaunt.

»Ih nun, er hat eine neue Erfindung gemacht — er hat f l i e g e n wollen, und das ist noch nicht recht gegangen.«

»Fliegen wollen, Gott der Gerechte, ich bin froh daß ich 'nen Karren habe auf dem ich f a h r e n kann — fliegen, und da ist er von oben heruntergestürzt?«

»Wie ein Mehlsack — er hatte sich so ein Gestell gemacht wie ein Drachen etwa, aber ohne Bindfaden unten d'ran,«

sagte der Bauer, »woran man sonst so ein Ding hält, daß es nicht wegfliegt; das war aber hier auch nicht nöthig, denn es kam gleich von selber herunter, und ich hätte gern gelacht, wenn's nur dem armen Teufel dabei nicht so schlecht gegangen wäre — es ist auch ein Deutscher.«

»Hm, hm, hm,« sagte Wald, »was es doch für wunderliche Menschen auf der Welt giebt, und macht er da ein Geschäft d'raus?«

»Nein, er ist eigentlich Cigarrenmacher —«

»Er heißt doch nicht Schultze?« rief Wald schnell.

»Schultze heißt er allerdings — am Ende kennt Ihr ihn gar.«

»Du lieber Gott; wenn's der ist den ich meine, sind wir miteinander über See herübergekommen, und er hatte da schon immer so einen kleinen Sparren; wenn's ihm nur nicht gar am Ende im Oberstübchen fehlt. Kann ich ihn einmal sehn?«

»Jetzt schläft er, wie die Cathrine sagt,« meinte der Bauer, »und da er die ganze Zeit über Schmerzen gehabt hat, wird's wohl besser sein wir lassen ihn ruhig liegen, bis er von selber aufwacht.«

»Und wie lange ist's her, daß er das Bein gebrochen?« frug der Pedlar.

»Heute gerade elf Tage,« sagte der Bauer.

»Gerade elf, hm — arme Teufel — hat er denn Geld?«

»Nun ein Bischen was wohl,« meinte der Bauer achselzuckend, »er kam hier durch, und die Gegend gefiel ihm hier für das was er machen wollte, wie er sagte.«

»Er meinte, er könnte hier recht hübsch in der Prairie herumfliegen?«

»Wahrscheinlich so — und er bot mir ein und einen

halben Dollar wöchentlich, wenn ich ihn ein paar Monate beköstigen wollte, bis er mit seiner Arbeit fertig wäre. Nu ja, viel zu verdienen war da nicht dabei, aber ein Bischen baar Geld thut auch gut, und da's ein Deutscher war, und sonst ein ordentlicher Mann schien, sagten meine Alte und ich ja. Jetzt liegt er nun freilich da, und wir haben die Sorge und Noth mit ihm, können ihn aber nun auch nicht im Stich lassen, bis er wieder gesund ist und sich selber helfen mag.«

»Das ist brav von Euch gehandelt,« sagte Wald, »hier in dem Amerika weiß man nie wie Einer den Andern braucht; aber da kommt die Frau, nun kann ich meine Sachen auspacken, daß wir noch fertig werden eh' die Sonne unter ist; nachher wird's dunkel im Handumdrehen.«

»Guten Tag miteinander,« sagte die Frau zu dem Pedlar tretend, und ihm die Hand reichend, »na das ist recht daß endlich einmal Einer von Euch sich hierher verliert, wir haben lange darauf gewartet. Was habt Ihr denn da in Euerem Karren drin?«

Wald säumte nicht seine Waaren anzupreisen, und die verschiedenen Kästen und Schubfache herausziehend, legte er den Blicken der jetzt um ihn herdrängenden Familie die Herrlichkeiten offen, die, aus den Städten des Ostens hergeführt, die Herzen in den westlichen Prairieen entzücken sollten.

Viel Geld hatten die Leute nun zwar nicht an derlei Gut zu wenden, Manches aber wurde wirklich nothwendig gebraucht und mußte geschafft werden, und ging der Mann auch einmal in die ziemlich fern liegende Stadt, konnte er's doch nie im Leben so aussuchen wie die Frau, und die Pedlar bleiben deshalb auch immer den Frauen willkommene Gäste.

Eine Anzahl Kleinigkeiten war indessen ausgesucht und bezahlt worden, und obgleich der Pedlar bat, die Frau möchte das Nachtquartier in Abzug bringen, wollte diese doch davon Nichts hören. Sie hätten so Nichts großes zu bieten, und für ein Nachtquartier dürften sie kein Geld nehmen, das ginge nicht an — »aber wie ist mir denn,«

setzte sie hinzu, den Pedlar dabei immer schärfer und aufmerksamer ansehend, »ich dächte doch, wir hätten einander schon einmal gesehn?«

»Wär wohl möglich,« lachte Wald, »ich zieh' nun schon ein paar Jahr lang die Kreuz und Queer im Lande herum — hierher bin ich aber doch noch nicht gekommen.«

»Es war auch nicht hier,« sagte die Frau, ihn immer stärker in's Auge fassend, »es war unten noch am Wasser, gleich wie wir ankamen — Jesus, Heinrich, sieh mal, ist das nicht der Mann, der mir den halben Dollar gab, den Kindern Milch dafür zu kaufen?«

»Seid I h r die Leute, die da unten in New-Orleans an der Levée saßen und kein Brod und keine Arbeit hatten?« frug aber nun Wald seinerseits wirklich erstaunt, »alle Wetter, dann habt Ihr Euch aber tüchtig herausgearbeitet in der kurzen Zeit.«

»Siehst Du's, er ist's,« rief aber die Frau, rasch und herzlich Wald's Hand ergreifend, »wenn nur ein Mensch wüßt' wie ich mich danach gesehnt habe Euch wieder zu sehn, und Euch danken zu können.«

»Ah, papperlapapp,« sagte Wald, abwehrend, »macht kein Aufhebens von der Läpperei — ich wollt' ich hätt' mehr thun können.«

»Ich glaub's Euch,« sagte der Mann jetzt auch, dem Juden die Hand reichend und derb drückend, »Ihr habt das Herz auf dem rechten Fleck, gerade wo's hingehört.«

»Ihr wißt aber gar nicht wie Ihr uns damals geholfen habt,« sagte, mit Thränen in den Augen, die Frau, als sie an die schwere Zeit zurückdachte, »wir anderen hätten uns helfen können, aber das Kleinste schrie nach Milch, und ich hatte keinen Tropfen mehr für das arme Würmchen. Seht jetzt den Jungen an, was für ein kräftiger Bengel das geworden ist; wer weiß ob er sich jetzt dort so herumtummelte, wenn Ihr uns nicht damals beigestanden. Lieber allmächtiger Gott, Du magst mir die Sünde verzeihen, aber ich wäre lieber mit ihm in's Wasser gesprungen wie nicht, so weh, so traurig war mir um's Herz, weil sich so gar Niemand um uns kümmerte, und es allen Menschen eben ganz gleichgültig zu sein schien, ob wir da am Flußufer verdarben oder nicht. Euer Geschenk brachte mir zuerst wieder, mit der Hülfe, Hoffnung in's Herz, und von dem Augenblick auch an schien's beinah, als ob es hätte besser werden sollen.«

»Auf gefundenem Gelde ruht ein Segen,« lächelte Wald.

»Ich glaub's Euch nicht, daß Ihr es gefunden habt,« sagte die Frau, ihn scharf ansehend.

»Und mir hat's seit der Zeit immer schwer auf der Seele gelegen, Geld genommen zu haben, was ich nicht verdient hatte,« sagte der Mann, »es war das erste Mal gewesen, und Gott sei Dank, daß wir jetzt im Stande sind es mit tausend Dank zurückzuzahlen.«

»Wie heißt zurückzahlen,« sagte Wald halb verlegen, halb lachend, »hab' ich's mir doch schon selber wieder geholt — zurückzahlen, was sagen Sie zu dem Mann; hab' mit ihm um sieben Dollar Geschäfte gemacht, und werde den halben nicht dabei haben.«

Wald war in der That auf keine Weise zu bewegen etwas, was er für einen Nebenmenschen gethan, »bezahlt zu nehmen«, und der Bauer mußte ihm jetzt erzählen wie es ihm hier so schnell geglückt. Ohne Mittel auf's gerathewohl hin, und einen Theil seiner Sachen verkaufend nur die Passage zu zahlen, war dieser mit seiner Familie nach Illinois gekommen und hatte da ein kleines Stück Land zuerst gepachtet. Die Erndte, von der er einen Theil abgeben mußte, war trefflich gerathen, und so langsam fortarbeitend hatte er jetzt den kleinen Platz, mit der Zeit ihn in den nächsten Jahren langsam abzuzahlen, käuflich übernommen.

Wie sie noch so zusammen plauderten, und der Bauer nicht müde wurde dem Krämer von den Vorzügen des Landes zu erzählen, kam noch ein Reiter die Straße nieder die zum Hause führte, und hielt neben der Gruppe.

»Hallo Wald! so fleißig und eifrig im Geschäft, hier mitten in der Prairie?« rief diesen da die freundliche Stimme Georg Donners an.

»Herr Donner, wahrhaftig!« sagte aber auch Wald, ihm die Hand auf das Pferd entgegenstreckend, »woher des Wegs?«

»Vom Norden herunter — guten Abend Ihr Leute, wie weit ist's noch bis zum nächsten Haus dahinein zu?«

»Nach der Richtung hin liegt keins,« sagte der Mann, »bis Ihr nicht zum nächsten Waldstreifen kommt, und der ist sieben englische Meilen von hier entfernt. — Dort wohnen Irische, aber eben kein freundliches Volk, und je weniger man mit ihnen verkehrt, desto besser.«

»Ja, ich bäte Euch gern, Leute, ob Ihr mich die Nacht hier behalten wolltet,« sagte Georg, »aber Ihr habt schon Besuch, und in dem Häuschen möcht' ich Euch auch nicht gern beschränken.«

»Das thut Nichts,« sagte die Frau freundlich, »wir müssen uns eben einrichten, und dürfen schon einen Landsmann nicht dicht vor Sonnenuntergang von der Thür weisen.«

»Ja und den schon gar nicht,« rief Wald rasch, »denn erstens ist er ein braver Kerl, und zweitens ein D o k t o r!«

»Ein Doktor?« riefen die beiden Leute rasch, »ja das wär schon recht!«

»Ist Jemand krank hier bei Euch?« frug Georg.

»Ein Schiffskamerad von uns Beiden, die Nachtigall, Herr Donner, von der Haidschnucke hat das Bein gebrochen, und liegt im Haus drin schon elf Tage ohne ärztliche Hülfe.«

»Aber so steigen Sie doch nur ab,« bat der Mann.

»Du lieber Gott,« sagte Georg, aus dem Sattel springend, und den Zaum über einen Zweig des nächsten Baumes werfend, »da ist's ja doch die höchste Zeit daß irgend etwas für den armen Mann geschieht.«

»Aber er schläft jetzt,« sagte das älteste Kind, »ich habe deshalb die Kleinen aus dem Haus genommen, weil er so lange schon keine ordentliche Ruhe gehabt hat.«

»Ich will ihn nicht stören,« sagte Georg, »nur wenn er wacht geh' ich zu ihm; aber ich möchte ihn wenigstens sehn — liegt er in diesem Haus?«

»Gleich links am Kamin auf dem kleinen Bett.«

Georg schlich auf den Zehen in's Haus, aber wie er nur über die Schwelle trat, hörte ihn der Kranke, drehte den Kopf nach ihm um, und streckte ihm dann rasch und freudig die bleiche abgemagerte, zitternde Hand entgegen.

»Donner, Sie sendet mir Gott selber, und von jetzt glaub' ich an Wunder!« sagte er, und die Stimme klang hohl und matt; »guter Himmel, was habe ich ausgestanden — wie führt Sie denn jetzt mein Schutzgeist her zu m i r ?«

Georg ließ sich aber auf keine weiteren Erklärungen und Auseinandersetzungen ein, bis er nicht den Bruch untersucht hatte. Viel war dabei schon in der langen Zeit, in der er uneingerichtet gelegen hatte, verloren, und das rechte Schienbein, das bei dem Sturze, wie es schien, schräg abgebrochen, noch ziemlich stark geschwollen. Er gab aber die Hoffnung nicht auf noch Alles gut werden zu sehn, ging vor allen Dingen mit der Axt hinaus an den kleinen Fluß, sich selber die passenden Rindenstücken zu Schienen abzuschlagen, und richtete den Bruch erst ordentlich ein, schiente und band ihn, und stellte dann mit Walds Hülfe, der Manches dazu in seinem Karren mit sich führte, eine Art Schwinge her, in der sie das Bein frei schwebend hängen konnten, was dem Kranken große Erleichterung gab, und ein wieder Verschieben des Knochens verhinderte.

Indessen war es dunkel geworden, der Mann hatte die beiden Pferde seiner Gäste in einen Verschlag gebracht und ihnen dort Mais eingeschüttet, die Frau kochte emsig am

Kamin das Abendbrod für ihre gern bewirtheten Gäste, und Schultze mußte nun Georg und Wald, dem er ebenfalls herzlich die Hand geschüttelt, erzählen, wie er zu dem unglückseligen Sturz gekommen. — Georg Donner hatte nämlich noch gar keine Ahnung, was er hier für Unsinn getrieben.

»Wie, um Gottes Willen kamen Sie zu dem Bruch, lieber Schultze,« frug er ihn, als er neben dem Bette saß und seine Hand dabei dem kleinen jetzt überglücklichen Mann, der sich schon der schwärzesten Verzweiflung hingegeben, überließ.

»Der Schwanz war zu kurz, lieber Herr Donner, ich hab' es mir gleich gedacht; aber es hatte wahrhaftig keinen andern Grund, der Schwanz war um dritthalb Fuß zu kurz.«

»Aber von was in aller Welt reden Sie denn?« rief Georg, auf's Äußerste erstaunt.

»Nun von meinem Drachen — ich sage Ihnen Herr Donner, wenn ich den unglückseligen Fall nicht gethan hätte, flög ich jetzt im ganzen Lande umher. Ich habe das Geheimniß gefunden, das uns wieder zu unserer alten verlorenen Eigenschaft verhelfen soll.«

»Aber bester Herr Schultze, was machen Sie für Streiche,« lachte Georg, als ihm ihr Wirth jetzt ebenfalls mit kurzen Worten die ganze Geschichte erklärt hatte, wie sich Herr Schultze mit unendlicher Mühe aus Schilf und Rohrwerk und Seide ein breites Gestell gebaut, dieses dann oben an dem Baum befestigte, und bei einer frischen Brise endlich, wo sich die Fläche von selber an zu heben fing, oben darauf gestiegen wäre und die Seile durchgeschnitten hätte, wonach der Drache, oder wie es sonst heißen möchte, auf der einen Seite übergekippt wäre, Herrn Schultze heruntergeworfen, und sich selber im nächsten Baume wieder gefangen hätte.

»Was ich für Streiche mache, bester Donner?« rief aber Schultze, »ich schlage mein Leben für die Wissenschaft in die Schanze, das mache ich. Meine feste, innige Überzeugung ruht auf dem System, und ich weiß, daß ich es durchsetze; was liegt daran, ob ich später noch einmal ein oder beide Beine breche, ich werde doch in meinem Leben nur noch sehr wenig gehn, denn nicht allein bin ich dahinter gekommen wie die Flugkraft am Besten herzustellen ist, nein ich bin auch im Stande, mein später vervollkommtes Luftschiff in eine höhere oder tiefere Luftschicht zu lenken und es dort zu steuern — was sagen Sie nun, Freundchen?«

»Daß Sie, sobald Ihr Bein wieder geheilt ist, mit diesen Ideen nächstens den Hals brechen werden,« erwiederte Georg achselzuckend; »was aber um des Himmels Willen hat Sie auf diese unglückselige, brodlose Idee gebracht? — was wollen Sie damit bezwecken, was hilft es Ihnen, wenn Sie wirklich eine Strecke durch die Luft fliegen und mit unzerbrochenen, unverrenkten Gliedern wieder auf Gottes Erdboden kommen?«

»Das kann ich Ihnen nicht so auseinandersetzen, mein junger Freund,« sagte aber Schultze, ernst und recht wehmüthig dabei mit dem Kopfe schüttelnd, »das ist das Ziel, die Aufgabe meines Lebens, für die mich Gott eigens geboren und in die Welt gesetzt. Ich fühle das auch in mir, ja was noch mehr ist, ich fühle daß ich es durchsetzen werde, daß ich bestimmt bin, der Menschheit eine neue Ära zu gründen, oder vielmehr unsere jetzige Bahn zu dem alten Punkt zurückzuführen. Die Kraft und Eigenschaft, die wir einst besessen, haben wir nicht verloren, sondern nur auf eine Zeitlang vergessen. Es ist das Ei des Columbus; wenn gefunden, wird die ganze Welt schreien: »ja das ist gar Nichts — wenn wir das so gemacht hätten, hätten wir's auch gekonnt.« Die Sache ist aber die, sie haben's nicht so gemacht, und Schultzes Name, mein lieber Freund, Benjamin Schultze wird unsterblich werden.«

»Wenigstens bald zu den Unsterblichen gehören, wenn Sie in der Art fortfahren,« lächelte Georg. »Ich will eine mögliche Ausführbarkeit der Luftschifffahrt gar nicht etwa bestreiten; es sind in den letzten Jahren andere Sachen möglich gemacht, die wir früher für eben so unmöglich gehalten; aber ich fürchte, lieber Schultze, Sie haben das Zeug nicht dazu etwas derartiges durchzuführen. Ihnen stehen keine bedeutende Mittel zu Gebote, Sie haben auch, so viel ich weiß, keine mechanischen Kenntnisse, Sie in der Ausführung eines solchen Plans zu unterstützen, und der gute Willen genügt dazu nicht. Dieser Sturz sollte Ihnen deshalb eine Warnung sein; Sie kommen dießmal noch hoffentlich mit ein paar Monate Hinken davon — daß es nicht später schlimmer wird.«

Wald mußte jetzt erzählen, was er bis dahin getrieben, und that das mit dem ihm eigenen, drolligen Humor. Er war mit etwa zwanzig Spanischen Dollarn in der Tasche an Land gekommen und hatte dort gleich, nach dem Beispiel seiner Glaubensgenossen, einen kleinen Handel mit Band, Litzen, Nadeln etc., etc., etc. angefangen. Den war er bald im Stande zu vermehren und kaufte jetzt, anstatt ein theueres Haus in der Stadt, das er nicht hätte bezahlen können, und wo das Standgeld allein seinen Nutzen halb aufgezehrt haben würde, ein kleines altes Flatboot an der Landung, das er dort ruhig auf dem Schlamm liegen ließ, und zu einem Laden herrichtete. Er mußte dort natürlich viel von den Mosquitos sowohl, als dem schauerlichen Dunst der benachbarten Boote leiden, aber er verdiente Geld, und blieb da so lange, bis er im Stande war, sich eine ordentliche Quantität Waaren mit Wagen und Pferd zu kaufen, mit denen er dann von New-Orleans fort zu Lande am Mississippi hinaufzog, bis ihn die Fieberzeit dort wieder vertrieb, und er an Bord eines Dampfschiffes ging, sich in Cincinnati mit seinem Karren an Land setzen zu lassen. Von dort aus hatte er Indiana ziemlich durchstreift, vortreffliche Geschäfte gemacht, und große Lust wieder dorthin zurückzukehren, und vielleicht erst zum Spätherbst nach Illinois zu kommen, da die Fliegen den Tag über das Pferd so belästigten, und Nachtreisen ihm bei seinem Geschäft doch nichts nützen konnten.

»Durch Indiana?« — Georg fühlte wie sein Herz stärker an zu klopfen fing, denn er dachte der Möglichkeit, der Krämer könne auch Lobensteins besucht haben, von denen er über ein Jahr auch nicht die geringste Kunde gehabt. Wald ließ ihn aber auch darüber nicht lange in Zweifel, und fing an aus freien Stücken die ihrer früheren Reisegefährten aufzuzählen, die er auf seinen Wanderungen angetroffen.

Die ersten waren zwei von den drei Passagieren, die von dem Leuchtschiff zu ihnen an Bord gekommen, die beiden dem Zuchthaus wahrscheinlich entnommenen jungen Verbrecher, die ihre alte Gewohnheit hier nicht hatten verleugnen können oder wollen, und bei einem Pferdediebstahl erwischt waren. Die Eigenthümer schienen Lust gehabt zu haben sie gleich an Ort und Stelle zu hängen, aber der Sheriff legte sich zu ihrem Glück noch in's Mittel, und sie wurden (Wald kam gerade dazu sie abführen zu sehen), nachdem die dortigen Ansiedler ihnen wenigstens erst eine tüchtige Tracht Schläge mit einem schwanken Hickory verabreicht, in das Staatsgefängniß abgeliefert.

Dann hatte er ein paar von seinen Landsleuten, auch Zwischendeckspassagiere der Haidschnucke, im Lande, und ebenfalls als Krämer oder Händler angetroffen. Löwenhaupt war Eigenthümer eines Kleiderladens am Wasser unten, in Cincinnati, wollte sich aber von seiner Frau scheiden lassen, weil sie ihn mishandelte. Rechheimer war ebenfalls Pedlar geworden und die beiden Rechheimer Mädchen hatten sich, die eine in Cincinnati, die andere in Vincennes, an ziemlich wohlhabende Leute verheirathet.

Der Polnische Jude mit seiner Holzharmonika war wieder nach New-Orleans zurückgegangen, der Knabe aber so krank geworden, daß er nicht mehr singen konnte — und erst ganz kürzlich — vor ein paar Tagen nur — hatte er ein ganzes Nest von Haidschnucken-Passagieren auf einer Farm unweit Grahamstown in Indiana getroffen.

»Und wie geht es Lobensteins?« rief Georg rasch.

»Sie kennen den Platz?«

»Ich habe dort gearbeitet,« erwiederte Georg ausweichend.

»Thut mir leid um die Leute,« sagte Wald.

»Wie so? — was ist mit ihnen?« frug Georg rasch.

»Nun, daß es ihnen so schlecht geht.«

»Ist Jemand krank?«

»Nicht daß ich wüßte — nur so, meine ich.«

»Aber der Professor hat doch die Farm?«

»H a tt e sie,« sagte Wald.

»Er hat sie verkauft?« rief Georg, rasch und erschreckt.

»Noch nicht,« meinte der Pedlar, »doch heute oder morgen wird's wohl dran gehn. Wie ich dort vorbei kam war's dicht daran.«

»Aber wie ist das möglich,« sagte Georg, »die Erndte ist doch gewiß dort wie hier gut ausgefallen, die Verbesserungen, die er auf der Farm gemacht, müssen ihm wenigstens e t w a s eingetragen haben, und so war der Platz doch nicht verschuldet, ein solches Ende so rasch herbeizuführen.«

»Wie die Geschichte ganz genau ist, weiß ich nicht,« sagte Wald, »so viel aber ist gewiß, daß der Professor Vieh und manches Andere verkaufen mußte, dem Weber, der sich bei ihm mit seiner Familie verdingt hatte, seinen Jahrlohn zu geben. Außerdem hat er Unglück gehabt mit dem einzigen Sohn, der sich auf der Jagd eine Ladung Schroth durch den Leib geschossen.«

»Großer Gott, Eduard,« rief Georg, entsetzt von seinem Sitz aufspringend.

»Wie ich die Sache hörte,« fuhr Wald fort, »war der junge Mann mit einem andern unserer Zwischendeckspassagiere — dem langhaarigen Burschen, der immer die Verse an Bord machte — auf die Jagd gegangen, und weiß der liebe Gott, was die beiden jungen Leute zusammen angefangen, aber der junge Lobenstein, Eduard hieß er, glaub' ich, schoß sich, wie jener Versemacher sagte, beim über einen Graben springen durch den Leib, und starb ein paar Stunden darauf unter den furchtbarsten Schmerzen.«

»Das ist ja entsetzlich,« stöhnte Georg.

»Nicht so, als der Mensch vielleicht denken möchte,« meinte Wald ruhig, »denn wie mir der Weber erzählte, war der junge Bengel zum Arbeiten nie etwas nutz gewesen, und durch den Fall wurden sie auch, als reinen Gewinn, den Literaten los, der sich auf dem ersten Dampfboot wieder nach New-Orleans einschiffte.«

»Aber wie um Gottes Willen konnte er so zurückkommen, g e z w u n g e n zu werden seine Farm verkaufen zu müssen?« frug Georg.

»Wie? — einfach genug,« meinte der Pedlar, »ich habe weitläufig darüber mit dem Weber, einem ordentlichen, braven Menschen gesprochen, der die Sache schon lange hat kommen sehn, aber Nichts ausrichten konnte gegen den Starrkopf des Professors. Anstatt sein Feld ordentlich mit Mais oder Waizen zu bepflanzen, Produkte, von denen er wußte, daß er sie wieder in baar Geld verwandeln konnte, machte er Experimente, baute in eine Ecke Runkelrüben und in die andere Ölsaat, verschwendete dabei ein Capital an Arbeitslohn, für eine Bande müssiger, ungeschickter Gesellen, die ihren Nutzen dabei fanden ihn in dem Glauben zu bestärken er könne Mühlen und Gott weiß was sonst noch, bauen. Die Leute wollten dann allwöchentlich ausgezahlt sein, und was nicht mehr länger verborgen bleiben konnte, kam an's Tageslicht. Mit einem recht großen, tüchtigen Capital hätte der Mann vielleicht Manches erreichen können, so aber reichten seine Mittel nicht aus; Mühlen, Zuckerpressen, Backsteinmaschinen, Alles was er zu gleicher Zeit begann, und was in einigen Jahren, wenn richtig geleitet, gewiß einen hübschen Profit abgeworfen hätte, blieb mitten in der Arbeit stehn, und zehrte, anstatt zu helfen, mit an dem übrigen Capital.«

»Und ist der Weber noch bei ihm?« frug Georg.

»Oh Gott bewahre,« sagte Wald, kopfschüttelnd, »der

Professor hat ihn bei Heller und Pfennig ausgezahlt, was er ihm und seiner Familie für die Jahresarbeit schuldete, und seinen Contract ehrlich gehalten, damit aber auch, wie es scheint, seine eigenen Kräfte total erschöpft, und Brockfeld sitzt jetzt, etwa zwei Meilen diesseit von Lobensteins Farm, auf einem eigenen Stück Land, in einem eigenen freundlichen Häuschen, und es geht ihm und den Kindern und der alten Mutter r e c h t gut.«

»Wie weit ist es bis dorthin?« frug Georg, fast unwillkürlich dabei von seinem Stuhle aufspringend.

»Nun heute Abend kommen Sie nicht mehr hin,« lachte Wald, »wenn Sie aber ordentlich zureiten, mögen Sie in vier Tagen den Platz erreichen — Sie wissen ja wohl wo er liegt.«

»Ach wenn Sie nur noch eine ganz kurze Zeit bei mir bleiben könnten, bester Donner,« seufzte Schultze wehmüthig vor sich hin, »wie soll es denn werden, wenn Sie fortgehn?«

Georg beruhigte ihn übrigens hierüber, und versprach ihm, heute Abend noch seine beiden Wirthsleute und Pfleger so zu unterrichten, daß sie den jetzt gut eingerichteten und fest und sicher geschienten Bruch auch allein behandeln könnten. Ruhe war das Einzige was er brauchte, und das Hauptsächlichste dann nahrhafte Speisen, die sich die Leute nicht getraut hatten ihm zu geben, damit sich sein Körper, was er so sehr bedurfte, wieder kräftige und stärke. Sei es ihm möglich, wolle er selber noch einmal in vierzehn Tagen etwa hierher zurückkehren.

# Capitel 4.

## Georg und Marie.

Vier Tage später mit Sonnenuntergang erreichte Georg nach scharfem Ritt, auf dem er sein Pferd nicht geschont, »Brockfelds Farm,« erfuhr aber hier, wo man ihn auf das Herzlichste begrüßte, nur die Bestätigung dessen, was ihm Wald schon in Illinois gesagt, daß es mit den Vermögensumständen des Professors recht traurig stehe, dieser nicht im Stande sei, seine letzte Zahlung an den Wirth in Grahamstown, von dem er die Farm gekauft, zu machen, und gesonnen sei, sie am nächsten Montag — der erste im Monat September, wo Gerichtssitzung in Hollowfield wäre — zu verauktioniren, wenn er sich nicht vorher mit dem Wirth selber über die Rücknahme des Platzes einigen könnte. Dieser aber wollte jetzt freilich nur entsetzlich wenig dafür geben, weil er behauptete, die Aussichten für die Lage desselben hätten sich allerdings, und ganz wider Erwarten, sehr verschlechtert. Noch immer war keine Hoffnung eine Eisenbahn hierherzubringen, indeß die Cincinnati-Bahn schon beendet worden, und was sollte er nun mit einer mitten im Wald liegenden Farm anfangen?

Der Professor mochte jetzt wohl recht gut einsehn, daß er damals von dem schlauen Wirth bei seinem Ankauf betrogen worden, und sich bös damit übereilt habe; war das aber nicht seine eigene Schuld? Anstatt, wenn er selber darin nicht Zeit gehabt Erfahrungen zu sammeln, wenigstens einen unpartheiischen Sachkundigen dazuzunehmen, der die Verhältnisse des Landes kannte, war er mit den beiden Deutschen hinübergeritten die, so gut sie es mit ihm selber meinen mochten, doch nur im Stande sein konnten einen deutschen Maasstab an das Land zu legen; von allem Anderen verstanden sie Nichts, und der pfiffige Amerikaner hatte nicht gesäumt das zu benutzen.

Die Summe, die der Professor dem Wirth in Grahamstown

noch schuldete, kannte der Weber nicht, und Georg hätte das Herz brechen mögen vor Weh und Schmerz, wenn er der Zukunft dachte, der jetzt die Frauen entgegensahen.

Dem Weber ging es indeß recht gut hier auf seinem neuen Platz; er hatte Zeit gehabt sich die Umgegend genau anzuschauen, und nach allen Seiten hin etwa die Preise der verschiedenen Plätze zu erfahren. Dies kleine *improvement* mit vierzig Acker vom Staat gekauften und fünf Acker darunter urbar gemachtem Landes war da, durch das plötzliche Fortziehn des Eigenthümers, unter dem Werth gegen baar Geld zu verkaufen gewesen; die Gelegenheit hatte er benutzt, und befand sich wohl dabei. Die Leute waren auch unendlich fleißig, griffen Alle zu, und arbeiteten von früh bis spät, sich ihre neue Heimath nicht allein wohnlich, sondern auch einträglich zu machen. Der Viehstand besserte sich dabei ebenfalls, und die Aussicht war da, daß sich ihr Vermögen von Jahr zu Jahr vermehren, nicht zurückgehen werde, und sie ihre Auswanderung aus der Heimath, so weh ihnen die im Anfang auch gethan, nicht zu bereuen brauchten. Auch die alte Mutter, die noch am längsten an der Heimath gehangen, und doch immer heimlich gestöhnt und geklagt, so gut es ihren Kindern auch ging, und so sorglos sie in's Leben sehen durften, hatte sich endlich hineingefunden in die neue Welt. Freilich, so warm und freundlich schien die Sonne doch hier nicht wie in Deutschland, so kühl war der Schatten, so lau die Luft nicht im Frühling, die Blumen rochen nicht so gut, die Vögel sangen nicht so lieb, der Himmel war nicht so blau, die Wiese nicht so grün, das Wasser nicht so süß, und einen Vergleich mit Deutschland hielt »das Amerika« lange nicht aus. Aber — sie mußte doch zuletzt einsehn, daß es ihren Kindern gut hier ging; in Deutschland hatten sie ihr Schwein verkaufen müssen, Steuern davon zu zahlen, hier hielten sie schon vier Kühe und so viel Dutzend Schweine, wie sie zu Hause Stück gehabt, und Hühner und Gänse daneben, hatten zwanzig Mal so viel Land wie daheim, und wenn das Haus auch noch nicht so warm und bequem war, der nächste Sommer würde das schon bessern. So saß sie denn jetzt auch wieder wie vordem in ihrer Ecke im Haus, oder bei schönem Wetter unter einem breitästigen Eichbaum vor der Thür im Schatten, wo ihr der Sohn ein großes freundliches Asterbeet angelegt, ihre Augen an dem Glanz der Herbstblumen zu letzen. So, mit dem Spinnrad vor sich, wenn sie auch nur wenig spann, und das mehr aus alter Gewohnheit bei ihr stand, legte sie oft die Hände in den Schooß und schaute schweigend und still befriedigt die neben ihr spielenden Enkel an, die sich munter auf dem Platz da umher tummelten, und amerikanischen Boden gerade so passend zu ihren Spielen fanden, wie deutschen.

Georg hatte aber keine Ruhe hier — ihn drängte es mehr von dem Schicksal einer Familie zu hören, deren Wohl ihm warm am Herzen lag, und mit Tagesanbruch am anderen Morgen sattelte er sein Pferd, nahm freundlichen Abschied von den Leuten, die ihn noch Alle gern vom Schiff und von der Farm her hatten, und ritt in scharfem Trabe, Lobensteins Farm für jetzt umgehend, dem kleinen Grahamstown zu, dort erst vor allen Dingen mit dem Gläubiger des Professors zu sprechen, und zu sehen wie tief dieser eigentlich in Schulden stecke.

Etwa um zehn Uhr Morgens erreichte er den kleinen Platz, der noch gerade so still und öde lag wie vor zwei Jahren, ja eher noch stiller, noch verlassener, denn drei oder vier damals gebaute Häuser waren wirklich von ihren Eigenthümern, da alle die großen Verheißungen nicht wahr geworden, im Stich gelassen, und gaben dem Ort noch mehr ein wüstes, trauriges Aussehn. Auch Ezra Ludkins hatte Lust auszuverkaufen, und zu dem Zweck einen großen Anschlag unter seine Seejungfer befestigt, welchem zufolge ihn dringende Familienverhältnisse nach Texas riefen, und er Haus und Geschäft unter dem Werth losschlagen wolle. Es fand sich aber kein Käufer, und Wind und Wetter bekamen es endlich satt, das Papier da nutzlos hängen zu sehn, und rissen es herunter.

Ezra Ludkins war übrigens zu Hause, hatte auch freie Zeit genug, denn er schien der einzige Gast seines ganzen Hauses, das leer und öde stand und mit den nackten Wänden und unbesetzten Tischen recht gut zu der ganzen kleinen Stadt paßte, deren erstes Gebäude es gewesen.

Amerika bietet viel solcher Beispiele; wo sich die Wahl für den Bau einer Stadt als eine glückliche erwiesen, strömt die Bevölkerung ihr in Masse zu, und einzelne Beispiele wie Cincinnati, Milwaukie, Buffalo und hundert andere zeigen, welche Lebenskraft in dem Fall in dem Volke liegt. Wo das aber nicht der Fall war, wo die Möglichkeit oder Zweckmäßigkeit der Verbindungswege falsch berechnet worden, oder, wenn die Stadt dicht am Ufer des Flusses lag, dieser vielleicht zufällig den Grund zu versanden anfing, wenn auch für jetzt noch Wasser für die größten Boote blieb, da war es vorbei mit der S t a d t ; nicht allein keine neuen Ansiedler ließen sich dort nieder, nein auch die, die schon ein Grundstück gekauft, und viele Hoffnungen früher auf den Platz gesetzt hatten, suchten das so rasch als möglich wieder loszuwerden, und ließen es lieber ganz im Stich, ehe sie weiter noch Geld und Zeit darauf verwandt hätten ihr Glück hier zu versuchen; es gab andere Gelegenheit dazu im weiten Land.

Ezra Ludkins schien aber nichtsdestoweniger kaum geneigt, dem jungen Mann den Stand der Verhältnisse zwischen ihm und dem Professor, auseinander zu setzen; er mochte wohl Hoffnung haben, die für diese Gegend kostbaren Meublen, wie die andern mitgebrachten Sachen, auf eine Auktion geworfen zu sehn, und dann im Stande zu sein billig genug zu kaufen, da hier Niemand Anders fast Gebrauch für solche Gegenstände hatte. Nur erst, als Georg in ihn drang, und fest darauf bestand, er sei von dem Professor selber abgeschickt worden, die noch bestehenden Rechnungen nachzusehn, und so weit das möglich wäre, zu ordnen, entschloß er sich dazu sein Buch herbeizuholen, und brachte eine Forderung an den Professor von einhundert und dreißig Dollar.

»Aber das Andere, was auf dem Haus noch steht,« drängte Georg.

»Nun das ist d a s hier,« sagte Ludkins mürrisch, »hol' der Henker einen solchen Handel, denn wenn ich gewußt hätte, daß ich so lange auf mein Geld warten mußte, wär's mir nicht eingefallen den Platz zu verkaufen — ich hätte zehn andere Käufer gehabt die das Geld baar niederzahlten. Baar

Geld ist stets noch einmal so viel werth, wie die beste Note.«

»Wieviel ist aber die ganze Summe, die Ihnen der Professor schuldig ist?« frug Georg, jetzt ebenfalls ungeduldig werdend, »wenn Sie in solcher Eile sind, antworten Sie mir wenigstens einfach auf meine Frage.«

»Nun die Antwort habe ich Dir auch einfach genug gegeben,« brummte der Pensylvanier — »wenn Du kein Deutsch verstehst, kann ich's nicht helfen — hundert und dreißig Dollar.«

»Und das ist Alles?« rief Georg, wirklich kaum im Stande sein Erstaunen zu verbergen.

»Das ist Alles, wenn er's nur zahlt,« sagte der Pensylvanier.

»Und an den früheren Eigenthümer der Farm hat er keine Verpflichtungen weiter?« frug der junge Mann noch einmal vorsichtig.

»Der bin ich; mein Junge hatte sie nur dem Namen nach; — für hundert und dreißig Dollar kann er meinetwegen dort wohnen bleiben, und alle seine wahnsinnigen Experimente durchführen nach Herzenslust.«

»Sein Sie so gut und schreiben Sie mir die Quittung,« sagte Georg ruhig.

»Für die ganze Summe?«

»Ja — bis auf den heutigen Tag für Alles was Ihnen Mr. Lobenstein noch schuldet.«

»Das soll schnell genug geschehen sein,« brummte der Pensylvanier, ging hinter seine *bar*, wo Dinte und Feder stand, und schrieb die Quittung aus. Georg nahm indessen aus seinem Taschenbuch die Summe in guten Indiana-Banknoten, die der Wirth jedoch erst höchst aufmerksam und sorgfältig nachsah, endlich für richtig befand und den verlangten Schein dem jungen Mann aushändigte. Eine Viertelstunde später saß Georg wieder im Sattel, und galopirte rasch und mit einem recht freudigen Gefühl in der Brust, den schmalen, schattigen Weg hinauf, der nach der »deutschen Farm« führte.

Wie hatte sich der Platz verändert, seit dem letzten Jahre; das fröhliche regsame Leben was dort geherrscht, war verschwunden, das Haus, in dem die Weberfamilie mit den Arbeitern gelebt, stand ganz leer, von dem munter blökenden Vieh, das die Fenzen sonst umgeben, war fast Nichts mehr übrig geblieben — eine einzige Kuh und ein paar Schweine ausgenommen — da mit dessen Verkauf die nöthigsten Ausgaben hatten gedeckt, die dringendsten Schulden bezahlt werden müssen, und der Platz selber verrieth nur zu deutlich, wie keine ordnende Männerhand mehr ihm vorstehe, selbst nur ihn so in Stand zu halten wie er war.

Über die Fenz lagen ein paar der im Feld noch gelassenen alten abgetrockneten Bäume umgestürzt, und die niedergebrochenen Riegel, mit den unausgefüllten Lücken, verschwanden schon allmählich in dem Unkraut, das über sie emporwucherte. Der Mais war gereift, aber noch zum Theil — was nicht hatte verkauft werden müssen — im Felde gelassen, und die nicht umgebrochenen Kolben, von Spechten und Krähen angepickt, begannen anzufaulen. Der kleine Garten hinter dem Haus sah ebenfalls wüst und von Unkraut überwuchert aus; die Frauen hatten nicht Zeit mehr gehabt, vor dringenderen Arbeiten, die Blumen zu pflegen, die sie im Anfang gesäet, und nur die paar Gemüsebeete, für das Nothwendigste was sie im Hause brauchten, waren rein vom Unkraute gehalten, daß die Sonne es bescheinen konnte. Selbst über den Weg hinüber lag ein umgestürzter Baum, und der Pfad, den sich die Bewohner darum hingemacht, bewieß, wie er schon längere Zeit gefallen sein mußte, ohne daß sich irgend Jemand die Mühe genommen, ihn hinwegzuräumen.

Es mochte Mittagszeit sein, als Georg den Platz erreichte; kein menschliches Wesen war aber in dem breiten Hofraum zu sehn; nur der aus dem Haus selber aufsteigende dünne Rauch, wie ein paar einzelne scharrende Hühner, verriethen, daß der Ort bewohnt, und nicht ganz verlassen sei, und mit klopfendem Herzen ritt er über die niedergeworfenen Stangen der Einfriedigung hinweg bis fast an das Haus hinan, band dort sein Pferd an und — zögerte wieder, ob er den Fuß vorwärts setzen und die Schwelle jetzt betreten sollte, die bald zu erreichen, er sein Pferd fast zu Schanden geritten. Da schlug der Hund an, ein junger Brake, den sich Eduard hatte zum Jagdhund dressiren wollen, und der jetzt auf eigene Hand des Nachts Opossums und Waschbären in die Bäume jagte und Stunden lang darunter vergebens heulte, Hülfe herbeizurufen.

Am Fenster des kleinen Hauses wurde Jemand sichtbar, Georg konnte aber nicht gleich erkennen wer es sei, so trübe war ihm das Auge geworden, als er die trostlose Veränderung hier erkannte, und langsam schritt er auf die Thüre zu, indeß der Hund, der ihn erkannte, an ihm hinaufsprang und winselte und bellte.

»Kennst Du mich noch Hektor?« sagte er, des freundlichen Thieres Kopf streichelnd — »hast Du mich nicht vergessen in der langen Zeit?«

»Georg!« rief da eine, oh nur zu wohlbekannte, aber erschreckte Stimme dicht vor ihm, und Marie, die aus der Küche unten getreten, zu sehn wer da komme, brach todtenbleich in die Knie, und wäre zu Boden gesunken, hätte sie Georg nicht in seinem Arme aufgefangen.

»Oh Georg — Georg ist wieder da!« rief da eine fröhliche Kinderstimme und Camilla, die jüngste Tochter Lobensteins, von dem um ein Jahr älteren Carl rasch gefolgt, sprang aus der Thür und flog auf den jungen Mann zu. Auch Marie hatte sich jetzt wenigstens so weit gesammelt, wieder allein stehn zu können, aber noch immer war kein Tropfen Blutes in ihr Gesicht zurückgekehrt, doch lenkte der Neugekommene die Aufmerksamkeit der Übrigen glücklich von ihr ab.

»Herr Donner?« sagte der Professor, der jetzt ebenfalls in der Thür erschien, und den jungen Mann halb erstaunt, halb verlegen erkannte — »aber bitte, kommen Sie näher — bleiben Sie nicht draußen auf der Diele stehn.«

»Mein lieber — lieber Herr Professor!« rief Georg, dem alten Herrn entgegeneilend, und seine Hand herzlich drückend — »wie freue ich mich, Sie so wohl und munter wiederzufinden — aber — wo ist die Frau Professorin?«

»Sie ist nicht wohl,« sagte der Professor nach kurzer, aber ängstlicher Pause — »Sie wissen vielleicht noch nicht, wie schwer uns das Schicksal, seit Sie uns verlassen, in meinen Sohne heimgesucht —«

»Ich weiß es,« sagte Georg leise, und mit tiefem Mitgefühl.

»Seit der Zeit kränkelt meine Frau,« fuhr der Professor langsam fort — »der Schlag damals traf sie zu schwer. Um sich zu zerstreuen und die bösen Gedanken loszuwerden, arbeitete sie dabei mehr als ihr gut war, und hütet nun jetzt schon seit vier Wochen ununterbrochen das Lager. Anna war gerade hinüber gegangen nach ihr zu sehen. Aber komm Marie — setz einen Stuhl zum Tisch für Herrn Donner — wenn Sie mit uns vorlieb nehmen wollen, wir sind gerade bei Tisch, aber Schmalhans ist heute Küchenmeister — Sie haben es sehr unglücklich getroffen.«

Georg — selber nicht wissend, wie er das, was ihm auf dem Herzen lag, beginnen sollte — setzte sich mit zu Tisch — die Mahlzeit bestand in Kartoffeln mit Butter und einem sehr einfachen Amerikanischen Gericht, Hominy — gequollener und in Wasser abgekochter Mais.

»Wenn Georg die letzte und vorletzte Woche gekommen wäre,« rief Camilla dazwischen — »hätte er auch nichts Anderes gefunden.«

»Mögen Sie das Hominy?« frug der Professor verlegen lächelnd, und versuchend die Aufmerksamkeit des jungen Mannes von dem Kinde abzuziehn — »i c h habe mich so daran gewöhnt, daß es ordentlich ein Leibgericht von mir geworden ist.«

»Wir Andern mögen es aber alle mit einander nicht,« sagte Camilla — »es schmeckt gerade wie Stroh.«

Die Thür ging in diesem Augenblick auf, und Anna's Eintritt unterbrach glücklicher Weise die naseweise Bemerkung des Kindes. Anna begrüßte den jungen Mann auf das Herzlichste, und auch Marie wurde zutraulicher, und gewann ihre ganze Fassung wieder, als sie sah, wie unbefangen sich die Schwester mit dem frühern Hausgenossen unterhielt. Georg beseitigte dabei auf sehr praktische Weise jede Verlegenheit, die der Professor etwa hätte wegen dem Essen fühlen können, indem er, durch den scharfen Ritt auch wirklich hungrig geworden, tapfer zulangte, und dem Hominy und den Kartoffeln alle nur mögliche Ehre anthat.

»Und wissen Sie, weshalb ich hierher zurückgekommen bin?« frug Georg nach beendeter Mahlzeit, indem er lächelnd den Professor ansah, nur aber einen ganz scheuen, flüchtigen Blick nach Marien hinüberzuwerfen wagte, deren Auge er jedoch nicht begegnete. —

»Weshalb, weiß ich nicht,« sagte der Professor herzlich — »aber es freut mich, daß Sie wiedergekommen sind, und mir wenigstens dadurch beweisen, Sie tragen keinen Groll nach, wegen dem Vergangenen.«

»Lieber Professor.«

»Ich hätte selber schon an Sie geschrieben,« fuhr dieser jedoch entschlossen fort, »konnte aber von keiner Seite auch nur die geringste Nachricht bekommen, wo Sie sich befänden; Sie waren auf einmal verschollen und blieben es, von dem Augenblick an, wo Sie den Platz verlassen, da Sie Herr von Hopfgarten damals, ein paar Stunden später, vergeblich im ganzen Township suchen ließ.«

»Herr von Hopfgarten?«

»Ich erzähle Ihnen die Geschichte ein ander Mal — aber — sind Sie zufällig wieder in unsere Nähe gekommen, oder haben Sie uns noch nicht ganz vergessen gehabt, und absichtlich aufgesucht?«

»Ich bin vier Tage so scharf geritten, wie mein Pferd laufen konnte,« lächelte Georg, tief dabei erröthend — »nur um recht bald hier zu sein.«

»Das ist brav, das ist recht brav von Ihnen,« rief Anna freudig, und Marie dankte es ihm dießmal mit einem lächelnden Blick.

»Um aber kurz zu sein,« fuhr Georg zögernd und erröthend fort, »so — so möchte ich wieder hier in Arbeit treten, und — und wenn Sie mir beweisen wollen, daß auch Sie keinen Groll mehr gegen mich hegen, vielleicht manches voreilig gesprochenen Wortes wegen — so schicken Sie mich nicht wieder fort, sondern behalten mich hier.«

»Ach das ist brav, das ist schön,« rief Carl — »da brauche ich und Marie nicht mehr das schwere Holz aus dem Wald herbeizuschleppen.« Anna und Marie aber sahen sich verlegen an der Vater sagte, ohne die Frage direkt zu beantworten und dann Georgs Arm nehmend, zu seinen Töchtern:

»Haltet den Kaffee bereit, Kinder, bis wir zurückkommen, ich muß Herrn Donner doch einmal zeigen, wie weit wir mit unseren Arbeiten vorwärts gelangt sind, seit er uns verlassen, und unterwegs können wir dann auch alles Weitere viel besser und bequemer besprechen,« und ihn mit sich die Treppe hinunterführend, traten sie in den Hof, wo Georg vor allen Dingen sein Pferd absatteln, in den Stall einstellen und füttern mußte, und dann mit dem Professor langsam den Weg hinabging, der an den Feldern hinführte.

»Lieber Donner,« sagte dieser hier zu ihm, und es war ihm angenehm, daß er, neben ihm hingehend', nicht in sein Auge zu schauen brauchte — »die Zeiten, seit wir uns nicht gesehen, haben sich s e h r verändert, und — so gern ich Sie wieder auf meiner Farm beschäftigen möchte, ja so — so nöthig ich sogar Jemanden dazu brauchte — bin ich nicht mehr — durch die dießjährigen niedrigen Getreidepreise noch außerdem gedrückt — im Stande Arbeiter zu halten und — zu bezahlen.«

»Aber bester Professor —«

»Bitte, lassen Sie mich ausreden,« sagte dieser, fest entschlossen, die einmal begonnene Sache nun auch durchzuführen — »ehe wir von etwas Anderem beginnen — ehe ich Ihren freundlichen Antrag, wieder auf meiner Farm eine bestimmte Beschäftigung zu nehmen, zurückweise, bin ich Ihnen, mein lieber Donner, eine Ehrenerklärung schuldig, die mir — thun Sie mir die Liebe und unterbrechen Sie mich jetzt nicht — die mir schon lange schwer und drückend auf dem Herzen gelegen.«

»Lieber Herr Professor —«

»Ich bin damals nicht allein unfreundlich, nein, ich bin auch ungerecht gegen Sie gewesen,« fuhr aber der Professor entschlossen fort, »und es mag Ihnen einige Beruhigung oder Genugthuung gewähren, von mir ganz offen das Geständniß zu hören, daß ich durch Schaden habe klug werden und die Wahrheit dessen erleben müssen, was Sie gerade vertheidigten, und gethan haben wollten.«

»Oh wie gern wollt' ich Unrecht gehabt haben, bester Professor, wenn nur —«

»Sie haben n i c h t Unrecht gehabt,« unterbrach ihn der Professor rasch, »und selbst, was Sie mir an dem letzten Morgen über jenen faden Dichterling sagten, hat sich furchtbar, viel furchtbarer freilich als wir Beide damals ahnen konnten, bewährt. Ich habe schwer — fast zu schwer für meine Leichtgläubigkeit, mit der ich unreifen, oft vielleicht selbst eigennützigen Plänen Glauben schenkte, büßen müssen, und wollte es gern, wenn nicht — wenn nicht meine arme Familie jetzt auch so schwer darunter leiden müßte. Sie sehn, lieber Donner, ich bin offen und aufrichtig gegen Sie, das mag Ihnen den besten Beweis liefern, daß ich mein Unrecht gegen Sie bereue.«

Georg war tief erschüttert; das Bekenntniß des sonst so strengen abgeschlossenen Mannes, das gerade i h n furchtbare Überwindung mußte gekostet haben, machte einen unendlich wehmüthigen Eindruck auf ihn, und er brauchte Minuten, sich selber erst wieder so weit zu sammeln, dem zu erwidern. Der Professor war indessen an einer Stelle stehen geblieben, wo ein dürrer Baum erst ganz kürzlich über die Fenz heruntergeschlagen schien, und dieselbe zusammengebrochen hatte, was sich ein paar Schweine zu Nutz gemacht, die drinne an einem Kürbiß herumbissen und, als sie die Männer kommen hörten, grunzend in das Feld weiterhinein flüchteten.

»Die Farm sieht arg verwildert aus,« sagte Georg endlich leise, eine direkte Antwort auf das Geständniß vermeidend, »man sollte kaum glauben, daß ein einziges Jahr eine solche Veränderung hervorbringen könnte.«

»Seit dem Tode meines Sohnes,« sagte der alte Herr seufzend, »habe ich selber an Allem die Lust verloren, und nichts thun noch arbeiten mögen; selbst das Nothwendigste ist liegen geblieben, und der spätere Besitzer der Farm mag nachholen, was ich versäumen mußte.«

»Sie wollen fort von hier?«

»Wir brauchen uns über das Hülfsverbum nicht zu täuschen, lieber Donner,« sagte der Professor wehmüthig lächelnd, »ob ich w i l l oder nicht — ich m u ß ! «

»Und Ihre Familie?« sagte Donner halb vorwurfsvoll.

»Sie haben recht,« seufzte der Mann, »es ist schwer für sie, geht aber doch nicht anders an; ich will nach dem »fernen Westen«, wo man, wie ich aus sicherer Quelle weiß, ein kleines *improvement* für fünfzig Dollar, und vierzig Acker Land für denselben Preis bekommen kann. So viel wird mir nach dem Verkauf meiner Sachen und Abzug aller Reisespesen übrig bleiben, und wir müssen dort eben ein neues Leben beginnen.«

»Und glauben Sie, daß Ihre Frauen das aushalten würden?« frug Georg ihn ernst, »k e n n e n Sie das Leben im Westen, mit seinen Entbehrungen, seinen Beschwerden, seinem Klima?«

»Ich habe viel darüber gelesen,« sagte der Professor ausweichend.

»Du lieber Gott,« seufzte der junge Mann, »wenn ich mir da die arme Frau Professorin, die zarte Anna und selbst die kräftige Marie denken müßte — ich würde im Leben nicht wieder froh werden.«

»Aber was soll ich thun?« sagte der Professor, froh endlich einmal Jemanden zu haben, mit dem er sich aussprechen, gegen den er sein Herz erleichtern konnte, »Ihnen gegenüber brauch' ich kein Hehl daraus zu machen, denn ich weiß, Sie nehmen Theil an unserem Schicksal, das sich nicht allein durch eigene Schuld, sondern auch durch das Zusammentreffen unglückseliger Umstände so traurig gestaltet hat. Ich bin nicht im Stande das letzte Kaufgeld für die viel zu theuer bezahlte Farm, so wenig das sein mag, aufzutreiben, der Bursche in Grahamstown, dem mein Mobiliar in die Augen sticht, drängt mich mit der Zahlung, und auch meine letzte Hoffnung, Herr von Hopfgarten, ist nicht mehr aufzufinden. Ich habe mich nach ihm bei dem Wirth des St. Charles Hotels in New-Orleans erkundigt, und wenn mir die Leute die Wahrheit geschrieben, so ist Freund Hopfgarten vor kurzer Zeit nach Europa zurückgekehrt. Den Termin länger hinauszuschieben bin ich ebenfalls nicht im Stande, und werde schon nächste Woche gezwungen sein meine Farm und Mobiliar vielleicht für den sechsten Theil dessen was sie mich selber gekostet hat, zu verkaufen, und mit den Meinen dann von vorn anfangen zu müssen, ein allerdings vollkommen neues Leben zu beginnen.«

»Wenn Sie denn fest entschlossen sind,« rief da Georg, der klopfenden Herzens, das Geständniß seiner Liebe zu Marie auf den Lippen, noch nicht gewagt hatte damit herauszutreten, »wenn Sie die Wildniß wählen wollen und müssen zu Ihrem Aufenthalt — dann nehmen Sie mich mit und — seien Sie mir mehr als Freund dann, lieber Herr — seien Sie mir Vater — Vater im wahren Sinn des Worts. Lange Monden hin,« fuhr der junge Mann, als ihn der Professor staunend ansah, leidenschaftlicher fort, »habe ich die Qual der Ungewißheit, die Sehnsucht nach dem einen Wesen auf dieser Welt, das meiner Seele Ziel geworden, mit mir herumgetragen — ich darf das nicht länger mehr — geben Sie mir Marie zum Weibe, lassen Sie mich den verlorenen Sohn ersetzen, und nie, nie sollen Sie bereuen mir so vertraut zu haben.«

»Mein lieber, lieber Donner,« sagte der Professor, der sich noch immer nicht von seiner Überraschung erholen konnte »Sie wollen Ihr Schicksal an das einer Familie ketten, die sich — die sich eben nicht im Glück befindet — und weiß Marie —«

»Noch keine Sylbe — noch habe ich selber nicht gewagt, ihr meine Liebe zu gestehen,« rief Georg, »aber wenn mich nicht Alles täuschte, darf ich hoffen.«

Der Professor sah dem jungen Mann lange und fest in's Auge — bis sich sein eigener Blick in langsam aufsteigenden Thränen dunkelte, dann nahm er Georgs Hand, drückte sie fest und herzlich, und zog ihn endlich leise aber liebend an seine Brust.

»Mein lieber, lieber Vater,« flüsterte Georg.

»Mein lieber, lieber Sohn!«

»Und nun zur Mutter!« rief da Georg, dem Lust und Freude das Herz bald in der Brust zu sprengen drohte, »nun zur Mutter, ihr Sorge und Kummer, und mit den beiden Menschenquälern auch die böse Krankheit zu nehmen, die sie noch an's Lager fesselt. Wir gehen n i c h t nach dem Westen Vater — wir bleiben h i e r, und die Fenzen werden wieder ausgebessert, das Unkraut wird hinausgeworfen aus dem Felde, und die Mühle fertig gebaut, dem Wirth in Grahamstown gerad zum Trotz und Ärgern.«

Der Professor schüttelte traurig mit dem Kopf und sagte seufzend:

»Das sind P l ä n e, mein junger Freund, wie sie die J u g e n d eben entschuldigt; das ruhige Alter findet sich nicht mehr so leicht mit Unmöglichkeiten ab.«

»Und wissen Sie denn Vater — o daß ich Sie jetzt — daß ich Sie e n d l i c h so nennen darf,« sagte Georg, seinen Arm

ergreifend, und ihm mit blitzenden Augen in's Antlitz
sehend, »daß ich vom Glück begünstigt in Michigan in das
Haus eines reichen Mannes kam, bei ihm ein Viertel Jahr in
gutem Gehalt stand und ihm die beiden Kinder, die ihm
schwer erkrankten, rettete? — wissen Sie, daß mich der
Mann aus Dankbarkeit in den Stand setzte, durch den
zweckmäßigen Kauf einer Anzahl von Bauplätzen in einer
neu gegründeten Stadt, in den letzten drei Viertel Jahren
nur durch einen theilweisen Verkauf derselben Parcellen
wieder, fünfzehnhundert Dollar an baarem Gelde zu
verdienen? — Und kennen Sie die Quittung hier von
Grahamstown?« rief er unter vorquellenden Thränen
lachend aus, »kennen Sie den Autographen von Ezra
Ludkins? — Da behalten Sie das Papier und lesen Sie es
aufmerksam durch, hoffentlich ist Alles in Ordnung und —
mag mich Marie nicht — sagt sie n ein — ja dann soll mich
mein Rappe noch heute Abend fort — weit fort von hier
tragen, gleichviel wohin. — Sagt sie aber ja — oder lacht
oder weint sie nur — oder thut sie gar Nichts — und sieht
sie mich nicht einmal an, dann — aber ich kann es
wahrhaftig nicht länger mehr in der Ungewißheit ertragen;
kommen Sie nach Vater, so rasch Sie Ihre Füße tragen, und
voraus hol' ich mir mein Glück oder Leid aus Mariens
Munde!«

Und den Hut freundlich gegen den Professor schwenkend
ließ er ihn an der hinteren Fenz und am Holzrande zurück,
und sprang in flüchtigen Sätzen dem kaum verlassenen
Hause wieder zu.

Und dort? — lieber Leser, das ist eine Sache, die nur immer
zwei Leute auf einmal in der Welt interessirt. Wie
»Vielliebchen« aus e in em Mandelkern hat der liebe Gott die
Herzen, von denen immer zwei und zwei für einander
geschaffen sind, über die Welt wild und bunt hinausgestreut
— selig die, die ihre Theile wieder zusammenfinden.

Und Marie und Georg w ar en selig; an dem Abend,
neben dem Bett der Mutter, der mit der frohen frischen
Hoffnung auch wieder neuer Muth, neue Kraft in das Herz
gezogen, wie es Georg gehofft, saßen sie Hand in Hand und
plauderten und bauten mit der Schwester Pläne auf, die

Glücklichen, nach Herzenslust. Und der Vater ging dabei, die Hände auf den Rücken gelegt, schmunzelnd auf und ab; in der Kinder jungem Leben ging auch ihm ein neues frisches Dasein auf — die trübe böse Zeit lag dahinten, und wenn auch bittere Erfahrungen ihn geprüft, so waren es doch eben Erfahrungen geworden, und auf ihnen weiter schreitend, mit einer jungen kräftigen Stütze jetzt an seiner Seite, konnt' er der Zukunft wieder froh in's Auge schaun.

# Capitel 5

## Jimmy.

Die Fieberzeit, trotz ihren Schrecken von den Amerikanern scherzweis »der gelbe Jack« genannt, war vorüber; der Oktober hatte, gleich von Anfang an mit kalten und scharfen Nordwest-Winden einsetzend, die Seuche seewärts geweht, und die Luft gereinigt, und vom Norden herunter kehrten die geflüchteten Bewohner der gefährdeten Stadt in Schaaren zu ihren Wohnsitzen zurück.

Welch ein Unterschied zwischen dem New-Orleans jetzt, und dem, vier Wochen früher. Welch Drängen und Treiben überall von frischem, fröhlichem, kräftigem Volk, das herüber und hinüber drängt, kauft und verkauft, und plaudert, lacht und singt. Welch Treiben und Leben an der Levée, wo Boot nach Boot, Schiff nach Schiff anlegt, seine Waaren der neugeborenen Stadt zuzuführen; welch Treiben und Leben in den Straßen, den kleinen Adern des Verkehrs, in denen das warm pulsirende Herzblut herüber und hinüber treibt, und nur vier Wochen Unterschied, wie sahen da die Straßen aus? — wie der Strom? — wo war das Leben, das jetzt, dem schäumenden Bache gleich, aus seinen Ufern quoll?

Der Wanderer, der die Stadt in der Zeit, im August und September, betrat, und das lebendige Bild von ihr im Herzen, ein fröhlich schaffendes, lebenslustiges Volk zu finden erwartete, steht entsetzt und traut den Augen kaum.

New-Orleans, des Südens Königin, der keine andere Stadt im weiten Reich die Spitze bieten kann, scheint in der Zeit ein weiter offener Sarg — die Straßen liegen todt und leer, der Fußtritt des einzelnen flüchtigen Wanderers schallt hohl und unheimlich von den verschlossenen Häusern wieder — dort begegnet ihm ein anderer, eben so rasch, das Tuch am Munde — aber scheu weicht man sich aus und will aneinander vorüber — da zuckt der Fuß fast unwillkürlich — es ist ein Freund, den man so lange nicht gesehn, schon todt gewähnt — einerlei, vorbei; die Krankheit könnte in seiner Nähe weilen, sein Hauch vielleicht sie bringen, und mit stummem, traurigem Nicken fliehen sich die Beiden.

Wo ist dann der fröhliche Lärm der Dampfbootlandung, das Rasseln der schwerbeladenen Güterkarren mit den trunkenen Irländern, das Singen und Lachen der Neger. Dort fährt etwas über das Pflaster — wie hohl das in den leeren Straßen klingt — es ist nur der Leichenwagen, der im scharfen Trab hinausfährt, seine Doppellast abzuwerfen und neue, schon lang bestellte Fuhre zu holen. Wo ist das rege geschäftige Treiben der Läden — die meisten sind geschlossen, wer soll jetzt kaufen, und der Trauerflor an den Thüren dort und hier, und da und drüben, kündet die Stelle, wo sich die Seuche mit den langen gelben, gierigen Krallen ihre Opfer herausgeholt.

Und jetzt? — kaum ein Monat ist verflossen, daß diese Straßen wüst und öde lagen, und der große Vernichter seine Erndte in der scheinbar menschenleeren Stadt hielt; wo er mit schwülem Flügelschlag über die Dächer strich, und rechts und links in boshafter Lust seinen Giftodem einbließ in das, in jenes Haus — und seht, wie das wieder drängt und wogt, und lacht und singt und fröhlich ist, und die Todten in ihren stillen Gräbern schon lange, lange vergessen hat. Lieber Gott, W o c h e n sind ja auch schon darüber hingegangen, und eine fast neue Bevölkerung hat Besitz von dem Grund und Boden genommen, den die Seuche gelichtet und verödet.

Was damals freilich New-Orleans verlassen k o n n t e, that es, und die Wirths- und Gasthäuser standen öd' und leer, ja man vermied die Schwellen derselben mit scheuer Angst, aus Furcht, gerade dort am meisten Kranke zu treffen, und in dem Athemzug vielleicht den Tod schon einzuziehen. So flohen auch »das deutsche Vaterland« sechs Wochen lang die meisten »Boarder«, aber die dort Wohnenden k o n n t e n nicht alle fort. Viel arme Deutsche, die mit verspäteten Schiffen nach langer Reise hier eingetroffen waren, fanden theils kein Boot mehr, das sie mit fortnahm von hier, theils hatten sie kein Geld, die in der Zeit entsetzlich hohe Passage zu bezahlen. Die Capitaine der wenigen dort anlegenden Dampfer wußten recht gut, daß Alles, was jetzt die Stadt verlassen konnte, ging, und rechneten fünf- und sechsfache Passagepreise, sich selbst für die Gefahr bezahlt zu machen, der sie die Stirn boten.

So lag eine ganze Schaar Baiern, ohne Mittel fortzukommen, in den kleinen dumpfigen Hinterstuben des »deutschen Vaterlands«, und wie die Seuche hereinbrach über die Stadt, suchte sie sich schon ihre ersten Opfer aus der Schaar.

Im »deutschen Vaterland« war aber indessen auch noch außerdem eine große Veränderung vorgegangen, und Hedwig hatte das Haus nicht allein nicht verlassen, sondern Franz seinem Vater frei und offen erklärt, daß er das junge wackere Mädchen, sobald er nur erst einmal selbstständig dastehe, wenn sie ihn haben möge, zum Weibe nehmen wolle.

Den alten Mann fesselte in dieser Zeit ein Sturz, den er von der Treppe gethan, an sein Lager, und Franz mußte überdieß indessen die Leitung der ganzen Wirthschaft übernehmen. Mit dem Plane seines Sohnes war er im Anfang aber gar nicht einverstanden, hatte die und jene Einwendungen, erklärte, er sei doch nicht ganz so arm wie Franz zu glauben scheine (und wie er ihm allerdings selber oft genug betheuert) und sein Sohn könne da wohl schon noch eine bessere Parthie machen, und sich seine Frau aus einem anderen Hause — und wenn es das größte Steingebäude in der Stadt wäre — holen. Da Franz aber, nicht gerade gleich auf eine Einwilligung dringend, hartnäckig bei dem einmal gefaßten Entschlusse blieb, gewöhnte er sich zuletzt an den Gedanken, und sah, wenn er dem Sohne das auch nicht gestand, selbst seiner abnehmenden Kräfte wegen, eher noch eine Stütze in dem fleißigen, wirthschaftlichen Mädchen.

Nur der »verschwenderische Geist« des Sohnes, wie er es nannte, machte ihm Sorge; er rief ihn deshalb auch oft an sein Bett, und beschwor ihn, doch nur um Gottes Willen auf sein eignes Gut mehr zu achten, den eigenen Nutzen mehr im Auge zu haben, denn wenn er selber einmal die Augen schließe, und nicht mehr rathen, nicht mehr wehren könne, wie bald seien dann die paar gesparten Thaler auch wieder fort, an der die Undankbarkeit der Menschen schon lange arbeite und wühle und zehre.

Franz hatte ein zu gutes Herz, dem Eigennutz mehr zu folgen als diesem, und der Vater würde dem einzigen Sohne auch wirklich schon lange den Willen gelassen, und die Wirthschaft ganz übergeben haben, hätte ihn nicht Messerschmidt bis jetzt noch immer aus allen Kräften davon abgehalten und gewarnt; wie dieser denn auch sein Möglichstes that, die Heirath mit dem jungen Hamann und dem fremden »hergelaufenen« Mädchen aus allen Kräften zu hintertreiben.

Die Seuche unterbrach das Alles — Niemand, der nicht mußte, verkehrte mit dem Anderen; Messerschmidt selber betrat in dieser ganzen Zeit das Haus nicht, Franz aber lernte gerade da den Werth des holden anspruchlosen Kindes, mit seiner Aufopferung und Herzensgüte im reinsten Lichte kennen. Hier war kein S c h e i n mehr, wo der Tod grinsend und drohend an der Schwelle stand; hier war nicht mehr Verstellung denkbar, »das Herz des reich geglaubten Wirthssohnes«, wie Messerschmidt dem jungen Hamann oft und heimlich warnend zugeflüstert, zu fesseln; unbekümmert um Alles, wo sie nur nützen konnte, ging Hedwig ihren stillen Weg, und an den Krankenbetten stand sie oft ein Engel des Trostes und der Hülfe.

Schon seit Clara damals sich von ihrer Krankheit erholt, und selber im Stande gewesen war durch weibliche Arbeiten ihren Unterhalt wenigstens zu verdienen, hatte Hedwig Gehalt bezogen, den ihr der alte Hamann selber, t r o t z seinem Geiz, freiwillig erhöht, als er sich doch nicht leugnen konnte, wie sie arbeitete und schaffte, und wie sie Alles ihm zusammenhielt. Was sie aber an Geld bekommen, nahm die schwere Zeit auch wieder fort, denn keine Woche verging, in der nicht hülflose Wittwen und Waisen den Sarg des Gatten und Vaters hinausbegleitet zu seiner stillen Ruhestätte, dann aber selber verlassen und allein in der fremden Welt gestanden hätten, die ihnen eine Heimath werden sollte, und jetzt nur Tod und Elend zeigte, wohin sie schauten. Für wie viele zahlte sie da nicht das Passagegeld auf den einzelnen Dampfbooten, sie nur fort, einer gesunden Gegend zuzubringen, ehe sie hier ihr Letztes verzehrt, und mehr noch vielleicht von ihren Lieben begraben mußten; wie viele unterstützte sie hier mit Rath und That, löste die schon versetzten Koffer für sie ein, und zog sich scheu und schüchtern in ihr kleines Kämmerchen zurück, wenn ihr die Leute nur dafür danken wollten, was sie gethan.

Mit der gesunden Jahreszeit kehrte aber auch die gewöhnliche Arbeit wieder für das deutsche Gasthaus; Schiff nach Schiff traf ein, alle mit Auswanderern schwer beladen, und da sich nicht Alle gleich entschließen konnten die eben betretene Stadt, die keine Spur der überstandenen Pest mehr zeigte, gleich wieder zu verlassen, füllten sich die Gasthäuser, wie das um diese Zeit fast stets der Fall ist, bis unter die Dächer mit Fremden und ihren Gütern an. Dieß war auch immer die geschäftigste und einträglichste Zeit für den alten Hamann gewesen, und jetzt saß er, in sein Zimmer gebannt, regungslos fest auf seinem Stuhl, und durfte und konnte nicht hinaus.

Zuerst quälte und sorgte er sich denn auch ab dabei, und wollte es wohl gar erzwingen, trotz allen Ärzten und Medicinen; endlich sah er aber doch wohl ein daß es nicht ging, daß er sich Ruhe gönnen müsse, bis ihn die Glieder wieder trügen, und die Hauptarbeitszeit wohl überhaupt für ihn vorbei sei. Der Sohn drängte und bat dabei daß er nun endlich in seine Verbindung mit Hedwig willigen möchte; es sei ein anderes Leben wenn eine H a u s f r a u in der Wirthschaft wäre, besonders s o l c h e Hausfrau, und er, der Vater selber, könne ruhiger sein, wo er nicht f r e m d e n Menschen nur sein Eigenthum anzuvertrauen habe.

Der alte Hamann gab endlich seine Einwilligung, und Hedwig, die dem jungen Mann von Herzen zugethan war, und mehr fast noch in dem Bewußtsein nun freier handeln, noch mehr Gutes thun zu können, sich wohl und glücklich fühlte, legte am Altar ihre Hand in die seine, und zog als H e r r i n in das Haus hinein, das sie in Noth und Sorge, als Dienerin betreten.

Franz schwelgte in der Zeit in einem Meer von Wonne, und wenn er auch von seinem Vater — der Termin dazu war auf den ersten December festgesetzt worden — die ganze unbeschränkte Führung des Hauses noch nicht überkommen hatte, fühlte er sich doch zu glücklich im Besitz seines braven, inniggeliebten Weibes, anderen Gedanken in dieser Zeit noch Raum zu geben. Hedwig aber wirthschaftete nach wie vor, in stiller anspruchsloser Weise — wo sie helfen konnte, half sie gern, und das »deutsche Vaterland,« früher der einträglichste Platz für alle Arten diebischer Agenten, und die Höhle, in der hunderte von armen Einwanderern ihr Alles verloren, und nackt in die Welt hinausgestoßen wurden, schien ein Asyl der Hülfsbedürftigen zu werden, und erweckte deshalb auch besonders in den Herzen einzelner, bei dem früheren Gewinn Betheiligter, rege Besorgnisse.

Unter diesen standen der Agent Messerschmidt, und Jimmy der Barkeeper vorne an, denen Beiden die Hochzeit zwischen den jungen Leuten ein Dorn im Fleisch geworden, und was sie nicht mehr hintertreiben konnten, suchten sie wenigstens so viel als möglich zu stören. Franz wußte das, vermochte aber noch nicht selber irgend etwas mit Beiden anzufangen, bis er nicht die Wirthschaft allein in Händen hielt, und als unumschränkter Herr darin gebieten konnte. Der Tag rückte jedoch mehr und mehr heran, und als der November endlich verflossen war und der alte Hamann am 1sten Morgens, wie schon früher verabredet, einen Advokaten zu sich in's Zimmer kommen, und in dessen Gegenwart dem einzigen Sohne schon bei seinen Lebzeiten Haus und Wirthschaft überschreiben ließ, war Franzes e r s t e s Geschäft, hinunter in die Bar zu gehn und dem darüber allerdings verdutzten Jimmy, wie ihr Contrakt zusammen lautete, mit vierwöchentlicher »Warnung« auf den ersten Januar des nächsten Jahres zu kündigen.

»Jimmy,« sagte er, als er zu dem Burschen hinunter in den gerade unbesetzten Schenkraum kam, »ich bin jetzt eben Herr hier im Haus geworden, und da wir Beide nicht recht zusammenpassen, meine Frau mir auch Manches von Euch erzählt hat was mir nicht gefällt, so ist's besser, daß Ihr zu der zwischen Euch und meinem Vater abgemachten Zeit das Haus verlaßt. Heute ist der erste December — am ersten Januar könnt Ihr eine andere Stelle antreten, und habt bis dahin Zeit Euch umzusehen; wollt Ihr aber früher fort, hält Euch Niemand hier — verstanden?«

»Das war deutlich genug Mr. Hamann, *anyhow*,« sagte Jimmy, der dabei wieder ganz in Gedanken an seiner Lieblingsbeschäftigung begann — die Finger zu knacken, »werde aber von Ihrer Güte wohl keinen Gebrauch machen, v o r der bestimmten Zeit, da ich dann ebenfalls zu heirathen gedenke. Sonderbar — wollte Ihnen auch heute aufsagen.«

»Desto besser, Jimmy,« sagte Franz, »dann haben wir Einer dem Andern nicht weh gethan, und können und werden uns ziemlich gut ohne einander behelfen.«

»Jes,« sagte Jimmy, eine gleichgültige Miene dabei annehmend, »verdammt gut, denk' ich mir so; — werden eine s e h r schöne Wirthschaft hier anrichten, Mr. Hamann j u n i o r .«

»Jes, Jimmy — denk' ich mir so,« lachte Franz leise vor sich hin, und verließ dann, ohne sich weiter um den Menschen zu bekümmern, das Zimmer.

»Denk' ich mir so — Einfaltspinsel« — knurrte der Barkeeper finster und verdrießlich hinter seinem neuen Principale her — »Du wirst noch Manches zu denken kriegen, mein Bursche, bis wir Beiden auseinander sind, denk' ich mir so. Und noch bist Du mich auch nicht los, und es müßte doch mit dem Henker zugehn, wenn zwischen hier und da nicht noch was auftauchen sollte, was der Sache eine andere Wendung gäbe. Was, weiß ich freilich selber noch nicht, aber daß Jimmy eine sich etwa bietende und ihm passende Gelegenheit nicht unbenutzt wird vorübergehn lassen, darauf mein Juwel, könntest Du allenfalls Gift nehmen.«

»Hallo Jimmy,« sagte da eine bekannte Stimme, und als sich der Barkeeper rasch nach der Thür umdrehte, sah er den eben nur hereingesteckten, etwas dicken Kopf des Agenten Julius Messerschmidt.

»Ah — Ihr kommt gerade recht Alterchen,« sagte Jimmy, in einer Art Instinkt dabei hinter die Bar tretend und zwei Gläser umsetzend — »was trinkt Ihr?«

»Immer Brandy Jimmy, im Winter,« sagte Messerschmidt jetzt ganz zur Thüre hereinkommend, und den Kautabak, den er nach Amerikanischer Sitte im Munde hielt, daraus entfernend, dem besprochenen Getränke Raum zu geben; »immer Brandy, und im Sommer erst recht Brandy, denn da kühlt er; besonders wenn er so gut ist wie der Hamann'sche.«

»Ihr seid doch der Einzige der ihn lobt, weil Ihr ihn selbst geliefert habt;« lachte Jimmy.

»Unsinn, Jimmy — baarer Unsinn — an dem Brandy hab' ich mein Geld verloren, und such' es nur dadurch wieder einzubringen, daß ich recht viel davon trinke. Der Brandy ist spottbillig mit sechs Cent das Glas, und an der Levée verkaufen sie ihn aus demselben Faß für zwölf und einen halben.«

»Werden wohl ihre Gründe dafür haben,« meinte Jimmy, »aber was führt E u c h gerade h e u t e Morgen her?«

»Mich g e r a d e heute? — ist heute ein besonderer Tag, Jimmy?« frug Messerschmidt.

»Hm, nicht das ich wüßte,« meinte Jimmy, der erst herauszubekommen wünschte, was der Agent hatte, ehe er ihm von dem heute abgeschlossenen Vertrag zwischen dem alten und jungen Hamann sagte. Er wußte recht gut, wie Messerschmidt bei dem letzteren angeschrieben stand.

»Nun also, Jimmy;« meinte Messerschmidt, »aber Ihr könnt mir wohl sagen, wie's mit dem A l t e n steht; ich möcht' ihm ein Anerbieten machen.«

»Nicht zu sprechen,« sagte Jimmy trocken, »alle Geschäfte heute an die junge Firma angewiesen.«

»Hm — mit dem J u n g e n hab' ich gerade nicht gern viel zu thun,« brummte der Agent langsam zwischen den Zähnen durch, »wenn aber der Alte ja sagt, kann d e r mir auch den Hobel ausblasen. Also den Alten kann man nicht sprechen?«

»Ertheilt Niemand Audienz.«

»Und wo ist der Junge?«

Jimmy mache eine entsprechende Bewegung mit dem über die Schulter gestoßenen Daumen nach dem Hof hinaus.

»Wollt Ihr ihn einmal rufen, Jimmy?«

»Wenn's sein m u ß , ja,« sagte dieser.

»Apropos Jimmy —«

»Nun? — was giebt's noch?«

»Wißt Ihr, die Mecklenburger Bauern, die ich Euch gestern

zugebracht —«

»Nun? — kein Geld?«

»Kein Geld?« — wiederholte der Agent, indem er die Lippen vorspitzte, so weit er sie bringen konnte — »oh Jimmy, wenn wir Beide das nur hätten, was in den zwei grünen Koffern steckt — nachher könnten wir zufrieden sein.«

»Nun, wird das Große eben nicht sein,« meinte Jimmy gleichgültig.

»Das Große nicht sein? — wenn i c h ihnen nicht hätte Amerikanisches Gold für Dänisches geben müssen — und das Säckchen voll, was da drin stand — und die goldenen Uhren und Ketten die daneben lagen. Die Menschen müssen ein heidenmäßiges Geld haben, und das ist nur erst ein T h e i l, denn das Meiste haben sie, wie sie sagen, zu Hause gelassen, um mit dem erst einmal zu probiren, wie es hier eigentlich ist. — Jammerschade, daß sie keine Schwiegersöhne brauchen.«

»Wir Beide wären ein paar kostbare Exemplare,« schmunzelte Jimmy.

Die beiden liebenswürdigen Gesellen lachten noch zusammen als die Thür aufging, und der junge Hamann wieder in's Zimmer trat.

»Ah Franz, das ist mir lieb, daß Sie kommen,« sagte Messerschmidt in seiner vertrauten Weise; »ich hatte eine Bitte an den Alten, aber da ich höre, daß er noch auf der Kante liegt, können Sie mir auch den Gefallen thun.«

»Und das wäre?« sagte Franz, dem Mann ruhig in's Gesicht sehend.

»Sie wissen, daß ich in letzter Zeit ein Bischen in Geldverlegenheit gewesen bin,« sagte der Agent, »das verdammte Spielen, was ich schon so oft verschworen, hat mich wieder einmal angeführt, und ich mußte sogar,

102

wogegen ich mich bis jetzt hartnäckig gesträubt, mein Quadroonmädchen, das allerdings das letzte Jahr in einem fort gekränkelt und keinen Dollar verdient hat, verkaufen. Ein deutscher Violinspieler hatte einen Narren an ihr gefressen und mir die Dirne noch gut genug bezahlt; jetzt hab' ich Niemand Anderem im Haus; Lohn möcht' ich auch nicht gern viel zahlen —«

»Bitte, kommen Sie zur Sache,« sagte Franz.

»Nun die ist einfach genug,« meinte Messerschmidt — »Sie haben da ganz kürzlich ein paar arme, aber ganz hübsche Braunschweiger Mädchen in's Haus genommen, die der jungen Frau glaub' ich, um ihren Boarding zu bezahlen, mit in der Küche helfen — bitte — Sie brauchen sich deshalb gar nicht zu entschuldigen —« setzte er rasch hinzu, als ob er etwas Derartiges von dem jungen Hamann vermuthete — »das versteht sich von selber, und ist ganz in der Ordnung; aber ich möchte gern eine von denen, die Jüngste hat mir am besten gefallen, zu mir in's Haus nehmen, das zu besorgen, was ich eben zu besorgen habe; sollte sie dann etwa noch eine Kleinigkeit im Hause schuldig sein, so könnten wir das ja am nächsten G e s c h ä f t e abrechnen.«

»Ist sonst noch etwas, Herr Messerschmidt, was Sie vielleicht an das Haus hier zu fordern haben?« sagte Franz ruhig.

»Für den Augenblick Nichts; die letzte Sendung Mecklenburger hat mir Ihr Alter ja gleich ausbezahlt; ich war damals besonders klamm.«

»Also sind wir Ihnen weiter Nichts schuldig?«

»Nicht einen Cent, bewahre, aber ich hoffe Ihnen morgen früh vielleicht —«

»Erlauben Sie mir Ihnen dann zu bemerken,« unterbrach ihn Franz ziemlich kalt und trocken, »daß von jetzt an jede Geschäftsverbindung zwischen uns aufgehört hat —«

»Unsinn, Franz — Sie wissen ja —«

»Entschuldigen Sie, mein Name ist für S i e Mr. Hamann; mein Vater hat heute die Führung dieses Hauses in meine Hände gelegt, und ich ersuche Sie, alle weiteren Bemühungen für mich zu unterlassen.«

»Hoho« — rief Messerschmidt dunkelroth im Gesicht werdend, und sich hoch dabei aufrichtend — »weht der Wind aus der Richtung, und hat der Alte richtig den dummen Streich, gemacht?«

»Ich verbitte mir solche Bemerkungen, Herr Messerschmidt —«

»Oh Herr — ich werde Ihre Schwelle nicht mehr betreten —«

»Ich bin davon überzeugt,« sagte Franz, vollkommen ruhig, »würde auch sonst mich in die unangenehme Nothwendigkeit versehn, Sie hinauszuwerfen.«

»Herr Hamann!« rief der Agent drohend.

»Herr Messerschmidt?« sagte Franz ihm ruhig aber fest und entschlossen in's Auge sehend.

»Es ist gut!« rief dieser, keineswegs gewillt dem jungen Mann entgegenzutreten; »das ist mein Dank jetzt für die jahrelange Protektion dieses Hauses, das aber jetzt k e i n Gast mehr betreten soll, den i c h daran verhindern kann.«

»Sie werden zu spät zu Ihrem *Lunch*[4] kommen,« sagte Franz ziemlich bedeutungsvoll auf die Thür zeigend.

»Jimmy, Sie sind mein Zeuge, wie ich hier behandelt werde,« rief Messerschmidt mit gekränktem Stolz, »Sie werden mir dafür Rede stehn müssen, Herr Hamann.«

»Sie werden wirklich zu spät zu Ihrem *Luncheon* kommen,« sagte der junge Hamann, die Thüre jetzt selber öffnend und mit einer ungeduldigen, nicht miszuverstehenden Bewegung hinausdeutend.

»Guten Morgen Herr Hamann!« rief da der Agent, bebend

vor Zorn, drückte sich den Hut fest in die Stirn, und flog im nächsten Augenblick voll und breit gegen die Gestalten zweier anderer Männer an, die eben im Begriff waren, die beiden steinernen Stufen in das Schenkzimmer hinaufzusteigen.

»Hallo,« sagte der Erste von diesen, nur mit Mühe sein Gleichgewicht bewahrend und dem Davonstürmenden erstaunt nachsehend, »der hat's verdammt eilig — das Gesicht sollt' ich auch kennen, ging der freiwillig, oder w u r d' er gegangen?«

Der junge Hamann warf einen flüchtigen Blick auf die neu Eintretenden und drehte sich dann, ohne sich weiter mit ihnen einzulassen, rasch herum und verließ das Zimmer.

»Alle Wetter, Mr. Meier!« rief da der Barkeeper den früheren »Boarder« erkennend — »wo haben Sie die Zeit gesteckt — man hat Sie ja mit keinem Auge mehr gesehn.«

»Geschäftsreisen, mein junger Freund, Geschäftsreisen,« sagte der Passagier der Haidschnucke, indem er die Augenbrauen in die Höhe zog, und mit den Achseln zuckte, »komme gerade von Milwaukie herunter, die »balsamische Luft« des Südens einzuathmen. Aber weshalb war der Mann, der da zur Thür hinaussprang und mich beinah über den Haufen warf, so in Eile? — irgend etwas Unangenehmes vorgefallen?«

»Häusliche Scenen wie sie manchmal in einer Familie vorkommen,« lachte Jimmy ausweichend — »soll ich Gläser aufsetzen?«

»Hm, ja — aber nicht hierher,« sagte Meier — »gebt uns ein paar Glas rechten steifen kalten Punch — lieber etwas reichlich Zucker und Citrone, aber desto mehr Arrak — dort in das Eßzimmer an den kleinen Ecktisch — wir haben 'was mit einander zu reden — werft auch ein paar Stück Eis hinein, und wenn Ihr noch zwei andere Gläser in Vorrath macht, schadet's ebenfalls Nichts — wir sind alle Beide durstig.«

»Ich auch,« sagte Jimmy.

»Gut mein Herz, macht Euch dann auch ein Glas zurecht; uns aber nicht schlechter, verstanden? — werdet ja wohl irgendwo so eine bestaubte Flasche noch stecken haben.«

Meier winkte dabei seinen Gefährten ihm zu folgen, und ging mit ihm in das Nebenzimmer, wo ein paar deutsche Zeitungen auflagen, und sie, mit diesen zwischen sich, ohne jedoch darin zu lesen, an einem kleinen Tisch dicht am Fenster und der nächsten Wand, Platz nahmen.

»Nun, was war's also Kamerad, was Du mir sagen wolltest,« frug hier Meier seinen Gefährten — »wir sind hier ungestört.«

»Wißt Ihr, was aus Euerer Frau geworden ist?« frug der Andere, eine kleine, gedrungene Gestalt mit struppigem, grau gesprenkelten Bart und darüber unstät umhersuchenden kleinen grauen, stechenden Augen, sonst aber in anständiger behäbiger Tracht.

»Meiner F r a u ?« sagte Meier erstaunt, »wie kommt Ihr auf die? l e b t sie denn noch?«

»Ein zärtlicher Gatte, das muß wahr sein,« lachte Pelz — auch eigentlich ein alter Bekannter von uns, wenn auch jetzt in anderer Schaale — »sie war noch vor acht Tagen hier in New-Orleans.«

»'S ist mir lieb daß Ihr sagt sie w a r « — brummte Meier, »hol' der Teufel das Weibervolk, das flennt und heult und wimmert und ist immer eine Kette am Fuß, wo der Mann einmal einen raschen, entscheidenden Schritt zu thun gedenkt. Wo ist sie hin?«

»Zu Schiff fort.«

»Zu Schiff?« rief Meier, rasch und erstaunt in seinem Stuhle auffahrend.

»Mit einem deutschen Schiffe zurück,« bestätigte aber der Andere.

»Nach Deutschland zurück; ist sie denn toll? — aber Ihr habt Euch geirrt, Pelz, das kann sie nicht gewesen sein.«

»Geirrt? — ich werde die Frau nicht kennen;« sagte der Mann mürrisch — »sie sah noch dazu weit besser aus als an Bord, ging einfach und reinlich gekleidet, und hatte 'was höllisch Ordentliches an sich; trug auch keinen Schmuck mehr, weder am Hals noch in den Ohren, und kam mir nur verdammt elend vor.«

»Und hat sie Euch gesehn?«

»Ja; aber ob sie mich nicht gekannt hat, oder mich nicht kennen wollte,« sagte Pelz, »weiß ich nicht. Sie sah mir ein paar Secunden starr in's Gesicht, und ging dann still und ernst an mir vorüber auf's Schiff, das etwa eine halbe Stunde später seine Taue einholte und, von einem Dampfer in's Schlepptau genommen, den Strom hinunter qualmte.«

»Glückliche Reise,« brummte Meier, sein Glas, das ihm in diesem Augenblick Jimmy hereinbrachte, auf einen Zug leerend.

»Danke,« sagte dieser etwas erstaunt, »aber woher wißt Ihr, daß ich fort will?«

»Ihr?« sagte Meier, mit einem halbspöttischen Lächeln den Barkeeper über sein Glas ansehend, »nun dazu braucht man kein Prophet zu sein; Ihr habt Euch ja, so lange wir hier sind, die Gelenke schon in einem fort zum Marschiren eingerenkt.«

»Hundeleben hier,« sagte Jimmy, der sich Meiers Einladung nach sein Glas mit zum Tisch gebracht hatte, und jetzt daran nippte, »möchte hier nicht länger abgemalt sein.«

»Wär auch Schade um die Farbe,« lachte Meier — »aber was ist im Wind? — Skandal im Haus?«

»Neue Wirthschaft!« sagte Jimmy mit einem vorsichtigen Blick nach der Thür — »moralische, verstanden? — der

Sohn hat die Haushälterin e n d l i c h geheirathet, und nun wird's f r o m m im Hause hergehn. W i e das Geld verdient ist, kommt jetzt nicht mehr darauf an; obendrauf legt man ein Gesangbuch.«

»V i e l Geld hier verdient, sollt' ich denken,« sagte Meier, den Rest seines Glases hinunterspülend und dieses dem Barkeeper zu neuer Füllung hinreichend.

»Ein Haufen,« versetzte dieser, aber wieder leise — »der Alte muß oben einen Kasten voll haben, Gott weiß wie groß.«

»Kostet auch viel so eine Wirthschaft,« sagte Pelz, ruhig vor sich niedersehend — »wer das nicht weiß, glaubt's kaum — das geht meist Alles wieder d'rauf.«

»Wie Ihr's versteht,« rief Jimmy, in Eifer gerathend, seine Behauptung bezweifelt zu sehn; i c h weiß was da h i n a u f gekommen ist, und daß Nichts wieder herunter geht, denn Alles, was die Wirthschaft selber kostet, wird aus der Kasse hier bestritten — s o scharf geht's. Wenn der alte Hamann in seinem Geldkasten oben nicht seine H u n d e r t t a u s e n d liegen hat, will ich Holz hacken mein Lebelang.«

»Noch ein Glas, Jimmy, bitte,« sagte Meier — »mein Kamerad ist auch fertig, und I h r trinkt so langsam, als ob's Wasser wäre, wir haben Durst.«

»Gleich,« sagte Jimmy, mit den Gläsern wieder zurück in die Bar gehend, während die beiden Männer bedeutsame Blicke mitsammen wechselten.

»Ich glaube, der Junge taugte dazu,« flüsterte Pelz leise und rasch.

»Vielleicht — vielleicht auch nicht,« sagte Meier, mit dem Kopf schüttelnd — »nur um Alles in der Welt vorsichtig.«

»Nu versteht sich; aber d e r weiß Hausgelegenheit —«

»Pst — er kommt.«

»Da — der wird Euch noch besser schmecken,« sagte Jimmy, mit den frisch gefüllten Gläsern hereinkommend, und die Lippen schon im Voraus ableckend, »der ist famos.«

»Ne zum Donnerwetter Jimmy, das sollte mir wirklich leid thun wenn Ihr fort gingt,« sagte Meier — »wo kriegt denn der Esel von Wirth auch gleich wieder einen solchen Barkeeper her? Ihr kennt doch das Geschäft von innen und außen.«

»Sollt' es denken,« brummte Jimmy an seinem zweiten Glas vorsichtig nippend.

»Und das Haus und die Wirthschaft —«

»Wie meine Tasche, jede Ecke, jeden Winkel drinne.«

»Apropos Jimmy,« sagte Meier, seinen Punch dabei mit dem Löffel umrührend, »ist noch Platz hier im Haus für uns Beide?«

»Das wird schwer halten,« meinte der Barkeeper, die Augenbrauen in die Höhe ziehend — »so arg ist's noch beinah nicht gewesen wie heuer, mit der Einwanderung.«

»Oh das wird alle Jahr besser, Kamerad,« lachte der Alte dazwischen — »je hübscher sie's drüben in Deutschland treiben, desto mehr Leute glauben, daß sie so ein Glück gar nicht verdienen. Wie bei einem vollen Kelterfaß — je mehr man oben drauf preßt, je mehr läuft über den Rand fort, bis die Presse unten aufsitzt — und dann kann man vielleicht wieder frisch nachgießen.«

»Und das B e s t e läuft oben ab,« sagte Jimmy, nicht ohne einen gewissen Humor die Beiden betrachtend.

»Wenn man u n s d r e i hier ansieht,« bestätigte Pelz, »sollte man's beinah glauben.«

»*Don't flatter me, Mr. Mac Karthy* wie die Wittwe sagte,« meinte Jimmy in einem breiten Schmunzeln.

»Also es wird wohl noch Platz für uns werden, nicht

wahr Jimmy?« nahm Meier die vorige Frage wieder auf.

»Platz? ja das weiß ich wahrhaftig nicht; wenn's g e s t e r n gewesen wäre, wo noch vernünftige Menschen im Hause regierten, ja, da wäre Platz g e m a c h t worden, wenn keiner mehr da war; ob sich aber der gestrenge Herr von H e u t e dazu verstehen wird, ist eine andere Frage — es könnte Einer von dem Bauerpack dabei in c o m m o d i r t werden, und in der Hinsicht werden jetzt furchtbar strenge Rücksichten genommen.«

»Hm so? und erst seit heute Morgen?«

»Heute ist die Geschichte an den jungen Hamann übergeben worden,« sagte Jimmy leise, »und der Alte lebt von jetzt ab von seinen Interessen.«

»Alle Wetter, da muß er sich einen hübschen Pfennig gespart haben,« sagte Meier, dem Barkeeper mit dem linken Auge zuwinkend, »wenn w i r das hätten, Jimmy, w i r legten's nicht hin, einen faulen Bauch bis an sein Ende zu füttern, so viel weiß ich.«

»Ne, das ist sicher,« sagte Jimmy, der plötzlich wieder an seinen Fingern begann, »aber an unser Einen kommt so 'was auch nicht.«

»Ih nu,« brummte Pelz, sich seinen kurzen Bart kratzend, »die Mecklenburger z. B., die vor ein paar Tagen hier eingezogen, sind doch auch nur ganz gewöhnliche Bauern, und i c h möcht' es nicht auf einmal fortschleppen, was sie in ihren Koffern mit herumführen.«

»Die Koffer sind mordmäßig schwer,« betheuerte Jimmy.

»Jimmy, 's ist wahrhaftig Schade, daß Ihr hier Euere Fähigkeiten so nutzlos verschwendet, Brandy und Bier einzuschenken,« meinte Meier, nach kurzer Pause — »ich wüßte eine famose Beschäftigung für Euch.«

»Und die wäre?« frug der Barkeeper neugierig.

»Wir sprechen ein andermal darüber,« erwiederte Meier

ausweichend, »wenn's nur einen Platz für uns im Hause gäbe.«

»Ich denke, ich kann noch einen schaffen,« sagte Jimmy, sich die Sache ein wenig überlegend — »Ihr macht Euch doch natürlich Nichts draus in ei n em Bett zu schlafen?«

»Keine Objektion in der Welt,« betheuerte Meier.

»Und die Aussicht ist auch ziemlich gleichgültig?«

»Total.«

»Gut, gleich über den Mecklenburgern ist noch ein kleines Käfterchen mit einem Bett drin, dicht unter dem Dach; sonst nicht viel Bequemlichkeiten oben, aber famose frische Luft, wenn Ihr d a s haben wollt, frag ich den Schlaps, den jungen Herrn Hamann gar nicht, und schaff Euch hinauf. Aber wo ist Euer Gepäck?«

»Kommt in einer halben Stunde etwa mit der *dray*. — Also sind wir eingezogen?«

»Denke so,« sagte Jimmy, die geleerten Gläser mit dem dazu gelegten Geld mit fortnehmend nach der Bar. Ohne dann weiter seinen jungen Herrn um Erlaubniß zu fragen, wieß er den beiden neuen Gästen ihr kleines Kämmerchen an, es ihnen selber überlassend, ihr Gepäck hinaufzuschaffen, und ging wieder in die Bar hinunter, wo er, die Hände auf dem Rücken, mit raschen Schritten und in tiefen Gedanken auf- und ablief. Das Gespräch mit den beiden Leuten hatte ihn auf allerlei Ideen gebracht, und Jimmy brauchte einige Zeit, die gehörig zu verarbeiten.

# Capitel 6.

## Kapellmeister Eltrich.

Das Paketschiff von Havre war angekommen, und von den verschiedenen Passagieren desselben hatte sich Einer, der im St.-Charles-Hotel abgestiegen, kaum Zeit genommen, seine Kleider zu wechseln und war dann, jedenfalls dringende Geschäfte zu besorgen, ein paar Stunden lang Straße auf und ab in der Stadt gefahren, bis er endlich am unteren Markt sein Fuhrwerk ablohnte, und müde und erhitzt in eine der dort befindlichen kleinen Eisbuden trat, sich abzukühlen und ein Glas Sherbet zu trinken.

Die Passage da vorbei war sehr belebt, kleine Gruppen von Kaufleuten standen überall zusammen, Geschäfte wurden entrirt und abgeschlossen, Aufträge gegeben und genommen und selbst neben dem Glas Gefrorenen in der Bude, das oft unbeachtet zusammenschmolz, hatten die Leute ihre Brieftafeln vor sich liegen, und notirten und rechneten mitsammen, und ordneten die Bestimmungsorte jener Wälle von verschiedenen Waaren, die draußen an der Levée durch Tausende von Händen aufgehäuft, und zugleich wieder durch andere fortgeführt wurden, ohne sich anscheinend zu vermindern oder zu vermehren.

Nur der eben angekommene Fremde hatte, wie es schien, mit Geschäften Nichts zu thun; sein einziger Zweck war, sich auszuruhn und zu erholen, und selbst das Leben und Treiben um ihn her interessirte ihn nicht, oder war ihm bekannt, denn er nahm abwechselnd eine der verschiedenen, dort liegenden Zeitungen zur Hand, flüchtig die Spalten überfliegend, oder saß auch wohl, in Gedanken vor sich niederschauend da, nicht einmal die Vorübergehenden beachtend.

»Täuschen mich meine Augen nicht, oder habe ich das Vergnügen, Herrn von Hopfgarten wieder einmal begrüßen zu können?« sagte in diesem Augenblick eine feine, unserem alten Freund sehr wohl bekannte Stimme, der auch rasch, aber zugleich erstaunt zu der breiten, korpulenten Gestalt des vor ihm stehenden Mannes aufsah, und sich trotzdem auf das Gesicht durchaus nicht besinnen konnte.

»Ich weiß nicht« — sagte er wirklich etwas verdutzt, von seinem Stuhle aufstehend und die ganze Figur des Mannes, der jedenfalls seinen Namen kannte, auf das Aufmerksamste betrachtend — »Gestalt und Stimme erinnern mich allerdings an einen früheren Reisegefährten, aber zu denen paßt das Gesicht durchaus nicht.«

»Ja, mein guter Herr von Hopfgarten,« sagte wieder die nur zu wohl bekannte Stimme, während der Mann selber vergnügt dabei mit dem Kopfe nickte — »ich bin es auch eigentlich nicht mehr; ich habe mich geschält und die Haut abgeworfen, wie eine Klapperschlange. Schöner bin ich dadurch freilich nicht geworden, aber heiße doch noch immer Christian Mehlmeier.«

»Also sind Sie's doch!« rief Hopfgarten, ihm freundlich die Hand entgegenstreckend, »aber um Gottes Willen, Mann, was ist mit Ihnen vorgegangen? ich hätte Sie im Leben nicht wieder erkannt.«

»Ja, das ist anderen Leuten auch so gegangen,« schmunzelte Mehlmeier in seinen weichsten Tönen vor sich hin — »sehn Sie sich einmal mein Gesicht genauer an.«

»Haben Sie die Blattern gehabt?« frug Hopfgarten mitleidig — »es ist voller Narben — und die Augenbrauen fehlen ganz. Was in aller Welt haben Sie mit sich angefangen?«

»Es ist mir wie Berthold Schwarz gegangen,« sagte Herr Mehlmeier, mit seinem vergnügtesten Gesicht — »ich habe ebenfalls, freilich nach einem vorgeschriebenen Recept, auf die Art wie er, das Pulver erfunden, war jedenfalls über die unerwartete Explosion eben so erstaunt wie er. Sie — Sie erinnern sich vielleicht noch des — des Geschäfts, was ich damals betrieb, als Sie mich, hier ganz in der Nähe, dort am

Markt drüben, fanden?«

»Sie verkauften Schwefelhölzer, wenn ich nicht irre —«

»Ich stand wenigstens zu diesem Zweck an einem jener Pfeiler,« betätigte Mehlmeier, »verkaufte übrigens ungemein wenig, und diente eigentlich, wenn ich so recht an jene Zeit zurückdenke, nur dazu, etwa Vorübergehenden, die mich um Feuer baten, ihre Cigarren anzuzünden. »Danke« sagten dann die Leute und damit war die Sache abgemacht; s i e gingen ihren Geschäften nach, und ich blieb an dem Pfeiler stehn, über das meinige Betrachtungen anzustellen.«

»Sie sehen jetzt weit besser, weit behäbiger in Ihrem Äußern aus,« sagte Hopfgarten.

»Das wäre noch immer kein großes Lob,« meinte Mehlmeier, »denn s c h l e c h t e r wie ich damals aussah, kann der Mensch nicht gut anständiger Weise in der Welt herumlaufen. Hosen und Rock hielten gewissermaßen nur aus Gefälligkeit für mich zusammen, und außerdem durfte ich nicht einmal vor Dunkelwerden Abends von meinem Pfeiler, den ich mit der Dämmerung in Besitz nahm, weggehn, meines hinteren Menschen wegen. Da traf ich S i e und den fremden Herrn, der mit Ihnen war, und von der Stunde an, mein guter Herr von Hopfgarten änderte sich mein Loos. Ich hatte damals schon lange bemerkt, daß die Leute, welche die Streichhölzer fabricirten, einen recht hübschen Nutzen dabei machten, während wir Verkäufer daran verhungern konnten; von zu Hause aus war ich auch mit der Fabrikation vollkommen gut bekannt, das Material dazu hätte ich hier billiger wie irgendwo gehabt, das Holz brauchte ich nicht einmal zu kaufen, denn eine kleine Strecke von der Stadt entfernt, konnte ich mir so viel davon selber nehmen, wie ich brauchte, aber — ich hatte kein Capital um damit zu beginnen, und meine täglichen Einnahmen gelangten oft nicht einmal zu der Höhe, mich, worauf ich den ganzen Tag hungerte, Abends satt zu essen. Ich mag beiläufig bemerken, daß ich der Schrecken der verschiedenen kleinen Eßbuden geworden war, in die ich, sobald sich meine Kasse in den Umständen befand, ein Abendessen zu zahlen, hineinfiel. An jenem Tage nun gab mir jener fremde Herr für eine unbedeutende Nachricht ein Stück Geld — ein Goldstück. Herr von Hopfgarten — ich will nicht versuchen, Ihnen zu schildern, was ich an dem Tage ausgestanden habe« — sagte Mehlmeier; seine Stimme klang dabei leise und heiser, indeß ihm ein paar große schwere Thränen, trotzdem, daß er mit den Augen auf das Lebhafteste blinzte und sie zurückzudrücken suchte, zwischen die Wimpern traten — »es war k e i n verdientes Geld, ich mochte dagegen argumentieren, wie ich wollte,« setzte er dann nach kurzer Pause hinzu, »und ich — ich war zuletzt fest davon überzeugt, daß ich die kleine Summe — für mich damals ein Capital — mehr meinen zerissenen Hosen, als der Nachricht verdankte.«

»Nein, lieber Herr Mehlmeier,« rief aber Hopfgarten rasch dazwischen — »die Kunde, die Sie uns gaben, hätte tausend solcher Stücke verdient — der alte Herr suchte sein K i n d und Sie zuerst brachten ihn auf die rechte Spur.«

»Es freut mich ungemein, wenn ich dem fremden Herrn nützlich gewesen bin,« sagte Mehlmeier ruhig, »d a s aber war meine damalige Ansicht von der Sache und — hat sich auch bis jetzt noch nicht verändern können. — Aber meine Lage änderte sich damals. Für zwei Dollar kaufte ich mir ein blaues Überhemd, eine solche Hose, wie sie die Feuerleute und Matrosen tragen, ein paar Schuh, einen Hut und ein Halstuch. Trotzdem behielt ich noch genug übrig, mich einmal recht tüchtig satt zu essen und — es war vielleicht eine Schwäche, aber ich hatte eine unendliche Sehnsucht danach — ein Glas Bier zu trinken, und für die übrigen zwei Dollar schaffte ich mir das nöthige Material an, auf m e i n e Art g u t e Streichhölzchen herzustellen. Mörser und sonstige Geräthschaften mußte ich mir allerdings im Anfang noch borgen, aber das Alles machte ich, jetzt einmal in anständigen Kleidern, wo ich mich wenigstens sehn lassen konnte, möglich, und so klein die Quantität sein mußte, die ich mit meinen geringen Mitteln zum ersten Mal fabricirte, so sehr sprach die Qualität an. Wohin ich Proben brachte, bekam ich Bestellungen, von denen ich im Anfang nur einen kleinen Theil ausführen konnte, mit jeder Woche mehrte sich aber meine Einnahme, mit jeder Woche konnte ich größere Mengen liefern, und war zuletzt sogar im

Stande, mir erst einen, dann zwei und mehre Arbeiter zu nehmen, dem immer steigenden Bedarf zu begegnen. Gleich im Anfang, bei der Zusammenstellung einer Mischung, passirte mir eines Abends das Unglück, daß mir die ganze Masse im Mörser explodirte, und ich fand mich erst am andern Morgen in der entgegengesetzten Ecke meines Zimmers wieder, da die Nachbarn weiter keine Notiz von dem Knall und Qualm genommen.

»Seit der Zeit befinde ich mich aber ausnehmend wohl; ich b o a r d e in einem anständigen Französischen Kosthaus und beschäftige jetzt elf Arbeiter, lauter arme deutsche Einwanderer, die ich mir abrichte und gut bezahle, verdiene dabei ein recht hübsches Geld und beginne sogar schon an Sparen und Zurücklegen zu denken, drohenden Alters wegen.«

»Nun das freut mich wahrhaftig recht, recht herzlich von Ihnen zu hören,« sagte Hopfgarten, dem fast die Thränen in die Augen gekommen waren, bei der so anspruchslos und wirklich rührend vorgetragenen Erzählung, indem er seinem alten Reisegefährten die Hand reichte und derb und freundlich schüttelte; »es giebt wenig Leute, lieber Mehlmeier, die so ernst und entschlossen und so brav und rechtschaffen dabei, einem einmal gesteckten Ziele entgegenstreben, und ich wünschte in der That recht von Herzen Ihnen irgend einen Dienst erweisen zu können, um Ihnen zu zeigen, wie sehr ich Sie achte und schätze.«

»Ich danke Ihnen recht herzlich, mein guter Herr von Hopfgarten, für die freundlichen Worte,« sagte Mehlmeier, wirklich gerührt, »Sie thun mir wohl — und eine Bitte hätt' ich wirklich an Sie, wenn Sie dieselbe erfüllen wollten.«

»Von Herzen gern — und was ist es?«

»Sie kennen den Herrn, der — der mir damals das Goldstück gab?«

»Sehr gut — ich komme jetzt gerade von dort her — war nämlich in der Zeit wieder in Deutschland —«

117

»Sie waren in Deutschland?« frug Mehlmeier, rasch und erstaunt, »ja, hm — das ist eigentlich gar nichts so Wunderbares, denn man fährt jetzt rasch genug herüber und hinüber, aber — es ist doch ein eigenes, sonderbares Gefühl, wenn man so von Deutschland sprechen hört, fortwährend Schiffe sieht, die hinüber gehn und von dorther kommen, und — so gern man hinüber möchte, und auch könnte, was eben die Passage betrifft, doch auf der weiten Gottes Welt da drüben, wo man doch eigentlich zu Hause ist, Nichts weiter zu thun hat; Nichts wieder anfangen könnte, und nun ganz allein aus dem Grunde hier bleiben muß.«

»Aber mit was sollte ich Ihnen dienen?«

»Ja,« sagte Mehlmeier rasch, »sehn Sie den Herrn — wie war sein Name gleich?«

»Dollinger.«

»Sehn Sie den Herrn Dollinger wieder?«

»Hoffentlich bald, jedenfalls schreibe ich ihm in den nächsten Tagen.«

Mehlmeier griff in die Tasche, nahm ein Amerikanisches Goldstück heraus und sagte, es Herrn Hopfgarten hinreichend:

»Dann thun Sie mir die große Liebe, mein bester Herr von Hopfgarten, und geben Sie ihm das Goldstück nicht allein zurück, sondern sagen dem Herrn auch wie Sie mich wieder gefunden haben, und daß ich das nur allein als sein Werk betrachten könne, ihm auch ewig dankbar dafür sein würde.«

»Aber mein bester Herr Mehlmeier,« rief Hopfgarten, das Goldstück zurückweisend, »Herr Dollinger ist ein reicher, ein sehr reicher Mann, und ich weiß —«

»Und wenn er ein Millionair wäre,« sagte Mehlmeier fest und bestimmt, »es ist nicht der wenigen Thaler, es ist der

Sache wegen, das Geld hat mir auf der Seele gebrannt, und Sie erzeigen mir einen unendlich großen Dienst, wenn Sie es dem rechtmäßigen Eigenthümer zurückerstatten. Es hat mir genug genützt, und da jetzt die U r s a c h e verschwunden ist, der ich es verdanke« — und Mehlmeier warf einen wehmüthigen Blick an seinen Beinen hinunter — »so darf ich auch mit gutem Gewissen die Wirkung zurückgeben. Sie thun mir einen g r o ß e n Gefallen mit der Erfüllung meiner Bitte, mein lieber Herr von Hopfgarten.«

»Sie sind ein wunderlicher Mensch,« sagte der kleine Mann freundlich, das Goldstück dabei nehmend und einsteckend, »ich will es besorgen; aber Herr Dollinger glaubt sich Ihnen nun einmal zu Dank verpflichtet, und wird das auf andere Weise wieder gut machen wollen. Jedenfalls muß er Ihnen die Quittung einsenden, daß i c h wenigstens das Geld richtig abgeliefert habe, und ich möchte Sie deshalb um Ihre Adresse bitten.«

»Das wird nicht nöthig sein,« sagte Herr Mehlmeier mit einem wehmüthigen Blick.

»Nein, nein; es muß Alles seine Ordnung haben,« rief Hopfgarten, »also Ihre Adresse?«

»Erlaube ich mir denn hier auf einem Exemplar meines Fabrikats zu überreichen,« sagte Mehlmeier mit einer etwas linkischen und verlegnen Verbeugung Hopfgarten ein kleines elegantes Etui mit Streichhölzchen, auf denen seine genaue Firma angegeben stand, übergebend, »das sind meine Visitenkarten,« setzte er lächelnd hinzu.

»Vortreffliche Visitenkarten,« lachte Hopfgarten, sie betrachtend und einsteckend; »aber apropos, mein lieber Herr Mehlmeier, Sie als wandernder Adreßkalender sind vielleicht im Stande mir wieder eine Auskunft zu geben. Können Sie mir vielleicht sagen, wo ich einen gewissen Ledermann, einen Juristen, hier in der Stadt finde?«

»Ledermann? — Ledermann? — nein, der Name ist mir gänzlich unbekannt,« sagte Mehlmeier, sehr bestimmt mit dem Kopf nickend; Hopfgarten kannte aber seine schwache

Seite mit den verkehrten Gesticulationen, und wußte was er meinte.

»Er arbeitete früher in dem Bureau des Mr. Mac Culloch, des Staatsanwalts,« setzte er dann hinzu, »der ist aber in diesem Augenblick verreist und sein Bureau geschlossen, und von den Hausleuten wollte ihn Niemand kennen.«

»Ledermann?« sagte Mehlmeier, die Hände am Kinn, in tiefem Nachdenken.

»Eine lange hagere Gestalt,« half Hopfgarten seinem Gedächtniß nach, »ein dünnes, mageres Gesicht und blonde Haare.«

»Hm, ich kenne einen Herrn F o r t mann, der etwa auf diese Beschreibung paßte.«

»Donnerwetter, F o r t mann!« rief Hopfgarten, sich vor den Kopf schlagend, »jetzt hab' ich die Namen verwechselt — Fortmann heißt er ja auch — Mehlmeier, Sie sind ein kapitaler Mann — w o find' ich den?«

»Ja, wo Sie den j e t z t finden, wenn er nicht in seinem Bureau ist, weiß ich allerdings auch nicht — er müßte denn sonst vielleicht beim Kapellmeister sein.«

»Was für ein Kapellmeister? — wo wohnt der?«

»Kapellmeister Eltrich, gar nicht weit von hier.«

»Eltrich? — u n s e r Eltrich von der Haidschnucke? — ich glaubte, der sei ein Arbeiter an einem Dampf- oder Flatboot geworden.«

»Allerdings, im Anfang, weil ihm seine sämmtlichen Sachen, selbst seine Violine gestohlen worden; nachher aber hat er sich ganz tüchtig wieder herausgearbeitet, und jetzt eine brillante Anstellung an der hiesigen französischen Oper erhalten.«

»Und dort ist Ledermann zuweilen?«

»Herr Fortmann? ja, aber wir gehn hier nur diese Straße hinunter, und ich kann Ihnen dann das Haus zeigen.«

»Kommen Sie nicht mit hinauf?«

»Es ist meine Arbeitszeit jetzt, mein bester Herr von Hopfgarten,« sagte Mehlmeier, »und ich habe mich überdieß schon zu lange von meinen Leuten entfernt — jedenfalls hoffe ich Sie noch zu sehn ehe Sie New-Orleans verlassen. Denken Sie sich lange hier aufzuhalten?«

»Einige Tage — doch noch eins, mein lieber Mehlmeier, so viele Menschen sind Ihnen hier vorgekommen — wissen Sie vielleicht zufällig, wo sich — Herr Henkel jetzt aufhält?«

»Nein, das ist merkwürdig, den Herrn habe ich auch mit keinem Auge wieder gesehn, seit wir gelandet sind. Im Anfang ging einmal ein dumpfes Gerücht, daß doch nicht Alles mit ihm so in Ordnung — nicht eben Alles Gold sei, aber ich weiß nicht, ich habe weiter Nichts darüber gehört und — wenn ich aufrichtig sein soll, mich nicht weiter darum bekümmert. Sehn Sie dort? das ist die Wohnung Eltrichs — das kleine freundliche weiße Häuschen, mit den grünen Jalousieen, und dorthinein wohne ich. Also mein lieber Herr von Hopfgarten, ich habe die Ehre mich Ihnen auf das Freundlichste zu empfehlen.«

Hopfgarten nahm herzlichen Abschied von ihm; der Mann hatte etwas rührend Hartnäckiges in seinem ganzen Wesen, mit dem er dem Unglück die Spitze geboten und sich, allen bösen Neigungen wacker dabei begegnend, an die Oberfläche gearbeitet.

Noch stand er in der Straße, unfern von Eltrichs Wohnung, und sah dem rasch und geschäftig davongehenden Manne nach, als ein, in einen abgetragenen blauen Frack geknöpftes Individuum an ihm vorüberging, ihn scharf fixirte, und sich rasch gegen ihn wendend die rechte Hand — unter dem linken Arm trug er ein Cigarrenkistchen — nach ihm ausstreckte und rief. »Sieh da, sieh da Thimoteus, die Kraniche des Ibikus — Herr von Hopfgarten; eine höchst angenehme Erscheinung beim

Zeus, in diesem verdammten hausbackenen Land.«

»Herr Steinert?« rief Hopfgarten erstaunt aus, »ich hätte Sie fast nicht wieder erkannt — wie geht es Ihnen?«

Steinert zuckte die Achseln.

»Durch Unglück mehr als durch Versehn,
Verlor Alcest im Handel sein Vermögen

— verwünschte Geschichte das hier, man darf seinem
eigenen Bruder nicht trauen, wenn man wirklich einen hier
hat. Ich habe bittere Erfahrungen gemacht, Herr von
Hopfgarten — bittere Erfahrungen und — wenn weiter
Nichts — Menschenkenntniß gesammelt, wie wohl kaum
Einer vor mir. Ich sage Ihnen, ich könnte eine Geographie
des menschlichen Herzens, der menschlichen
Schwachheiten, Laster und Leidenschaften herausgeben.«

Hopfgarten hatte sich indessen, so genau das geschehn
konnte, ohne den Mann durch ein zu scharfes Anschauen
zu kränken, die vor ihm stehende Gestalt betrachtet, und
das Resultat fiel gerade nicht zu Steinerts Vortheil aus. Sein
Anzug, einst jedenfalls modern, war abgerissen, und noch
schlimmer, war schmutzig; eben so seine Wäsche. Nur den
äußeren Staat hatte er noch beibehalten; der große
Siegelring saß auf einer ungewaschenen Hand, und neben
den Uhrberloquen zeigte das Tuch häßliche farbige Flecke.
Sein Gesicht sah dabei verwildert aus; die Augen lagen ihm
tief und durchschwärmte Nächte, wenn nicht Mangel
kündend, in den Höhlen, und flogen unruhig, ungeduldig,
ohne auf irgend einem Punkte zu haften, umher.

»Und womit beschäftigen Sie sich jetzt,« sagte Hopfgarten
endlich, dem es unheimlich in der Nähe des Mannes wurde,
»haben Sie irgend eine Anstellung? irgend ein — ein —«

»Ein freies Leben führen wir,« unterbrach ihn aber
Steinert, den rechten Arm mit einer etwas theatralischen
Bewegung zum Himmel hebend. »Ich konnte mich erstlich
nie dazu verstehen, zu irgend Jemand in ein dienstliches
Verhältniß zu treten — der Gott, der Eisen wachsen ließ, der
wollte keine Knechte — und dann bin ich wohl ein halb
Jahr vergebens herumgelaufen,« setzte er, wieder in eine
natürlichere Stellung zurückfallend, hinzu, »ohne irgend
einen passenden Platz für mich auftreiben zu können. Für
jetzt habe ich übrigens eine famose Quelle ächter Havanna-
Cigarren entdeckt,« und er nahm bei den Worten das

Kästchen rasch unter seinem linken Arme vor, »die ich Ihnen mit gutem Gewissen empfehlen kann, mein bester Herr von Hopfgarten. Famose Cigarren, sage ich Ihnen, und zu einem Preis,« setzte er leise flüsternd, und mit einem scheuen Blick umher, hinzu, indem er das Kästchen sehr aufmerksam und ängstlich öffnete, »wie sie kein Mensch auf der Welt liefern könnte, wenn sie eben nicht — geschmuggelt wären.«

»Sie wissen ja, bester Herr Steinert, daß ich gar nicht rauche,« sagte Hopfgarten freundlich, »ich bin auch wirklich in diesem Augenblick so mit meiner Zeit —«

»Sie rauchen gar nicht?« sagte Steinert etwas bestürzt, »aber Sie haben doch gewiß Jemand, den Sie mit einem halben Tausend Regalias glücklich machen würden.«

»In der That Niemanden hier, mein bester Herr; es ist auch schon spät geworden heute, und ich bin eben erst wieder angekommen.«

»Ich sehe, Sie sind in Eile,« sagte der frühere Weinreisende rasch, indem er das schon halb geleerte Kästchen — was in Hopfgarten den Verdacht aufsteigen ließ, daß er die Regalias auch im Einzelnen verwerthe — wieder an seinen früheren Platz zurückschob. »Ich will Sie nicht länger aufhalten, aber — ich dürfte Sie wohl um eine Gefälligkeit bitten. Wir sind hier gerade in der Nähe und ich habe vergessen mein Portemonnaie zu mir zu stecken — bin jedoch einem Freund von mir da drüben fünf Dollar schuldig. Wären Sie wohl so freundlich, mir diese kleine Summe auf ein paar Stunden zu leihen?«

»Mit dem größten Vergnügen,« sagte Hopfgarten verlegen, und unwillkürlich zugleich in seiner angeborenen Gutmüthigkeit in die Westentasche fahrend, »ich weiß nur nicht —«

»Philemon, der bei großen Schätzen ein edelmüthig Herz besaß,« recitirte Steinert.

»Wenn Ihnen für den Augenblick mit dieser Dollarnote

gedient wäre.«

»Sie sind sehr freundlich — aber Sie erlauben mir, daß ich es mir gleich notire; ich habe so vielerlei im Kopf, und morgen zahle ich es Ihnen jedenfalls zurück. Welches Hotel?«

»St. Charles —«

»Ah, desto besser; dort dinire ich auch gewöhnlich — Herr von Hopfgarten »Haben« 1 Dollar.«

Er hatte dabei eine rothe, ziemlich umfangreiche Brieftasche vorgenommen, die Cigarrenkiste auf das linke emporgezogene und ziemlich geschickt balancirte Knie gelegt, und notirte sich den Fall auf ein weißes Blatt.

»Mein guter Herr Steinert, ich habe indessen das Vergnügen Ihnen einen angenehmen Abend zu wünschen.«

»Ah, guten Abend, lieber Hopfgarten, guten Abend,« rief Steinert, ihm, immer noch in der vorigen Stellung, mit dem Bleistift freundlich zuwinkend.

Hopfgarten benutzte die Gelegenheit, Eltrichs Haus zu erreichen, und stieg die wenigen Stufen vor der Hausthür, an deren Klingel er zog, rasch hinan.

Ein wunderhübsches, nur etwas kränklich aussehendes, beinah weißes Mädchen, aber doch mit dem eigenen dunkeln Teint und fast blauschwarzen Haar dieser Race, das die Quadroonin verrieth, öffnete ihm die Thür, frug den Erstaunten in deutscher Sprache was er wünsche, und führte ihn dann in das untere Zimmer, wo Hopfgarten zu seiner nicht geringen Genugthuung — denn Mehlmeier hatte ganz recht gehabt — Herrn Ledermann *alias* Fortmann, am Kaffeetisch bei Eltrichs traf, und von den dreien auf das Herzlichste begrüßt wurde. Eltrichs kleine reizende Frau war besonders glücklich den alten Reisegefährten, der sich schon an Bord von allen Cajütspassagieren immer am freundlichsten gegen sie benommen, bei sich zu sehn und bewirthen zu können, und verschwand gleich aus dem Zimmer, aufzutragen, was nur, trotz Hopfgartens Protestiren, Küche und Keller vermochte.

Nach den ersten Begrüßungen aber lag Hopfgarten viel zu sehr daran zu erfahren was er von Ledermann hinsichtlich seiner Nachspürungen nach jenem Soldegg hören sollte. Eltrich wußte überdieß von der Sache, über die Ledermann schon oft mit ihm gesprochen, und Hopfgarten erfuhr jetzt daß von Soldegg selber allerdings nicht das Mindeste wieder gesehen wäre, seit Herr von Hopfgarten die letzten Nachrichten von ihm mit aus Milwaukie gebracht, daß aber ein Compagnon von ihm, jener Goodly, unter einem falschen Namen in New-Orleans ertappt sei, und einen Schlupfwinkel gestohlener Güter verrathen habe, in dem man auch einen nicht unbeträchtlichen Theil von Herrn Dollingers Waaren gefunden hätte. Nach allen verschiedenen Staaten, selbst nach Canada hinauf, war indeß geschrieben worden, des Burschen habhaft zu werden, doch umsonst; entweder war er untergegangen, oder lebte irgendwo, unter einem falschen Namen, von seinem Raube, wo es freilich dem Zufall überlassen bleiben mußte, ihn einmal auszuspüren und zu Tag zu bringen.

Herr F o r t mann, der übrigens Eltrich gegenüber sein Incognito nicht beibehalten konnte, da Beide schon in Heilingen befreundet, wenigstens bekannt gewesen waren, wünschte, wie sich wohl denken läßt, ebenfalls etwas Neues von dort zu hören, das ihm Hopfgarten denn auch nicht vorenthielt. Während Frau Eltrich nun dem Gast, der endlich eingestehn mußte, daß er in aller Eile heute auf Amerikanischem Boden noch nicht einmal zu Mittag gegessen, ein kleines Mahl mit Claret und Eis herrichtete und ihn selber dabei, trotz allen Einwendungen, bediente, mußte er erzählen, wie er es in Heilingen gefunden, wie es dort aussah, was die Leute dort trieben und — wie es vor allen Andern der Frau Aktuar Ledermann ging, für die sich Frau Eltrich ganz speciell interessirte.

»Hm, ja,« sagte Hopfgarten lächelnd, und emsig dabei beschäftigt ein kaltes gebratenes Huhn zu zertheilen, »gut — sehr gut — hat ihre Trauer — dieß Huhn ist wirklich delikat — hat ihre Trauer abgelegt und wohnt jetzt bei ihrem Bruder.«

»Existirt der Lump auch noch?« frug Ledermann.

»Wollte wieder ein Geschäft eröffnen,« fuhr Hopfgarten langsam fort, »scheint aber doch nicht, nach den beiden vorher erfolgten Fällen, das nöthige Vertrauen gefunden zu haben, und hat sich, auf dringendes Anrathen des Herrn J. G. Weigel entschlossen, mit seiner Schwester —«

»Den Teufel auch!« rief Ledermann von seinem Stuhl aufspringend, und in jäher Angst den Schluß des Satzes errathend.

»Mit seiner Schwester,« fuhr Hopfgarten ruhig fort, »nach Amerika auszuwandern.«

»Was für ein rührendes Wiederfinden das werden würde, Herr Ledermann,« lachte diesen Frau Eltrich schelmisch an.

»Man soll den Teufel nicht an die Wand malen,« rief aber der Aktuar wirklich bestürzt — »tollere Sachen sind schon vorgefallen, und mir bliebe nachher Nichts übrig, als mir eine Kugel vor den Kopf zu schießen. — Aber — nicht wahr, lieber Herr von Hopfgarten, Sie machen nur Spaß? das ist Ihr Ernst nicht. — Meine Frau, ich meine die verwittwete Frau Aktuar Ledermann, denkt nicht daran nach Amerika zu kommen?«

»Ich gebe Ihnen meinen Ehrenwort, daß die Sache schon so gut wie abgemacht war; das Ziel aber, soviel wie ich davon erfahren konnte, lag nach den nördlichen Staaten, New-York oder Baltimore, wo Sie denn hier allerdings nicht viel zu befürchten hätten; ich habe mich, wie Sie sehen, genau nach Allem erkundigt.«

»Der Henker traue,« rief Ledermann, unruhig im Zimmer auf- und abgehend, »wenn die Frau erst einmal nicht mehr durch das ganze Weltmeer von mir getrennt ist, findet sie mich auch wieder heraus, und wenn sie nur erst einmal eine Ahnung davon bekömmt, daß ich noch lebe, bin ich verloren.«

Eltrich und Hopfgarten lachten über die Angst des armen Teufels, der eine, vielleicht noch jahrelang entfernte Gefahr schon jetzt heraufbeschwor, sich selber zu quälen; Ledermann konnte aber den Gedanken nicht los werden, und Hopfgarten ihn endlich nur dadurch beruhigen, daß er ihm versicherte, der Schiffsakkord für seine Frau wäre erst für das nächste Jahr abgeschlossen, bis wohin noch mancher Tropfen Wasser den Berg hinunter fließe. Übrigens schien kein Mensch in ganz Heilingen, seiner Betheuerung nach, eine Ahnung zu haben, daß der Aktuar n i c h t ertrunken, sondern nach Amerika geflüchtet sei. Der Körper war allerdings, trotz hartnäckigem Suchen, n i c h t gefunden worden, aber das S p i e l e n v o rher, und die kalte, ruhige, sehr gut geheuchelte Verzweiflung n a c h her, schienen bei den in solcher Art auch eben nicht mistrauischen Heilingern keinen Zweifel mehr übrig gelassen zu haben. *Dr.* Hayde besonders hatte die Gelegenheit gleich wahrgenommen, einen langen, allerdings etwas schlecht stylisirten Artikel im Tageblatt zu schreiben, worin er nachwieß, daß der Selbstmord nur eigentlich, trotz einzelner Ausnahme-Fällen, ein durchaus b ü r g e r l i c h e s Laster sei, (und später dafür von seiner Regierung den gelben Sperlings-Orden fünfter Klasse erhielt;) die Sache war dadurch, wenn auch eben nicht bewiesen, doch außer allen Zweifel gesetzt. Es dachte sich in der That Niemand die Möglichkeit eines anderen Falles, und Therese Ledermann selber, wenn ihr ja einmal ein solcher Gedanke dunkel und unbestimmt vor der Seele aufgestiegen sein sollte, verwarf ihn eben so rasch wieder. Wo hätte Ledermann den Muth herbekommen, sich ihrem Regiment auf eine solche Weise zu entziehn.

Herrn Hopfgarten lag aber auch jetzt daran zu erfahren, wie Eltrich, von dem er doch durch Maulbeere gehört, daß er an einem Boote als Handlanger arbeite, sich so rasch und glänzend heraufgeschwungen habe, und dieser, seine kleine Frau dabei rasch zu sich nieder auf seinen Stuhl ziehend, gab ihm gern Bescheid.

Vor allen Dingen erzählt er ihm seine erste Landung, wie

sie, durch das viele Neue verwirrt, den Karren aus den Augen gelassen hätten, auf dem, von einen Neger gezogen, ihre sämmtlichen Sachen, selbst sein Instrument, gelegen. Der diebische Schwarze war damit durchgegangen, und nie wieder, trotz allen Nachforschungen, aufzufinden gewesen. In der ungeheueren Stadt, wo noch dazu weder über Kommende noch Gehende auch nur die geringste ernstliche Controlle geführt wird, hätte nur der Zufall sie auf die Spur des Diebes bringen können.

Dort begann eine schwere Zeit, besonders für seine arme Frau, die, von allem entblößt, mit dem Kinde der dringenden Noth entgegen ging. Noth aber lehrt nicht allein beten, sondern mehr noch arbeiten, und fest entschlossen, sich durch Nichts beugen zu lassen, sondern dem Schicksal fest und trotzig die Stirn zu bieten, lief Eltrich, mit g a n z andern Hoffnungen nach Amerika gekommen, und als andere Schritte fehl schlugen, in der Stadt herum A r b e i t zu suchen; Arbeit wie sie vorkam, hart oder leicht, nur Brod zu verdienen, für sich und die Seinen. Nach einiger Anstrengung gelang ihm das auch — er wurde zuerst auf einem Flatboot zum Ausladen der Fracht engagirt, mit einem Dollar den Tag; wie das beendet war, fand sich Arbeit auf einem anderen, und ihre Existenz war wenigstens gesichert.

Aber er brauchte mehr als das — er mußte Geld verdienen, wieder eine Violine, und zwar ein tüchtiges Instrument zu kaufen; er mußte Geld verdienen, sich wieder anständige Tuch-Kleider anzuschaffen, in denen er Besuche machen konnte, und seine Finger, die ihm später in seiner Kunst sein Brod verdienen sollten, ruinirte er indessen mit Fässer rollen und dem scharfen Tau der Winde. Unermüdlich aber, unverdrossen, schaffte und arbeitete er dabei im gießenden Regen, wie in der brennenden Sonne, und sparte jeden Cent, den sie nicht nothwendig zum Leben brauchten, während sich die Frau ebenfalls Mühe gab Geld zu verdienen, und es endlich möglich machte, erst von der Frau des Hausbesitzers, und dann durch diese empfohlen, auch von einigen Nachbarn feine Wäsche zum Waschen und Plätten zu bekommen.

»Es war dabei eine recht traurige und entmuthigende Zeit für mich,« erzählte Eltrich, »denn während ich meinem nächsten Ziel, mir wieder ein Instrument und uns beiden anständige Kleider zu kaufen, wohl entgegenrückte, sah ich doch um mich her eine Menge Leute meiner Kunst, die mit ziemlichem Talent und guten Empfehlungsbriefen ausgerüstet, ankamen, eine Weile sich schwimmend über Wasser hielten, und dann spurlos verschwanden. Ich wußte dabei nicht, ob sie untergegangen, oder nur von der Strömung mit fortgerissen waren, und mußte mir zu meiner Beschämung gestehn, daß ich wahrscheinlich jetzt mit meiner Hände Arbeit, als gewöhnlicher Tagelöhner, mehr verdiente, wie es mir möglich sein würde mit meiner Kunst zu erschwingen; nichts destoweniger ließ ich den Muth nicht sinken. Dabei hatten wir Glück; meine Frau gab unserer Wirthin, die sich überhaupt sehr freundlich gegen uns bewieß, Clavierunterricht, da sie dorthin unseren Knaben mitnehmen konnte. Unser Schicksal war dabei durch unsere Wirthsleute bekannt geworden, und ich wurde von dem Eigenthümer unserer Wohnung eines Abends, wo ich gerade von der Arbeit zu Hause kam, aufgefordert, in einer Gesellschaft, die er gab, zu spielen. Ein Instrument sollte ich dort vorfinden, und leichte, anständige Sommerkleider besaß ich schon, Dank unseren Ersparnissen; aber meine Finger waren steif geworden, und nicht ein einziges Mal hatte ich die ganze Zeit geübt. Die Sache ging mir, wie Sie wohl denken können, im Kopf herum — trotzdem nahm ich, mit einer mir selbst jetzt noch unerklärlichen Keckheit, die Einladung an, und die Sehnsucht, wieder einmal einen Bogen in der Hand zu fühlen, mochte wohl größtentheils die Schuld dabei tragen. Dann aber war ich es auch meiner armen kleinen Frau schuldig, Alles zu thun, was in meinen Kräften stand, unsere Lage zu verbessern, und dadurch geschah vielleicht der erste Schritt.

»Die Gesellschaft versammelte sich ziemlich zahlreich, und ich spielte, zu Adelens Entsetzen, aber aus sehr natürlichen Gründen, spottschlecht. Nichts destoweniger waren die Leute freundlich genug gegen mich — sie wußten ja, daß ich den Tag über Porkfässer gerollt und Maissäcke geschleppt

130

hatte; der Wirth aber überließ mir von da an die Violine zum
Üben, bis ich mir selber eine kaufen konnte, und —
veranstaltete heimlich, aber in meinem Namen, ein Concert.
Ich spielte, und es ging nicht allein vortrefflich, sondern ich
kam dadurch auch plötzlich und eigentlich ganz unerwartet
in den Besitz eines Capitals von hundert und einigen
achtzig Dollarn, mit denen ich allerdings jetzt ein neues
Leben beginnen konnte. Am nächsten Tage mußte ich
freilich noch einmal Fässer rollen — ich hatte dem Mann
versprochen gehabt zu kommen und hielt auch Wort; aber
es war das letzte Mal, und ich begann eine neue Existenz.
Allerdings stand ich nicht mehr allein und freundlos da,
denn die Amerikaner und Franzosen, mit denen wir
bekannt geworden, und die doch wohl fanden, daß wir
Beide nicht in die Masse der gewöhnlichen Einwanderer
gehörten, nahmen sich unserer auf das Herzlichste an. Ich
sowohl, wie meine Frau, bekamen eine Menge Stunden zu
geben, und Madame Fleurette, unsere freundliche Wirthin,
ließ es sich nicht nehmen, den Knaben indessen bei sich zu
behalten. Wieder gab ich jetzt mit meiner Frau zusammen
zwei Concerte, und während andere, weit größere Künstler
als ich, kaum die Kosten solcher Abende herausgeschlagen,
traf ich Zeit und Umstände so glücklich, daß ich das erste
Mal einen Überschuß von zwei-, das zweite Mal von
dreihundert Dollar hatte. Ich bekam einen Ruf in New-
Orleans, und um kurz zu sein, zuletzt die Stelle am hiesigen
Französischen Theater, mit einem recht anständigen Gehalt,
habe dabei Stunden zu geben, so viel ich geben kann, und
befinde mich jetzt mit meiner kleinen Familie wohl und
zufrieden.«

Hopfgarten sprach seine innige Freude über das glückliche
Gedeihen in Eltrichs Verhältnissen aus, und erzählte jetzt
auch wie er die beiden früheren Freunde, Steinert und
Mehlmeier, gefunden habe.

»Herr Steinert ist ein Lump,« sagte da Eltrich, »und
Mehlmeier, trotz einigen Eigenheiten, die er an sich haben
mag, ein Ehrenmann. Wie Mehlmeier im Unglück war, und
Steinert noch Leute fand, die ihm borgten, hat er den armen
Teufel nicht einmal mehr angesehn, und sich seiner
Bekanntschaft geschämt; ihn jetzt aber, wo sich Mehlmeier

herausgearbeitet hat, schon drei oder vier Mal angeborgt. Mehlmeier in seiner Gutmüthigkeit läßt sich auch beschwatzen, er wird aber doch endlich einmal klug werden, und aufhören sein Geld in diesen Schmutzbrunnen zu werfen.«

»Wie der Trunk hier in Amerika die Leute ruiniren kann,« sagte Ledermann, »davon habe ich in der kurzen Zeit meines Aufenthalts hier, schon mehre recht traurige Beispiele gesehn. So traf ich heute Morgen erst wieder einen alten Bekannten, und früher sehr wohlhabenden Mann aus oder bei Heilingen, den Wirth des rothen Drachens dort, den ich in brillanten Verhältnissen in Deutschland zurückließ.«

»Lobsich? — hier in New-Orleans? — was ist mit dem?« rief Hopfgarten.

»Kennen Sie ihn?«

»Von Milwaukie her — das ist ja derselbe Wirth, in dessen Hause ich verhaftet wurde; aber was treibt er jetzt? hat er sein Gasthaus aufgegeben?«

»Seine Frau, die das Ganze zusammengehalten zu haben scheint, ist ihm gestorben,« sagte Ledermann, »und der Mann hat dann wahrscheinlich durch den Trunk — denn er taumelte selbst hier, als ich ihn sah — sein Geschäft nach und nach ruinirt.«

»Hat er Sie gesehn?« frug Hopfgarten lächelnd.

»Brille und Bart haben mich sehr verändert,« erwiederte Ledermann etwas verlegen; »ich kann darin ziemlich sicher sein; dennoch fühle ich mich nicht wohl hier, und werde mich wahrscheinlich in nächster Zeit weiter in das Innere zurückziehn; es kommen doch fast zu viel Bekannte hierher.«

Ledermann mußte jetzt Herrn von Hopfgarten erzählen, was er von den hiesigen Verhältnissen seiner Bekannten wußte, und besonders interessirte ihn dabei Hedwig

Loßenwerders glückliche Verbindung, die sie in eine angenehme und unabhängige Stellung gebracht hatte. Er trug auch Briefe für Hedwig von Clara, wie die Hinterlassenschaft ihres Bruders bei sich; ebenso die in den gelesensten deutschen Blättern veröffentlichte Erklärung der Gerichte selber, nach denen der damals angeschuldigte, und durch unglückliche Umstände zum Selbstmord getriebene Franz Loßenwerder von jeder Schuld an dem ihm zur Last gelegten Diebstahl freigesprochen, und sein Name von jedem auf ihm haftenden Makel gereinigt wurde. Herr Dollinger selber hatte dann noch eine eigene Erklärung erlassen, und überhaupt Alles gethan, was in seinen Kräften stand, wenigstens das Andenken des armen unglücklichen Menschen von jedem bösen Leumund zu befreien, und seinen ehrlichen Namen wieder herzustellen. Ein einfacher Stein auf seinem Grabe erzählte ebenfalls in kurzen schlichten Worten seine Leidensgeschichte, und was er unschuldig getragen — guter Gott, er war todt, und gedruckte, und in Stein gegrabene Worte konnten das Unrecht nicht ungeschehen machen, das ein armes, treues Menschenherz in Gram und Schmerz gebrochen.

Wie froh, aber auch wie schmerzlich mußte die arme Hedwig eine solche Nachricht bewegen, und Adele bat deshalb ihren Mann die junge Frau, die sie schon auf dem Schiffe lieb gewonnen, und mit der sie auch in New-Orleans öfter zusammengekommen, heute Abend mit dem jungen Hamann hierherzuholen, und ihr die Briefe hier zu übergeben. Eltrich verstand sich gern dazu, und er und Hopfgarten beschlossen augenblicklich hinüber nach Fayetteville zu fahren und die jungen Leute gleich mitzubringen. Ledermann hatte noch einige Geschäfte zu besorgen, versprach aber auch gegen Abend zurückzukommen und diesen in ihrer Gesellschaft zu verbringen.

Als Hopfgarten mit Eltrich wieder durch das Haus ging, öffnete ihnen das junge Quadroon-Mädchen die Thür.

»Wetter noch einmal, was ist das für ein liebes freundliches Gesicht,« sagte Hopfgarten, als sie draußen auf der Straße waren, und dem nächsten Omnibus zugingen, »doch mit

Negerblut in den Adern.«

»Es ist das erste gute Werk, das ich in Amerika habe thun können,« lächelte Eltrich, »eine durch mich befreite Sclavin.«

»Was?« rief Hopfgarten, sich rasch und erstaunt nach ihm umdrehend, »das hab' ich ja gar nicht gewußt, daß Sie schon Zeit zu Entführungen gehabt — davon haben Sie mir ja kein Wort erzählt.«

»Die Sache hat auch keineswegs einen solchen poetischen Hintergrund — ich habe sie, mit Hülfe meines früheren Wirthes, der mir die Hälfte der Summe vorgestreckt, g e k a u f t, und diese zweite Hälfte arbeitet sie nun selber ab, so daß sie, mit den Geschenken, die sie bekommt, denn alle meine Freunde nehmen Theil an ihr, schon wahrscheinlich in zwei Jahren, vielleicht noch früher, vollkommen frei und ihre eigene Herrin sein wird. Ich erzähle Ihnen die Geschichte ein ander Mal, denn hier ist unser Omnibus, der uns hinüber nach Fayetteville nehmen soll.«

Sie stiegen in den schon ziemlich gefüllten, auf Rädern gestellten unförmlichen Kasten, der dazu diente, Passagiere von einem Ende der Stadt zum andern zu befördern, und mußten eng zusammenrücken, da der Bursche hinten am Schlag hinein beförderte, was eben Passage bezahlte, gleichviel wie viel Platz der inwendige Raum bot.

Dicht vor ihnen, auf der gegenüber befindlichen Bank, daß ihre Kniee ineinanderpreßten, saß ein sehr anständig gekleideter Mann, der Hopfgarten ungemein bekannt vorkam. Auch dieser fixirte ihn und Eltrich in der schon einbrechenden Dämmerung ein paar Augenblicke, und dann dem letztern die Hand entgegenstreckend sagte er freundlich:

»Ich glaube, daß wir zum zweiten Male Reisegefährten sind — Herr Eltrich — Herr von Hopfgarten — nicht wahr?«

»Leupold, wahrhaftig!« rief Eltrich, rasch und freundlich

die dargebotene Hand nehmend und schüttelnd, »wir haben uns nicht gesehn seit wir das Schiff verlassen; wie geht es Ihnen?«

»Körperlich r e c h t gut,« sagte Leupold, doch ein recht wehmüthiger Zug um den Mund strafte ihn Lügen dabei, oder verbarg mehr als er sagen wollte.

»Sie sind hier in New-Orleans etablirt?« frug ihn Hopfgarten.

»Ja, Herr Baron, und ich muß gestehen, ich habe viel Glück gehabt — wie man hier so im gemeinen Leben sagt — in meiner Familie aber destomehr Leid.«

»Ist Ihre Mutter krank geworden?« frug Eltrich.

»Sie starb vorigen Herbst am gelben Fieber;« erwiederte Leupold, »auch ein Knabe, der vor zwei Jahren beide Eltern an der Seuche verloren, und den ich an Kindesstatt zu mir genommen hatte, nur irgend Jemand zu haben, den ich lieben konnte, der mich liebte. Sie sind Alle todt, und ich arbeite jetzt eigentlich für weiter Nichts, als eben zu essen und zu trinken.«

»Doch sonst geht es Ihnen gut?« frug Hopfgarten.

»Was pecuniäre Verhältnisse betrifft, allerdings. Wie das gelbe Fieber dießmal nahte, floh Alles, was nur fortkommen konnte. Ich selber hatte eine stille Hoffnung, daß mich Gott ebenfalls abrufen würde; ohne Zweck und Ziel sich so allein in der Welt herumzutreiben wird Einem doch zuletzt verleidet; ich wurde aber nicht einmal krank. Ich war bei, Gott weiß wie vielen Leichen, fertigte Särge so viel ich mit vier bei mir ausharrenden Gesellen fertigen konnte, und verdiente ungezähltes Geld in der Zeit — ich ginge auch gern zurück nach Deutschland, aber — ich habe den Muth nicht dazu — ich werde die nächste gelbe Fieberzeit noch abwarten, und sehen was da wird.«

»Sie fühlen sich nicht wohl in Amerika?« sagte Hopfgarten mitleidig.

»Wie soll man sich da wohl fühlen, wenn man Alles verloren hat, was Einem noch lieb und theuer auf dieser Welt war, und für das nur einzig und allein man arbeitete. Das Amerika ist ein recht guter Platz Geld zu verdienen, wenn man fleißig ist, aber das ist auch Alles; ja wenn es mir in Deutschland schlecht gegangen wäre. — Aber ich will Ihnen nicht die Ohren voll lamentiren — überhaupt ist hier die Straße, wo ich aussteigen muß. Es hat mich herzlich gefreut Sie wieder einmal begrüßen zu können!«

Er reichte ihnen die Hand, schüttelte sie freundlich, und drängte sich dann durch die ihm mürrisch Raum gebenden Passagiere der Thüre zu, den Omnibus zu verlassen.

»Dem armen Mann ist Amerika theuer zu stehn gekommen,« sagte Eltrich traurig, »lieber Gott, wenn ich mich in seine Lage setze, kann ich mir recht gut denken, wie furchtbar es ihm sein muß, jetzt so allein und verlassen dazustehen. Was hilft ihm das Geld, das er verdient, wenn er Niemanden hat, der es mit ihm theilt, für den er spart.«

»Es ist seine eigene Schuld,« sagte aber Hopfgarten achselzuckend, »er hat uns selbst erzählt, daß es ihm in Deutschland nicht schlecht gegangen wäre; weshalb wandert er da aus? — Das kommt von dem thörichten Misvergnügtsein ohne Grund.«

»Lieber Gott, es läßt sich da doch Manches zur Entschuldigung sagen,« seufzte Eltrich, »wir könnten es auch den Trieb sich zu verbessern nennen, den doch jeder Mensch in der Brust mit herum trägt — warum ihm den schlimmsten Namen geben? Thäten die daheim, deren Pflicht es wäre, für das wahre Glück der Völker zu sorgen, etwas mehr ihren Unterthanen das Leben daheim erträglich zu machen, bedächten sie, daß das »Von Gottes Gnaden« nicht nur auf ein Haupt niedergeht und da ruhen bleibt, als auf etwas ganz Besonderem — wie oft nur auf etwas sehr Gewöhnlichem — sondern niederfällt, wie Thau und Regen auch auf die kleinste unscheinbarste Wiesenblume. Stäke mit einem Wort einer Masse Menschen da drüben nicht der verdammte Dünkel zu fest in der Stirne aus einem ganz besonders feinen Porcellainteig geknetet und gebrannt zu

136

sein, Tausende würden nicht daran denken, die Heimath zu verlassen, sondern in einer möglich bürgerlichen Existenz gern und freudig ausharren. Die Noth treibt vielleicht nur zwei Dritttheile aller Auswanderer über das große Wasser, der Ekel das andere — und d a s gerade thut Deutschland weh — unendlich weh, denn w a s für wackere Kräfte sind ihm dadurch verloren gegangen.«

»Ja, die Geheimenräthe wandern nicht aus,« lachte Hopfgarten.

»Nein, leider Gottes,« seufzte Eltrich, »d i e liegen an zweifarbigen Bändchen fest vor Anker. Der Deutsche theilt sich in seiner Unschuld in Nähr-, Wehr- und Lehrstand — daß er den Z e h r stand gar nicht dabei berücksichtigt. Wie war Ihnen zu Muthe, als Sie jetzt wieder nach Deutschland zurückkamen?«

»Wunderbar,« lachte der Gefragte, »unendlich wunderbar — ich gebe Ihnen mein Wort, es kam mir in einem fort so vor, als ob die Leute nur Comödie spielten — und sie thun's auch. Wenn man hier aus dem frischen, freien Leben, das allerdings viele, unendlich viele Mängel und Schwächen hat, aber dem Menschen doch seine freie, ihm von Gott zugesprochene Entwickelung garantirt, wieder hinüber in das abgetheilte, angeblich g e o r d n e t e Leben kommt, wo die Menschen wie in Gefachen, mit kleinen darauf geklebten Zettelchen eingeschachtelt liegen, sieht wie die untersten, bequemsten Gefache fortwährend herausgezogen und gebraucht werden, während auf den oberen der dicke ehrwürdige Aktenstaub liegt, und dann zurückdenkt, wie das Alles gar nicht nöthig ist, und wie es noch eine andere Welt giebt, in der Gottes Creaturen frei und fröhlich aufathmen dürfen; wenn man sieht, wie das dort kriecht und scharwenzelt, und auf Kindereien sein höchstes Ziel setzt, wenn man einen Blick wieder auf jenen Beamten-Wust wirft, der einem in das Kleinste zergliederten, auf das peinlich kunstvollste hergestellten und berechneten Räderwerk gleicht — einfach einen Stein zu drehn und Brod zu mahlen, dann wundert man sich wirklich, daß die eigentlichen Menschen nicht A l l e auswandern und das ganze kunstvolle Beamtensystem, wie ein von Insekten skelettirtes Blatt als Satz zurückbleibt.«

»Und doch wollen Sie wieder nach Deutschland?« frug Eltrich.

»Es ist ja das Vaterland,« sagte Hopfgarten herzlich, »der Himmel ist doch nirgends so blau, die Erde nirgends so grün wie daheim. Sie mögen mich auslachen, lieber Eltrich, aber wie ich im vorigen Herbst zurückfuhr, und in der Nordsee die nackten Sanddünen, den Thurm von Wanger-Ooge wieder sah, hab' ich geweint wie ein Kind — es giebt doch nur ein Deutschland.«

»Ja, leicht können sie's nicht todtmachen,« rief Eltrich, »aber ich kehre doch nicht dahin zurück.«

»Verschwören Sie's nicht,« rief Hopfgarten; »es kommt doch eine Zeit, wo es uns wieder hinüberzieht — das Grab unserer Väter ist ein heiliger Platz, wo wir mit beiden Händen anfassen müssen, wenn wir unser Herz davon losreißen wollen. Mit dem Leben dort, was man die eigentliche Welt da nennt, mag ich auch Nichts mehr zu thun haben, dafür bin ich schon zu viel Amerikaner geworden; aber ich ziehe mich auf das Land zurück und lebe mir und den Meinen. Denken Sie nie an unsern Frühling, wenn die Lerche an zu wirbeln fängt, wenn die Birken keimen — werden Sie das je vergessen können?«

»Ich will's versuchen,« sagte Eltrich seufzend, »aber hier ist unser Halteplatz — dort in der Straße liegt für jetzt unser »Deutsches Vaterland«.«

»Ein trauriger Ersatz,« lächelte Hopfgarten, als der Wagen hielt, und sie, an ihrem Ziele angekommen, aussteigen mußten.

# Capitel 7.

## Meier, Pelz & Co.

Es war indessen, bis sie die Straße erreichten, in welcher das »Deutsche Vaterland« lag, schon vollständig dunkel geworden, denn der kurzen Dämmerung in Amerika folgt rasch und fast plötzlich die Nacht. Dicht vor der Thür des Gasthauses standen drei Leute in leisem, flüsternden Gespräch, und als sich Eltrich im Vorübergehn nach ihnen umsah, glaubte er bei zweien, auf die gerade das Licht der Gaslaterne fiel, bekannte Gesichter zu erkennen, wenn er sich auch nicht gleich auf das Wo und Wann einer Begegnung erinnern konnte. Die Männer wandten sich aber rasch von ihnen ab, und gingen langsam in dasselbe Haus, doch nicht in das Schenkzimmer, sondern in die kleine Hausthür, die mit der Treppe nach oben in Verbindung stand.

Natürlich achteten sie nicht weiter darauf, und öffneten gleich nachher die Glasthür des unteren Schenkraumes, wo sie den jungen Hamann allein, und mit verschränkten Armen und finster zusammengezogenen Brauen auf und abgehend, fanden. Freundlich begrüßte er Eltrich, mit dessen kleiner Familie er, wie seine Frau, schon manchmal zusammengekommen waren, und hörte mit großer Theilnahme, wie jener schändliche Verdacht endlich auch öffentlich von dem unglücklichen Bruder seiner Frau gewälzt sei, und diese sich doch nun wieder froh und glücklich fühlen würde, mit solcher Sorge vom Herzen.

Die freundliche Einladung Eltrichs, den heutigen Abend mit Hedwig bei ihnen zuzubringen, mußte er aber, wenigstens für sich selber, ablehnen, wenn auch die Frau kein Hinderniß hatte, und unter Eltrichs Schutz die Herren gern begleiten würde.

»Ich habe heute einen schlimmen Ärger und bösen

Auftritt im Haus gehabt,« setzte er, sich entschuldigend, hinzu, »und meinen Barkeeper, einen nichtsnutzigen, frechen Gesellen, den ich, wie ich fast fürchte, auf verbotenen Wegen ertappte, zum Teufel jagen müssen.«

»Ihren Jimmy?« rief Eltrich — »Gott sei Dank, daß der Bursche fort ist; wenn irgend Jemand auf der Welt, so hatte der eine böse, galgenwürdige Physiognomie, und ich bin fest überzeugt, er strafte die auch nicht Lügen.«

»Was ich heute von ihm gesehn habe,« meinte Hamann, »widerspräche dem wenigstens nicht, denn ich fand ihn über Tisch in dem Zimmer einiger meiner »Boarder,« die, wie vermuthet wird, viel Geld bei sich haben, bei einer sehr verdächtigen Untersuchung des einen Koffers, für dessen sehr hübsche Arbeit er sich angeblich interessirte. Ich bin übrigens froh, den Burschen, den ich sonst noch hätte einen vollen Monat behalten und füttern müssen, auf solche Art so rasch losgeworden zu sein, nur muß ich jetzt, bis ich mich morgen nach einer passenden Persönlichkeit dafür umsehen kann, selber die Stelle verwalten. Sie thun mir übrigens einen Gefallen,« setzte er dann hinzu, »wenn Sie selber zu meiner Frau hinauf gingen und es ihr sagten; Sie werden sie jetzt warscheinlich in meines Vaters Zimmer finden. Sie, Herr Eltrich, kennen ja den Weg. Meine Gäste sind drin beim Abendbrod, und ich muß indessen hier in der Bar bleiben; hab' ich aber heut Abend zugeschlossen, was heute früher als gewöhnlich geschehen wird, komme ich noch selber zu Ihnen hinaus und hole Hedwig in meinem kleinen Wagen ab.«

Die Herren waren eben im Begriff, der Bitte Folge zu leisten, als die Thür aufging und ein junger Mann hereinkam, Hopfgarten und Eltrich aber kaum erblickte, als er auch schon mit einem lauten, etwas exaltirten Freudenruf auf sie zusprang, ihre Hände ergriff, und wie es schien, sich alle Gewalt anthun mußte, ihnen nicht auch um den Hals zu fallen.

»Ach Herr von Hopfgarten — ach Herr Kapellmeister — welch glückliches Zusammentreffen — nein, ich kann Ihnen gar nicht sagen, w i e froh ich bin, Sie endlich einmal wieder

zu sehn. Wie geht es Ihnen? — was machen, was treiben Sie
— Herr Hamann, darauf müssen wir ein's trinken, bitte
meine Herren, was nehmen Sie — ich habe ja überhaupt
hier noch eine kleine Kreide stehn —«

»Herr Theobald!« rief Hopfgarten erstaunt aus, den
Dichter dabei mit einem flüchtigen Blick, eben nicht zu
dessen Gunsten, von oben bis unten messend — »wie
kommen Sie wieder nach New-Orleans?«

»Ich? — lieber Gott, wo kommt man nicht in diesem
verwünschten Lande hin!« rief Theobald mit einer gewissen
Wehmuth aus —

> »Treibt auf wildbewegtem Meere
>
> Auch mein schwank-gebrecher Nachen,
>
> Dräut mir auch der Wogen Schwere,
>
> Soll's mich doch nicht muthlos machen —

»wo kommt man hier n i ch t hin? — sag' ich noch einmal
— Sie kennen ja die alte Geschichte, bester Baron, »willst Du
in meinem Himmel mit mir leben — *à la bonheur*, aber auf
Erden sind alle Kämmerchen vermiethet« — Nichts wie
Prosa, Nichts wie gemeine, hausbackene Wirklichkeit, in der
das dumme Volk auch nicht einmal eine Ahnung hat, daß
ein höher begabter Mensch auch noch mit etwas Anderem
a r b e i t e n könnte, als mit Spitzhacke und Schaufel.
A r b e i t e n schreien sie — a r b e i t e n, immer nur arbeiten,
und was der Geist dabei thut, rechnen sie nicht, das nennen
sie faullenzen. Aber zum Henker mit der Bande, wenn's uns
hier nicht länger gefällt, Herr von Hopfgarten, dann gehn
wir nach Amerika! und jetzt wollen wir trinken, Herr
Hamann hat uns schon die Gläser aufgestellt — bitte, was
nehmen Sie?«

»Ich danke wirklich herzlich,« sagte Hopfgarten
ablehnend — Theobald sah ihm gar nicht danach aus, als
ob er so viele Sechs-Cent-Stücke wegzuwerfen hätte, für
Andere zu bezahlen, und zugleich ließ sein ganzes,
außergewöhnlich aufgeregtes Wesen auch noch überdieß
darauf schließen, daß er schon selber eigentlich mehr wie

seine tägliche Quantität getrunken habe — »bitte, erzählen Sie mir lieber, wie es Lobensteins geht, was sie thun und treiben und wie der Professor mit seinen Arbeiten vorwärts rückt.«

»Bah — so viel für den Professor,« rief Theobald mit einer wegwerfenden Bewegung — »ein Schwachkopf, der sich einbildet, von Landwirthschaft und Poesie gleich viel zu verstehn, und wirklich gleich viel davon versteht. Er ist ruinirt, und Eduard, der große Nimrod, hat sich auf der Jagd todtgeschossen —«

»Heiland der Welt,« rief Hopfgarten entsetzt aus, »das ist ja furchtbar, und Sie erzählen das hier, als ob Sie die Leute nicht das Mindeste angingen.«

»Thun Sie auch nicht,« sagte Theobald ruhig — »wenn Jemand Verbindlichkeiten gegen den Anderen hat, so ist es der Professor gegen mich; ich habe ihm meine Kräfte nicht allein, ich habe ihm auch meinen Geist geliehen; aber die Rathschläge, die ich ihm gab, konnten ihn nur noch eine Zeit lang über Wasser halten — sein eignes Gewicht zog ihn in die Tiefe.«

»Und was ist aus ihnen geworden?« frug Hopfgarten.

»Oh sie sind für jetzt wohl noch, so viel ich weiß, in Indiana,« sagte Theobald, »der Professor wird jedoch jedenfalls gezwungen sein, seine Farm zu verkaufen, weil er Schulden hat, die er nicht tilgen kann. Aber kommen Sie, meine Herren, kommen Sie, der Brandy wird kalt.«

Auch Eltrich suchte sich von der Einladung loszumachen, Theobald drang aber auf das Ungestümste in sie, und da es in Amerika für eine Beleidigung gilt, mit Jemand, von dem man eingeladen wird, nicht zu trinken, traten die beiden Männer, um ihn nur loszuwerden, mit ihm an den Schenktisch.

Die Gläser waren gefüllt und Hopfgarten wie Eltrich hoben sie mit einem höflichen Nicken gegen den jungen Mann, der mit einer hochtragischen Bewegung, den Arm ausstreckend, rief:

»Halt! nicht also dürfen wir, verehrte Gönner und Freunde, die edle Gottesgabe unseren Kehlen zusenden. Der Geist verlangt Geist:

> So fließe denn dieser edle Trank,
>
> Ein perlender Tropfen Himmelsthau,
>
> Als Weiheopfer, als Gottes Dank,
>
> Den schönen Augen der schönsten Frau.
>
> Wie er zittert im Glase, wie funkelndes Blut —
>
> Sie, deren Bild uns im Herzen ruht
>
> Lebe hoch!«

»Lebe hoch!« stimmte Eltrich gutmüthig mit ein, indem sie ihre Gläser leerten.

»Also Sie haben auch ein paar schöne Augen?« lachte der Kapellmeister, »die Ihnen im Herzen ruhn? sollt' ich sie am Ende kennen? — an Bord ging einmal ein unbestimmtes Gerücht —«

Theobald wandte den Kopf von ihm fort, und streckte den Arm abwehrend aus:

> »Tief begraben hier drinnen da ruhet ihr Bild,
>
> Da ruht mit dem Bild auch der Namen,
>
> Ein düsterer Schleier decket das zu —
>
> Ich bin zu dem Bild nur der Rahmen —

aber apropos« — wandte er sich dann rascher und lebhafter plötzlich an den Kapellmeister — »ich habe ein paar prächtige Lieder für Sie zum Komponiren, lieber Eltrich — ich weiß, daß Sie in neuerer Zeit einige Lieder von Heine und Freiligrath reizend in Musik gesetzt haben, das sind aber natürlich nur immer gerade zufällig passende Sachen, die Sie sich in Ermangelung eines Besseren heraussuchen mußten. In den meinigen werden Sie Deutschen Geist in Amerikanischer Hülle finden, etwas Passendes, Zeitgemäßes,

144

mit dem Sie, wie ich fest überzeugt bin, Ihre Hörer entzücken können, und ich bin gern erbötig, Ihnen nicht allein die Wahl zwischen einigen fünfzig vortrefflichen Sonetten zu gestatten, sondern Ihnen auch das Stück der ausgewählten mit zwei Dollar zu überlassen.«

»Sie sind s e h r gütig, lieber Theobald,« sagte Eltrich, verlegen, wie er das Anerbieten abweisen sollte, und doch auch wieder zu gutmüthig, geradezu nein zu sagen. »Sie werden mir erlauben, daß ich die Sachen einmal gelegentlich durchsehe, denn in der nächsten Zeit bin ich zu sehr mit andern Sachen beschäftigt, an irgend eine Composition denken zu können —«

»Oh gewiß — gewiß,« rief Theobald rasch — »aber — mit dem Lesen, wissen Sie, ist es eine unangenehme Sache; ich weiß zu gut, wie ungern Leute Manuscript lesen, und wie verschieden sich auch etwas im Manuscript und Vortrag ausnimmt. Wie wäre es also, wenn Sie mir jetzt ein halbes Stündchen gönnten, und ich Ihnen die Kleinigkeit —« er holte dabei ein etwa daumenstarkes, sehr eng beschriebenes Manuscript aus der Tasche — einmal hier flüchtig vorläse; es würde —«

»Lieber Eltrich,« drängte Hopfgarten, »wir m ü s s e n hinaufgehn, es wird die höchste Zeit, wenn wir Frau Hamann noch heute Abend mit fortnehmen wollen, und Sie wissen, ich habe w i c h t i g e Sachen mit ihr zu besprechen.«

»Sie haben recht,« rief Eltrich — »wir müssen uns wahrhaftig heute entschuldigen, Herr Theobald — wenn Sie mir später das Manuscript vielleicht einmal anvertrauen wollen, so würde ich —«

»Ich werde mir selber das Vergnügen machen, es Ihnen in Ihrer eigenen Wohnung vorzulesen,« sagte Theobald rasch entschlossen — »zu welcher Zeit trifft man Sie am Besten?«

»Es ist jetzt s e h r unbestimmt,« sagte Eltrich, den ungeduldigen Winken Hopfgartens nachgebend und seinen Hut nehmend — »vielleicht einmal Nachmittags — also auf Wiedersehn, Herr Theobald —«

»Auf Wiedersehn, lieber Kapellmeister — auf Wiedersehn Herr von Hopfgarten.«

»Gott sei Dank, daß wir den schrecklichen Menschen los sind,« sagte Hopfgarten, als sie durch den dunklen Gang, der im Hause hin zur nach oben führenden Treppe gingen, »der wäre im Stande gewesen und hätte uns die halbe Nacht seine faden Mondscheinergüße vorgelesen. Aber — alle Wetter, Eltrich — hier ist's dunkel — kennen Sie den Weg?«

»Ja — ich bin freilich nur erst einmal Abends hier oben gewesen, und da dächt' ich, hätte eine Laterne auf der Treppe gebrannt; aber kommen Sie nur — hier ist das Geländer — fassen Sie mich an — so — sehn Sie? — hier steigen wir hinauf, und nun weiß ich auch Bescheid, denn gleich oben an der Treppe, zwei oder drei Schritt an der rechten Seite, ist die Vorsaalthür, die zu dem alten Hamann führt.«

»Es soll nicht besonders mit ihm gehn,« meinte Hopfgarten.

»Ach der ist zäh,« sagte Eltrich, »der kann noch lange leben; sehn Sie, da sind wir schon — fallen Sie nicht wieder rückwärts hinunter, es geht ganz häßlich steil ab. Daß die Leute hier auch keine Laterne brennen, man könnte ja Hals und Beine dabei brechen. Hier hab' ich die Klingel!« und den kurzen Griff fassend, zog er daran, daß die kleine Glocke drinnen hell und klar ertönte.

Alles todtenstill — kein Laut antwortete.

»Sie haben es nicht gehört — ziehn Sie noch einmal,« sagte Hopfgarten.

Eltrich klingelte noch einmal, stärker als vorher, und legte dann das Ohr an die Thür, ob er nicht Schritte hören könne.

»Hülfe!« tönte da ein wilder, markdurchschneidender Schrei zu ihm herüber — »Hülfe!« rief es noch einmal, aber mit schwacher, gedämpfter, doch nichtsdestoweniger deutlicher Stimme, als ob eine Hand den rufenden Mund zu schließen suchte.

»Was ist das?« rief Eltrich; Hopfgarten hatte den Schrei aber ebenfalls gehört, und ohne sich weiter zu besinnen, ohne irgend eine Frage zu thun, oder ein Wort weiter zu verlieren, fühlte er nach der Thür, und führte im nächsten Augenblick einen so gut gemeinten und kräftigen Tritt gerade nach der, eben nicht übermäßig dicken Füllung, daß er diese gleich mit dem ersten Stoß nach innen trat. Ein zweiter machte die Bresche passirbar, und sich in wilder Hast, von Eltrich dicht gefolgt, hindurchdrängend, fand er sich wenige Secunden später in dem inneren Raum, den zu durchfliegen und der nächsten Stubenthür, aus der ein Lichtstrahl drang, zuzuspringen, das Werk weiterer, nur weniger Secunden war.

———

Es dämmerte, und am Ufer des Flusses gingen, nur die Fronte des einen *square* haltend, zwei Männer in eifrigem, aber mit unterdrückter Stimme geführten Gespräch, mit raschen Schritten auf und ab. Allem Anschein nach erwarteten sie Jemanden, der sich ihnen auch endlich, nach einigem Herüber- und Hinübersuchen, anschloß.

»Nun, Jimmy, wie ist's?« frug der Eine von ihnen, Meier (der Andere war sein Reisegefährte Pelz), den eben Gekommenen — »wird's noch was heute Abend?«

»Jetzt oder nie,« flüsterte Jimmy mit leiser, ängstlicher Stimme, »denn schon heut' Morgen war die Rede davon, daß sie den Alten am nächsten Tag hinüberbetten wollten, wo die jungen Leute ihre Zimmer haben, damit er dort mehr Pflege hätte; wenn das geschieht, kann kein Teufel mehr dazu.«

»Und lohnt's wirklich?« frug Meier, noch immer mistrauisch.

»Lohnt's?«wiederholte Jimmy ärgerlich — »glaubt Ihr, daß ich meinen Hals an so eine Geschichte setzen würde, wenn's nicht eben was Außerordentliches wäre?«

»Na, ob Dein Hals das gerade ist,« brummte Meier.

»Jetzt ist keine Zeit zu Albernheiten,« sagte aber Pelz mürrisch, »also Ihr glaubt wirklich, daß wir mit dem einen Schlag genug kriegen können, Jimmy.«

»Ich glaube gar Nichts,« rief dieser rasch und eifrig, »ich weiß, daß der Alte in dem einen kleinen, erbärmlichen Holzschrank, den er nicht gegen einen eisernen vertauscht hat, um sich nicht in den Verdacht zu bringen, daß er wirklich etwas Stehlenswerthes in seiner Wohnung habe, für vielleicht hunderttausend Dollar Juwelen, Geld, Papier und Aktien liegen hat, und mit einem einzigen Faustschlag kann man den Deckel sprengen.«

»Und der Alte?«

»Ist in einer halben Stunde etwa, auf dreißig oder fünf und dreißig Minuten allein, denn der junge Lümmel muß heute, weil ich nicht da bin, in der Bar bleiben, und die Frau guckt nach der Kaffeekanne im Eßzimmer, daß Niemand eine Tasse zu viel trinkt.«

»Ich weiß nicht — mir ist nicht recht wohl bei der Geschichte,« meinte Meier — »ja wenn ich selber den Grund und Boden, und die Winkel und Schliche da kennte, wo man hinausfahren muß, wenn's Noth thut, dann wär' mir's gerade recht; aber mich so von Jemand Anderem in ein ganz fremdes Haus, denn in dem Theil sind wir doch noch nicht gewesen, hineinführen zu lassen, das hat mir 'was verdammt Unbehagliches. Passirt 'was, so drückt sich Jimmy sachte ab, und wir Andern sitzen drin.«

»Aber ich bitt' Euch um Gottes Willen, was soll passiren?« rief Jimmy — »wir brauchen auf der Welt weiter Nichts zu thun, als die Treppe im Haus hinaufzugehn; in der Tasche hab' ich den Schlüssel zur Thür — die schließen wir hinter uns zu, wer dann hinein will, muß klingeln, und die Thür vom Alten, der in der Zeit mutterseelensallein ist, steht auf.«

»Wenn's aber weiter Nichts wäre,« brummte Meier, »da hättet Du ja auch die ganze Geschichte allein machen, und den Profit allein in die Tasche stecken können.«

»Das hätt' ich auch,« sagte Jimmy, halb verlegen, halb mürrisch, »aber — es ist mir so ein eignes, wunderliches Gefühl mit dem Alten. Mit e i n e r Hand könnte man ihn zusammendrücken, und doch — doch f ü r c h t' ich mich vor ihm; sein Blick sieht Einem bis in die Kniekehlen hinunter, und er schläft — Ihr mögt mich auslachen, wie Ihr wollt — mit einem Auge offen.«

»Vor dem Sohn fürchtest Du Dich nicht?« lachte Meier.

»Daß ihn der gelbe Jack hole,« fluchte Jimmy — »ich vergelte ihm die heutige Behandlung, oder ich will im Leben keinen Brandy wieder trinken; er soll's noch bereuen, mich auf diese Weise behandelt zu haben. Doch jetzt kommt, denn wir haben keine Zeit mehr zu verlieren; mit dem Schlage sieben gehen die Leute zu Tisch, und von da bis halb acht sind wir sicher; länger keine Secunde.«

»Und wenn Jemand, indeß wir drinnen sind, an die Thüre draußen kommt und hinein will?« frug Meier.

»Neben der Stube ist eine Schlafkammer,« sagte Jimmy, »und aus dieser führt eine stets offen stehende Thür nach dem Gang hinaus, der in den andern Theil des Hauses läuft — aber es k o m m t auch Niemand, zum Donnerwetter noch einmal; und wenn auch, so wär's vielleicht der junge Tölpel selber, und dazu seid Ihr zwei baumfeste Kerle, die dem wohl einen Schlag über den Schädel geben können, daß er ein paar Secunden ruhig ist. Erst einmal wieder unten auf der Straße, und in der Menschenmenge, die dort noch auf- und niederströmt, ist eine Verfolgung ganz unmöglich. Ja, wenn's nach zehn Uhr Abends wäre, da könnte uns eine einzige Wachtmann-Rassel ein ganzes Viertel Nachtwächter über den Hals ziehn.«

Meier schien, von Pelz dabei noch heimlich bearbeitet,

seine letzten Bedenklichkeiten endlich, wenn nicht ganz überkommen, doch bei Seite gestellt zu haben, und die drei Männer schritten jetzt raschen Ganges, sich unterwegs das Weitere überlegend, ein Stück noch am Wasser, und dann die Straße hinauf, die nach dem »Deutschen Vaterland« zuführte.

Gerad um sieben kamen sie dort an; durch die mit Flaschen und Karaffen besetzten Fenster des »Barrooms« konnten sie von außen ganz deutlich die kleine Uhr im Innern erkennen, die drei Minuten über sieben zeigte. Dennoch zögerten sie einen Augenblick, ganz sicher zu sein, daß sie nicht zu früh kämen, und blieben indessen vor der Thür stehn. Daß der junge Hamann allein in der »Bar« war, konnten sie von außen ebenfalls deutlich erkennen; so weit stand die Sache günstig genug für sie, und die Gäste waren jedenfalls schon drin bei Tisch.

Zwei Männer kamen dicht an ihnen vorbei, und gingen auf die Thür des Schenkzimmers zu; Meier und Pelz drehten sich nach ihnen um, wandten sich aber auch fast unwillkürlich wieder ab, und schritten dem kleinen Thorweg zu, der neben dem Schenkzimmer in das Haus führte.

»Weißt Du, wer die Beiden waren?« flüsterte Meier Pelz zu.

»Ja!« nickte dieser leise — »ein paar alte Bekannte; das schadet Nichts — im Gegentheil, die halten den jungen Laffen da drin um so sicherer an der Flasche fest, und in zehn Minuten können wir wieder unten sein.«

Jimmy führte sie indessen, ohne weiter ein Wort mit ihnen zu wechseln, rasch die schmale, hölzerne Treppe hinauf, an der oben ein Licht brannte; an diesem zündete Pelz, wie schon vorher verabredet, seine eigene kleine Blendlaterne an, und bließ es dann aus, und oben wollten sie ihren Weg wieder fortsetzen, als sie leichte Schritte auf dem Gange hörten und einen fremden Lichtschimmer bemerkten, der diesen herunter und auf dieselbe Thür zukam, in der auch ihr Ziel lag.

»Höll und Teufel,« flüsterte Jimmy leise und ingrimmig vor sich hin — »das ist die Madame — was zum Donnerwetter hat denn die heute Abend bei dem Alten zu suchen? — Ruhig Leute, wir müssen hier einen Augenblick warten; sie wird nicht lange bleiben.«

Es war Hedwig, die mit dem Licht den schmalen Gang herüber kam, nach dem Kranken zu sehn; sie öffnete mit einem Schlüssel, den sie bei sich trug, die Thür, und sah sich dabei nach der ausgegangenen Lampe an der Treppe um, unter der die drei Schurken kauerten, betrat jedoch, ohne diese zu entzünden, den Vorsaal, und klinkte die Thür nur einfach hinter sich in's Schloß.

»So, jetzt sitzen wir hier auf der Treppe,« brummte Meier finster vor sich hin, »und wenn Jemand heraufkömmt, findet er das ganze Nest.«

»Das wär' weiter keine Gefahr,« flüsterte Jimmy zurück, »wir gingen nur einfach die Treppe hinunter und kein Teufel wüßte in der Dunkelheit, wer's gewesen ist.«

»Und das Geld?« frug Pelz.

»Wäre dann allerdings zum Henker,« fluchte Jimmy zwischen den zusammengebissenen Zähnen durch, indem er wieder anfing, seine Finger zu knacken.

»Was zum Teufel machst du denn da?« rief ihn mit unterdrückter, doch zorniger Stimme Meier dabei an, »willst Du das verdammte Knacken lassen, das hört man ja durch's ganze Haus; das fehlte auch noch, daß wir Dich als Sturmglocke dabei hätten. Übrigens seh' ich nicht ein, weshalb wir zögern,« setzte er rasch hinzu, »ob die Madame da drin ist oder nicht, wenn wir's mit weiter Niemand als dem Alten zu thun haben. Wir sind unserer drei, und mit einer solchen Aussicht vor uns, daß wir künftig von unseren Interessen leben können und eben nur zuzulangen brauchen, sollte uns das wenigstens nicht abhalten.«

»Nur um Gottes Willen kein Blut vergießen,« bat Jimmy, ängstlich werdend — »Ihr habt mir das schon vorher versprochen, denn damit möchte ich Nichts zu thun haben.«

»Unsinn,« brummte Meier, »wer spricht denn davon? wir verlangen von denen da drinnen weiter Nichts, als daß sie ein paar Minuten das Maul halten, und dazu können wir sie schon bringen, ohne ihnen gleich den Hals abzuschneiden.«

»Wenn wir nur noch einen Moment warten,« ermahnte Jimmy noch einmal; »sie muß gleich wieder zurückkommen.«

Die beiden Männer erwiederten Nichts darauf, sondern kauerten eine ganze Weile, dem Rathe folgsam, auf der Treppe, gleich vorsichtig dabei nach oben wie unten horchend, ob sich kein gefährliches Geräusch irgendwo vernehmen lasse. Es blieb todtenstill, denn im Haus war Alles im Eßzimmer versammelt, die Frau kam aber eben so wenig zurück, und Jimmy selbst fühlte jetzt, daß es die höchste Zeit würde, ihr Vorhaben auszuführen, wenn sie nicht die günstige Periode des Abendessens, und damit Alles versäumen wollten. So als Pelz endlich erklärte, wenn Sie nun nicht an's Werk gingen, wolle er mit der Sache nichts weiter zu thun haben, da er hier auf der Treppe nervös würde, stand er langsam auf, bat die Männer noch einmal sich jeder Gewaltthätigkeit zu enthalten, und stieg langsam, von ihnen dicht gefolgt, die wenigen Stufen noch hinauf.

Ihrem verabredeten Plane nach sollten sie, was sie auch jetzt thaten, so geräuschlos als möglich die Vorsaalthür öffnen und mit dem Schlüssel, den Jimmy bei sich führte, wieder hinter sich schließen, dann über den Vorsaal schleichen, wo sie hatten vorsichtig an der Thür des Alten anklopfen wollen, erst zu sehn ob dieser wache. Da aber das Erscheinen der Frau diesen Angriffsplan jetzt geändert hatte, glitten sie nur, so leise sie konnten, über den kleinen, dunklen, schmalen Vorplatz hin, wobei ihnen Pelzes Blendlaterne leuchtete, Jimmy ergriff dann die Thürklinke, und diese rasch und plötzlich öffnend, sprangen alle drei zu gleicher Zeit, und ehe die im inneren Raum Befindlichen auch wirklich nur einen Schrei der Überraschung ausstoßen konnten, auf sie zu. Pelz warf sich dabei auf den Alten, der neben seinem Bett auf einem großen Stuhle saß, während Meier Hedwig ergriff, sie an der Kehle faßte und ihr mit augenblicklichem Tode drohte, wenn sie auch nur einen Laut von sich gebe.

Nicht so leichtes Spiel sollte Pelz haben, denn der alte Geizhals, stets in Furcht bestohlen zu werden, hatte, ohne daß selbst Jimmy etwas davon wußte, fortwährend ein paar geladene Pistolen neben sich auf demselben Tisch, auf dem seine Arznei stand, mit einem seidenen Tuch bedeckt liegen, und fast instinktartig nach diesen in demselben Moment gegriffen, als er die Thüre seines Zimmers so plötzlich aufreißen sah. Spannen und Abdrücken war auch wirklich nur das Werk eines einzigen Augenblicks, und um Pelz wäre es, außer dem gefährlichen Knall des Gewehres für die beiden Anderen, jedenfalls geschehen gewesen, hätte die Pistole, die da schon Gott weiß wie lange geladen lag, nicht versagt. Der alte Gauner erschrak aber doch nicht wenig über die nahe Todesgefahr, und als Hamann, den Anspringenden mit dem linken ausgestreckten Arm noch von sich drückend, nach der zweiten Waffe griff, führte er mit einem ingrimmigen Fluch und einer in der Hand verborgenen Kugel einen so gut gemeinten Schlag nach ihm, daß er ihn besinnungslos zu Boden streckte.

Jimmy indessen sprang, ohne sich weiter um die Übrigen zu bekümmern, die er in guten Händen wußte, mit einem Satz nach dem alten hölzernen Secretair, in dem des Wirthes Schätze lagen. Mit einem Stemmeisen, das er bei sich führte, brach er diesen auch rasch und ohne Mühe auf, und leerte den Inhalt der Gefache in einen zu dem Zweck mitgenommenen Leinwandsack.

Hedwig sah das Alles, wie in einer Art wachen Traumes; sie fühlte dabei, wie die Hand des Mörders, dessen Gesicht sie trotzdem erkannte, auf ihr lag, und vermochte keinen Laut auszustoßen, hätte sie der Bube selbst frei und unberührt gelassen. Jimmy arbeitete indessen mit einer fabelhaften Geschäftigkeit, und Pelz, der ihm der Sorge um den Alten enthoben dabei half, schob in die eigenen Taschen, was er hineinbringen konnte, als plötzlich draußen, scharf und hell, die kleine Klingel an der

Vorsaalthür ertönte.

Wie ein Schlag fuhr der klare durchdringende Laut in aller Glieder — die Räuber schreckten, aufhorchend, empor, und selbst Meier ließ in seinem Griff an Hedwig — nur erst zu wissen, welcher Art die Gefahr sei, die ihnen drohe, etwas nach. Hedwig aber, der dieser Laut wie neues Leben durch die Adern schoß, warf mit plötzlicher Anstrengung den Arm, dessen Finger ihre Kehle umspannt hielten, zurück, und stieß, unbekümmert um jede Gefahr, die ihr selber drohen konnte, jenen wilden gellenden Hülferuf aus.

»Bestie!« knirrschte Meier zwischen den Zähnen durch, und suchte mit seiner breiten Hand, der sie sich umsonst erwehrte, ihren Mund zu decken.

»Hülfe!« stöhnte Hedwig, und draußen brach und prasselte in dem Augenblick die dünne Thür zusammen.

»Herr Du mein Gott!« schrie Jimmy, in aller Angst den Leinwandsack fallen lassend und nach der Kammerthür fahrend. Hier aber mußte er an Meier vorbei, und dieser, der nicht gesonnen war allein in dem fremden Haus im Stich gelassen zu werden, faßte ihn und hielt ihn, während Pelz an den Beiden vorüberglitt und in die Kammerthür verschwand, am Kragen fest. —

»Nicht ohne mich, Kamerad.« knurrte er dabei, »den Weg mußt Du mir wenigstens zeigen, und daß Du hier, mein Täubchen, uns nicht indessen vor der Zeit das ganze Haus über den Hals schreist, nimm das indessen,« und sie loslassend führte er, während er sprach, einen gewiß gut gemeinten Schlag mit der Faust nach der Stirn der jungen Frau, der dieser wahrscheinlich verderblich geworden wäre, wenn sie nicht, die Gefahr sehend, ihren Kopf unter seinen linken Arm geworfen, und sich fest an ihn angeklammert hätte.

»Hülfe, Hülfe!« schallte dabei ihr gellender Schrei, jetzt um das eigene Leben ringend und Jimmy, den Moment benutzend, riß sich von Meiers Griff los, und sprang ebenfalls in die Kammer, während dieser indeß umsonst versuchte die Frau von sich abzuschütteln oder in den Schwung seines, nach ihr schlagenden Arms zu bringen. Hedwig, ihre schwachen Kräfte zu wilder verzweifelter Anstrengung getrieben, hielt ihn fest umklammert, und Meier, endlich selbst zum Äußersten gebracht, riß ein Messer aus seinen Gürtel, als die Stubenthür auf- und Hopfgarten in demselben Moment auch in gänzlicher Verachtung der eben so rasch auf ihn gerichteten Waffe, gegen den Mörder anflog.

Mit dem linken Arm den nach ihm geführten Stoß, so gut das im Augenblick ging, abwehrend, warf er sich mit dem ganzen Gewicht seines Körpers so voll und gut gewillt gegen ihn, daß er den sonst viel stärkeren, jetzt aber auch noch durch die Frau behinderten Mann zum Taumeln brachte, und Meier fand sich, wenige Secunden später unter den ihn fest niederhaltenden Armen Hopfgartens und Eltrichs, die er jedoch Beide mit seinem Messer verwundet hatte, am Boden liegen, während aus dem ganzen Haus schon die Leute, durch das Geschrei aufmerksam gemacht, herbei und zur Hülfe strömten.

»Hopfgarten,« stöhnte indeß der Räuber, in der Anstrengung seine Arme wenigstens frei zu bekommen, und mit der Angst jetzt vor der gerechten Strafe, »lassen Sie mich los — ich — ich weiß, wen Sie suchen — ich weiß — ich weiß wo er steckt. Henkel ist hier in der Stadt — aber — heut Abend noch oder morgen früh geht er fort von hier — lassen Sie mich frei, und ich sage Ihnen, wo Sie ihn finden können!«

»Alle Wetter!« rief Hopfgarten überrascht, »da könnte man einen Wolf mit dem andern fangen.«

»Glauben Sie doch nicht was der Schurke sagt,« rief aber Eltrich, der das warme Blut an seiner Schulter niederrieseln fühlte, »der Bursche ist zum Galgen reif — Hülfe — Hülfe hierher.«

Der Ruf galt einer neuen, verzweifelten Anstrengung des Räubers, aber die Hinterthür, die in die Schlafkammer führte, und n i c h t verschlossen gewesen war, wurde in diesem Augenblick von den herbeistürmenden Boarders, mit dem jungen Hamann an der Spitze, gesprengt, während von der Straße herauf ebenfalls die Leute herbeisprangen. Wenige Minuten später war das Zimmer mit Menschen gefüllt, und Hopfgarten und Eltrich, den Gefangenen der Masse überlassend, konnten jetzt daran denken das wild umhergestreute und gefährdete Eigenthum des alten Mannes in Sicherheit zu bringen. Die indessen ohnmächtig gewordene Frau sahen sie in dem Schutz ihres Gatten, und den noch immer am Boden ausgestreckten alten Mann hatten unter der Zeit ein paar Nachbarn aufgehoben und auf sein Bett getragen.

Unter den Fremden waren übrigens auch zwei Constabler mitgekommen, die sich als solche zu erkennen gaben, und Meier vor allen Dingen in Gewahrsam nahmen. Andere, die von unten heraufkamen, hatten eine dunkle Gestalt zum Haus hinauslaufen sehen, und Einige unter dem, nach dem Hof zuführenden Kammerfenster eine goldene Uhr gefunden, die der Räuber dort wahrscheinlich, nach einem verzweifelten, aber glücklich abgelaufenen Sprung aus dem Fenster, verloren haben mußte.

Nur erst als sich Hedwig, unter den zärtlichen Bemühungen ihres Gatten wieder soweit erholte sprechen zu können, erfuhren sie, daß drei Männer: der Gefangene, ein früherer Reisegefährte Pelz, und ihr heute fortgeschickter Barkeeper, die Räuber gewesen seien. Hopfgarten, der sich indessen mit dem alten Mann beschäftigt hatte, fand in diesem Augenblick die Wunde an seinem Kopfe, und konnte nun keinen Augenblick mehr zweifeln, daß er t o d t sei.

Die Verwirrung, die jetzt folgte, ist kaum zu beschreiben, Alles schrie und drängte durcheinander, und Meier, mit auf dem Rücken festgeschnürten Ellbogen konnte nur wirklich durch die Constabler vor der Wuth der Bürger geschützt werden, die große Lust hatten, ihn gleich an Ort und Stelle, als warnendes Beispiel aus dem Fenster hinauszuhängen.

Jimmy mußte übrigens, da die wider Erwarten sehr starke Kammerthür verschlossen gewesen, und erst von den zur Hülfe Eilenden durch gemeinsames Dagegenwerfen gesprengt war, jedenfalls mit seinem anderen Kameraden, Pelz, aus dem Fenster in den Hof hinunter entkommen sein, denn aus der Thür hatte er nicht entziehen können. Die Constabler kannten ihn aber, und versprachen dem jungen Hamann ihr Möglichstes zu thun, ihm die Flucht aus der Stadt abzuschneiden, und ihn in den unzähligen Diebeswinkeln, die New-Orleans hat, herauszustöbern.

Der Gebundene sollte jetzt abgeführt werden, und Hopfgarten, die erhaltene Wunde im Oberarm, durch dessen dickes Fleisch das Messer gefahren war, gar nicht achtend, suchte ihn dahin zu bringen, ihm Näheres über den Aufenthalt Henkels, von dem er behauptet, daß er darum wisse, mitzutheilen.

»Geht zum Teufel,« knurrte ihn aber der Gefangene an, »macht mit mir was Ihr wollt, Ihr h a b t mich einmal, doch verlangt dann nicht auch noch Gefälligkeiten von mir. Vorhin war's Zeit; wenn Sie nicht holzköpfig gewesen wären, wüßten Sie jetzt was Sie wollen; nun könnt Ihr mir aber die Zunge aus dem Halse reißen, ehe ich eine von Eueren Fragen beantworte. Hole Euch Alle der Henker.«

»Der wird Dich zeitig genug bekommen, mein Bursche,«
sagte der eine Constabler, ein Deutscher, indem er ihn vor
sich her stieß. »Fort mit Dir; was aus Dir herauszukriegen
ist, werden wir schon kriegen, hab' keine Furcht; mit
solcher Art wissen wir schon umzugehen. Herr Hamann,
Sie werden gut thun sich die Zeugen, die Sie brauchen, zu
notiren, daß man sie finden kann; der Coroner mit dem Arzt
wird wohl auch nicht lange auf sich warten lassen. Einer
von unseren Leuten mag indessen noch vor der Hand
unten im Haus bleiben, vielleicht ist doch noch etwas von
Einem der andern beiden Burschen aufzufinden. Jedenfalls
müssen wir uns genau überzeugen, wo die Herren
heraufgekommen sind, und mit welcher Hülfe, und ob sie
nicht im Haus noch andere Helfershelfer haben.«

Der Gefangene wurde jetzt fortgeführt, der Platz von den
Fremden geräumt, und Hamann, der Hopfgarten und
Eltrich bat, ihn nur jetzt nicht zu verlassen und bei ihm
und seiner Frau zu bleiben, machte dann mit dem rasch
herbeigerufenen Arzt, der nachher auch die beiden Freunde
zu verbinden hatte, den freilich vergeblichen Versuch, seinen
Vater in's Leben zurückzurufen. Der Schlag mit der
Schlingkugel, die noch in der Stube auf dem Boden lag,
hatte dem alten Mann den Schädel eingeschlagen und
augenblicklichen Tod herbeigeführt.

Im Hof, wo die beiden anderen Verbrecher aus dem etwa
sechzehn Fuß hohen Fenster hinuntergesprungen sein
mußten, war indessen auch nichts weiter zu erkennen. Das
Fenster stand offen, und ließ, mit der unten gefundenen
goldenen Uhr allerdings keinen Zweifel über die Art der
Flucht; obgleich aber der Hof nicht gepflastert, und der
Boden ziemlich weich war, hatten doch die seit der Zeit
darauf herumgeschwärmten Menschen Alles derart
zertreten, daß es sich nicht mehr unterscheiden ließ wohin
sich die Beiden gewandt. Das Wahrscheinlichste blieb
übrigens, daß sie durch den schmalen Gang auf die Straße
geflohen wären, und eine Verfolgung war dorthin nicht
mehr möglich. Nur um die nächste Ecke, und die Räuber
konnten in dem Menschengedränge der Straße ihren Weg
ruhig und unbeachtet fortsetzen.

Der junge Hamann hatte indessen seine arme kleine Frau, deren zarte Glieder der rauhen Behandlung des Buben fast erlegen waren, auf ihr Zimmer gebracht, und sie dort der Pflege von ein paar im Hause wohnenden Frauen, die sich freundlich dazu erboten, übergeben, wonach er wieder zu dem Todtenbette seines Vaters zurückkehrte, und jetzt auch die beiden Freunde bat, ernstlich nach ihren Wunden zu sehn, daß sich dieselben nicht durch Vernachlässigung verschlimmerten. In der Aufregung aber, in der noch Beide waren, dachten sie kaum an die Fleischrisse, ließen sich jedoch von dem Arzt einen Verband darum legen und suchten dann wieder den Sohn über den ihn betroffenen Verlust zu trösten.

Der junge Hamann, mit der ersten wilden und aufreizenden Erregung vorüber, saß, in sich zusammengeknickt, in der kleinen Kammer neben dem Bett, auf dem der Ermordete lag, und starrte mit fest und krampfhaft auf den Knieen zusammengefalteten Händen still und schweigend vor sich nieder.

»Lieber Herr Hamann,« sagte Hopfgarten, freundlich auf ihn zutretend und seine Hand ergreifend, »geben Sie sich Ihrem Schmerze nicht also hin. Es ist ein trauriges Geschick was Sie betroffen hat, aber es war Gottes Wille, ohne den kein Sperling vom Dache fällt. Ich will Sie nicht etwa trösten,« setzte er freundlich und teilnehmend hinzu, »Ihr Schmerz muß sein Recht und seine Zeit haben — ich weiß das gut genug, und gerade die Zeit allein kann ihn lindern, zuletzt heilen — aber man muß ihm auch nicht in dem ersten Moment so ganz die Gewalt über sich lassen, denn gerade dann ist er am gefährlichen, und füllt uns das ohnedieß genug gequälte Herz mit bitterer Angst und Weh zum Überlaufen voll.«

»Mein armer, armer Vater,« stöhnte Franz, »und auf so schmähliche, schändliche Weise um sein Leben zu kommen, das ihm überdieß nur noch in Spannen zugemessen war.« —

»Nun hoffentlich entgehen die Buben der gerechten Strafe nicht,« sagte Eltrich; »der deutsche Constabler hatte alle

Hoffnung Ihren sauberen Barkeeper wenigstens abzufangen. Er behauptete die Schlupfwinkel genau zu kennen, die jener frequentirt, und wir haben ihm auf die Seele gebunden, kein Geld zu sparen, den Schurken aufzufinden, ehe er vielleicht im Stande wäre New-Orleans zu verlassen.«

Eine eigen, wunderliches Geräusch schallte in diesem Augenblick durch das stille Zimmer, und Franz fuhr, wie von einem Blitz getroffen, von seinem Stuhle auf.

»Was haben Sie? — was ist?« frug ihn Hopfgarten erstaunt.

»Hörten Sie Nichts?« flüsterte Franz, mit geöffnetem Mund und ausgerecktem Arm, ein regungsloses Bild der gespanntesten Aufmerksamkeit.

»Hörten? — w a s ?« rief Hopfgarten, sich ebenes überall in dem leeren Raume umschauend.

»Es war beinah, als ob Jemand mit den Fingern schnalzte,« sagte Eltrich.

»Das war Jimmy!« schrie aber Franz, wild auffahrend, »ich will nicht selig werden, wenn das nicht das Fingerknacken des Buben war. An die Thüren, Herr von Hopfgarten — um des Heilands Willen an die Thüren — der Bube ist hier noch im Zimmer versteckt!«

»Aber wo?« rief dieser, den jungen Mann erstaunt ansehend.

»Haben Sie dort in dem Kleiderschrank? — haben Sie hier unter dem Bette nachgesehn?«

»Aber ich bitte Sie um Gottes Willen.«

»Er ist hier, ich schwöre es Ihnen zu,« rief aber Franz, »ich kenne das unselige Knacken, durch das sich der Bube jetzt verrathen hat,« und das Licht vom Tisch aufgreifend, hatte er es kaum an die Erde gehalten, unter das Bett zu leuchten, auf dem der Ermordete lag, als auch die klägliche Stimme des dort versteckten, und also ertappten Barkeepers jedem weiteren Zweifel der Männer ein Ende machte.

»Ach mein bester, bester Herr Hamann,« flehte dieser mit winselnder, kläglicher Stimme, »ich bitte Sie doch um tausend und tausend Barmherzigkeits Willen, haben Sie Erbarmen mit einem unglücklichen, verführten, zu Grunde gerichteten Menschen — oh Jesus, oh Jesus, thun Sie mir Nichts — ich will ja vorkommen, ich will ja Alles gestehn, Alles was ich weiß — Alles herausgeben was ich habe — thun Sie mir nur Nichts.«

»Giebt es etwas Erbärmlicheres auf der weiten Welt als diesen Menschen?« rief Franz, das Licht auf den Tisch zurückstellend, und mit zusammengeschlagenen Armen jetzt, wo er seines Opfers gewiß war, ein paar Schritte von dem Bette zurücktretend, dem Elenden Raum zu geben vorzukommen.

»So 'was ist mir aber in meinem ganzen Leben noch nicht vorgekommen!« rief Hopfgarten erstaunt aus, »der Mensch verdiente wahrhaftig allein seiner Dummheit wegen begnadigt zu werden.«

»Ach bester Herr, bitten Sie — bitten Sie für mich!« schrie Jimmy, der jetzt rasch vorgekrochen war, sich an das Wort klammernd, indem er gegen Hopfgarten an auf den Knieen fortrutschte, und die Hände verzweifelnd rang. »Ja ich bin zu dumm, ich bin zu entsetzlich dumm, und habe mich ja allein verführen lassen zu dem schlechten, nichtsnutzigen Streich — o Gnade, Gnade, Barmherzigkeit.«

Hopfgarten, ohne alle Antwort, deutete nur auf die Leiche hin, und Jimmy, der mit scheuem Blick der Richtung des Armes folgte, sah kaum die furchtbare Lösung der Bewegung, als er auch mit einem wilden Aufschrei des Entsetzens, »Herr Jesus — mein Herr Jesus,« nach dem Bette zufliegen wollte; Franz aber faßte ihn am Kragen und schleuderte ihn mit unwiderstehlicher Kraft davon ab.

»Zurück von da!« zürnte er dem winselnd Niederbrechenden zu, »feiger, erbärmlicher Mörder — rühre die Leiche nicht an!«

»Ach Herr Hamann, Herr Hamann, ich bin unschuldig, ich bin unschuldig.« schrie aber Jimmy, »ich bin ein Dieb, ein nichtsnutziger, erbärmlicher, gemeiner Dieb, Herr Hamann, aber kein Mörder — bei Allem was mir und Ihnen heilig ist, schwöre ich es Ihnen zu, ich bin unschuldig an dem Blut, ich weiß Nichts davon, ja Pelz und Meier haben es mir hoch und theuer versprechen müssen, kein Blut zu vergießen.«

Hopfgarten, der die Zerknirschung des Burschen zu benutzen wünschte, forderte ihn jetzt auf Alles zu erzählen von Anfang an, wie es gekommen und geschehn, und Jimmy, der mit der Leiche vor sich, eine furchtbare Angst über sich kommen fühlte, beichtete mit gefalteten Händen, und nur von einzelnen Ausrufungen um Erbarmen und Gnade unterbrochen, Alles was er wußte, von dem Augenblick an, wo er sich mit seinen beiden Helfershelfern besprochen, bis wo sie auf der Treppe Hedwig hatten in das Zimmer gehn sehn, und in der Besorgniß, die Zeit nicht zu versäumen, eingebrochen waren. Was in dem Zimmer selber geschehen sei, davon wollte er keine Sylbe wissen, und schwur und winselte wieder, bei Allem was er über und unter der Erde zu schwören fand — und er sprach dießmal die Wahrheit — daß er nur Hals über Kopf gesucht habe Schmuck und Geld, was in dem Secretair gelegen, in seinen Leinwandsack hineinzupacken. Pelz und Meier hätten es übernommen gehabt, die beiden im Zimmer befindlichen Personen indessen ruhig zu halten.

Der junge Hamann bat jetzt Herrn Eltrich um die Gefälligkeit, den Constabler heraufzuholen, indeß sie Beide den Burschen bewachen wollten; Jimmy hörte aber kaum das für ihn furchtbare Wort, als er sich wieder vor Franz auf die Erde warf, seine Knie umfaßte und um Gottes Willen bat, ihn nur dieß eine Mal den Gerichten nicht zu übergeben; er wolle »so 'was« ja in seinem ganzen Leben nicht wieder thun, und Alles herausgeben, was er schon in seinem Koffer habe, ja für Herrn Hamann arbeiten von früh bis spät, um Nichts wie die Kost — n u r keinen Constabler. Der junge Mann mußte sich mit Gewalt von dem Burschen frei machen, und Eltrich fing schon fast an Mitleid mit ihm zu fühlen, aber ein Blick auf die Leiche zerstörte das bald wieder, und seinen Hut aufgreifend, verließ er rasch das Zimmer, den verlangten Constabler herbeizubringen, der wenige Minuten später den zitternden, weinenden Jimmy in Empfang nahm, und mit sich fortführte.

# Capitel 8.

## Die Überraschung.

Hopfgarten verbrachte in körperlicher wie geistiger Hinsicht eine peinliche Nacht. Die Wunde, so wenig gefährlich sie auch sein mochte, war doch durch das ganze Fleisch des Oberarmes gedrungen, und schmerzte ihn sehr, und dabei quälte ihn der Gedanke, den der Gefangene in ihm wach gerufen, daß Henkel oder Soldegg, wie der Schuft nun auch hieß, hier in New-Orleans und zwar im Begriff sein solle wieder abzureisen. Zwar stellte er sich selber wieder und wieder vor, daß jenes Versprechen des ertappten Räubers eben nur eine wilde leere Ausflucht gewesen sei, Rettung zu finden vor dem Arm des Gerichts, und daß jener Meier so wenig von Soldeggs Aufenthalt wisse, wie er selber. Und doch auch wieder hatte eben die M ö g l i c h k e i t der Sache auch etwas Wahrscheinliches, daß derartiges Gesindel, mochte es nun im gesellschaftlichen Leben stehen auf welcher Stufe es wolle, wenn einmal im Verbrechen erst so weit gediehen, auch gegenseitig Kenntniß von einander habe, und die verschiedenen Schlupfwinkel und Wege kenne.

Und wie nun, wenn jener schurkische Soldegg, den zu fassen und unschädlich zu machen, hauptsächlich aber das Band zu lösen, das sein unglückliches Weib noch an ihn fesselte, er allein zum zweiten Mal nach Amerika gekommen, jetzt hier fast in Arms Bereich von ihm war, und ihm vielleicht mit nächstem Morgen wieder hinaus in alle Weite entfloh? — wie dann, wenn jener Meier wirklich recht gehabt, und er nun auf den zahllosen Dampf- und Segelschiffen, Fähren und Booten, die New-Orleans von Tagesanbruch bis in die späte Nacht verließen, umsonst umherrannte den Verbrecher zu finden. Und einmal entschlüpft, konnten dann nicht Jahrelang dazu gehören, bis er wieder zufällig mit ihm zusammentraf? — ja war es nicht sogar möglich, daß der Bursche, müde der Gefahr, in den Staaten doch einmal gefangen zu werden, mit seinem Raube hinüber nach Frankreich oder England, oder hinunter nach Texas oder Mexico ging?

Der Kopf wirbelte ihm von all dem Denken und Sinnen, und als er endlich in einen wilden, unruhigen, fieberhaften Schlummer fiel, quälten ihn tolle Träume noch mehr, als selbst das wachende Nachdenken es gethan. Da fand er den Betrüger, wohin er trat, und überall äffte ihn die, ihm unter den Händen wegschwindende Gestalt; zu Pferd wollte er ihn verfolgen, und der Sattel rutschte ab — das Pferd stürzte, riß sich wieder auf und kam in Moorboden, in dem es stecken blieb; schießen wollte er nach ihm, und sein Gewehr war nicht in Ordnung — der Pfropfen ging nicht in den Lauf hinunter, die Zündhütchen glitten ihm durch die Finger, und als er endlich geladen hatte, versagte das Gewehr; zu Schiff wollte er ihn verfolgen, und das flüchtige Dampfboot brauste und schnaubte hinter dem kleinen Kahn her, in dem sich der Bube zu retten suchte, da plötzlich rannten sie auf eine Sandbank; das Dampfboot saß fest, peitschte vergebens mit seinen Rädern die schäumende Fluth und in weiter Ferne verlor er den Kahn, der den hohnlachenden Verbrecher trug, aus den Augen — zu Wagen war er hinter ihm drein und die Stränge rissen, ein Rad brach, die Pferde stürzten — sie kamen nicht von der Stelle, und vor sich — immer dicht vor sich mußte er das Hohnlachen des Buben hören.

In Schweiß gebadet, und an allen Gliedern wie zerschlagen, wachte er endlich mit Tagesgrauen etwa auf, und verließ, wenngleich ihm der linke Arm arg geschwollen war und sehr weh that, doch augenblicklich sein Lager, wusch sich und zog sich an und schrieb dann, trotz seiner Aufregung und seinen körperlichen Schmerzen, einige Zeilen an den Professor Lobenstein, in denen er ihm seine Rückkunft von Deutschland meldete und ihn bat, sich, wenn er ihm in irgend etwas dienen könne, ohne Rückhalt und vertrauungsvoll an ihn zu wenden. Den Brief übrigens behielt er noch in seiner Brieftasche, erst den heutigen Tag und seinen Erfolg abzuwarten, um seine Adresse sicher angeben zu können.

Die Sonne war indessen aufgegangen und er eilte jetzt, nach rasch eingenommenem Frühstück, an die Dampfbootlandung hinunter, die dort liegenden Boote zu besuchen und ihre Passagiere zu revidiren. Vergebens aber kletterte er an Bord aller der Dampfer, deren Schornsteine rauchten, in Cajüte wie Zwischendeck herum, kein bekanntes Gesicht traf er an, und ob er sich gleich die Mühe nicht verdrießen ließ und sämmtliche Privat-Cajütenthüren, eine nach der anderen, öffnete und hineinsah, fand er doch nicht den Gesuchten.

Ein Paketschiff nach Liverpool lag zum Auslaufen fertig; er ging an Bord — von Soldegg keine Spur, und Ledermann, den er abgeholt, und der den besonderen Auftrag bekommen hatte, die Fährboote zu überwachen, schien eben so erfolglos gesucht zu haben. Meier hatte jedenfalls nur die Lüge rasch ersonnen, seine eigene Haut in Sicherheit zu bringen.

Um elf Uhr sollte nach Verabredung Ledermann, der von dem Staatsanwalt einen neuen Verhaftsbefehl gegen den Verbrecher bekommen, Hopfgarten wieder an der Dampfbootladung treffen, das Weitere dort zu berathen, und dieser schoß indessen in fieberhafter Aufregung, mit dem schmerzenden Arm in der Binde, hin und her an der Landung, nur erst einmal, und immer vergebens, eine Spur des Gesuchten zu finden.

Über den Strom herüber von »Algier,« dem andern Ufer, kam ein großer Dampfer herüber und legte an der Landung an. Vorn am Boilerdeck trug er wie gewöhnlich ein kleines Schild, das unter dem Namen den Ort seiner Bestimmung und die Stunde der Abfahrt anzeigte. Es war der:

### Chikasaw
für Little Rock.
Abfahrt zehn Uhr!

Der Chikasaw hatte in Algier Fracht für Arkansas eingenommen und jetzt an der New-Orleans-Landung noch einmal angelegt, etwaige Passagiere für Arkansas, oder die dazwischenliegenden Plätze, die schon durch die Zeitungen darauf aufmerksam gemacht waren, an Bord zu nehmen. Die Glocke läutete dabei, rasche Abfahrt kündend, und der Rauch wirbelte dick und schwarz in die reine klare Luft hinauf.

»Nach Little Rock!« — Hopfgarten gab es ordentlich einen Stich durch's Herz, als er den Namen las. Wenn Soldegg wirklich heute beabsichtigte, New-Orleans zu verlassen, so war Nichts wahrscheinlicher, als daß er wieder nach dem Westen gehen würde. Jedenfalls lag hier die Möglichkeit, ihn zu finden, und sich den Hut tief in die Stirn ziehend, daß an Bord, oben von der Cajüte aus, Niemand sein Gesicht erkennen konnte, schritt er rasch über die schmale Planke an Deck und stieg auf das Boilerdeck hinauf, die dort versammelten Passagiere zu mustern.

Henkel war nicht unter ihnen, aber noch die Möglichkeit nicht ausgeschlossen, daß er vielleicht eben nur die wirkliche Abfahrt des Bootes erwarten würde, an Bord zu gehn, und Hopfgarten beschloß, jedenfalls, bis die Planken eingezogen würden, in der Cajüte zu bleiben.

Unruhig hier auf- und abgehend, hielt er sich fortwährend in der Nähe des Boilerdecks, von wo aus er einen freien Blick über die Levée und Landung hatte, und besonders die Planke des Bootes selber im Auge behielt, ohne selber auffallend sichtbar zu sein. Es konnte dieses Niemand, ungesehn von ihm, betreten.

Eine Menge Passagiere kamen, als die Glocke zum zweiten Mal läutete, heran; Männer mit Koffern auf den Schultern und Hutschachteln in der Hand, oder Reisesäcken unter dem Arm, Auswanderer von Deutschland, ihre schweren, riesigen, hölzernen, buntbemalten Koffer zu zweien im Schweiß ihres Angesichts, und in der Furcht zurückgelassen zu werden, über die Levée schleifend — die Frauen Kinder auf Rücken und Armen. Auch ein Transport Altenburger Bauern, in ihrer Nationaltracht, schritt herunter zum Boot, sich nach dem fernen Westen einzuschiffen, und die Amerikaner, die fast alle Trachten der

Welt zu sehn bekommen, und sich um keine groß bekümmern, blieben stehn, sahen den Leuten nach, und lachten über die wunderliche Kleidung.

Jetzt kam ein ganzer Trupp braun gekleideter Männer, mit breiträndigen Hüten und weißen Halsbinden, von zwei Güterkarren begleitet, die ihr Gepäck führten, die Levée nieder und auf das Boot zu. Es waren jedenfalls Geistliche, und Hopfgarten wandte sich an den neben ihm stehenden Clerk oder Buchhalter des Bootes mit der Frage, ob er wisse, wer die Herren wären, und wohin sie in solcher Menge gingen.

»Ah blos Methodistenprediger,« lachte dieser — »ein ganzer Schwarm, den wir vor acht Tagen von Little Rock mit herunter gebracht haben. Es sind meist Circuit-rider aus dem Westen, die hier zu einer protestantischen Versammlung, wirksame Maasregeln gemeinschaftlich gegen den »Antichrist« zu berathen, wie sie uns selber sagten, heruntergekommen sind, und jetzt wieder auf ihre Posten zurückgehn. Es ist eine Vergnügungsreise für die Herren, zu der sie vorher natürlich eine tüchtige »fromme Sammlung« gemacht haben.«

Die Geistlichen, elf an der Zahl, kamen indeß an Bord und die Boilerdeckstreppe herauf in die Cajüte. Hopfgarten blieb an der Thür stehn, und sah sie einzeln neben sich vorübergehn. Es waren meist ausdruckslose Gesichter, einzelne aber auch mit verschmitzten Augen, und scharfgeschnittenen Zügen; der Deutsche hatte jedoch kein Interesse an ihnen, und wollte seine Aufmerksamkeit eben wieder der Levée zuwenden, als Einer der Geistlichen ihn mit einem langsamen, salbungsvollen Kopfnicken grüßte, und an ihm vorbei die Cajüte betrat.

Hopfgarten sah ihn überrascht und verwundert an; der Mann trug allerdings einen sehr anständigen, braunen, langen Rock von feinem Tuch, eine schneeweiße Halsbinde, blank gewichste Stiefeln und einen breiträndigen, schwarzen Filzhut, wie die Anderen, aber d a s Gesicht war nicht zu verkennen, und, wenn einmal gesehn, nicht wieder zu vergessen.

»Herr Maulbeere!« rief Hopfgarten, in diesem Augenblick selbst Henkel vergessend, »träume ich denn oder wach ich — sind Sie es, oder sind Sie es nicht?«

»Mein lieber Herr von Hopfgarten,« sagte der Angeredete, dem wirklich Verblüfften, mit einem milden Lächeln in dem glatt rasirten Gesicht, die Hand reichend und feierlich schüttelnd, »es ist mir ein ungemein wohlthuendes Gefühl, Sie nach so langer Trennung wieder einmal begrüßen zu können — ich habe in meinen Gebeten manches Mal recht freundlich Ihrer gedacht.«

Hopfgarten blinzte mit den Augen, trat sich auf den Fuß und suchte sich im Anfang wirklich erst ordentlich gewaltsam davon zu überzeugen, daß er nicht träume, und mit wachenden Augen den schmutzigen Scheerenschleifer Maulbeere, den Schnapsprediger von der Haidschnucke, solcher Art ausgekrochen und als Schmetterling — als Braunes Ordensband — der Gedanke kam ihm unwillkürlich — in der sonnigen Luft herumflattern zu sehn. Aber Maulbeere lebte und athmete, that auch Nichts, das Erstaunen des vor ihm Stehenden zu beseitigen, sondern schien sich eher an dessen Überraschung zu weiden.

»Aber wie, um Gottes Willen, kommen Sie in diesen Rock, in diese Gesellschaft?« rief er endlich, jede weitere Höflichkeit bei Seite setzend, aus — »ja, wenn mir Jemand des Himmels Einsturz —«

»Spotten Sie nicht, oder profaniren Sie nicht eine so heilige, ernste Sache« — unterbrach ihn aber Maulbeere schnell und fast ängstlich. »Daß der Herr da oben« — und er warf einen frommen Blick nach der Decke hinauf, »Wunder thut, brauche ich Ihnen, als gebildetem Mann, nicht zu sagen. Sein Geist hat mich erleuchtet — Sein Hauch den Teufel ausgeblasen, der in mir lebte und thätig war — der Herr hat Gräuel an den verkehrten Herzen, und Wohlgefallen an den Frommen — der Gottlose ist wie ein Wetter, das überhingeht, und nicht mehr ist, der Gerechte aber bestehet ewiglich — der Mund des Gerechten bringt Weisheit, aber das Maul des Verkehrten wird ausgerottet —

rühme Dich nicht des folgenden Tages, denn Du weißt nicht, was heute sich begeben mag.«

Capitel 8.
Click to ENLARGE

»Aber wie ist es möglich gewesen, in der kurzen Zeit eine

solche Verwandlung —«

»Der Herr ist Allen gnädig,« sagte Maulbeere, mit einem zweiten frommen Blick die Hände faltend, »und erbarmet sich aller seiner Werke — des Herrn Geist stieg auf seinen Knecht nieder in der Nacht des Unglaubens, da Alles finster war, und siehe da, ein feines Lämplein wurde aufgestellt in dem Tummelplatz des Satans, und sein helles, goldenes Licht trieb die Sünde aus dem gereinigten Gefäß!«

Hopfgarten schüttelte immer noch, wie seinen Sinnen nicht recht trauend, den Kopf. Die Gestalt vor ihm aber hatte Fleisch und Bein, und der braune Rock so wenig, wie die schneeweiße, reine Binde ließen sich wegleugnen.

Die übrigen Geistlichen hatten sich indeß in der Cajüte versammelt, ein paar Minuten leise mitsammen geflüstert, und Einer von ihnen kam jetzt wieder der Thüre zu, wo die Beiden standen und sagte mit einem milden, lächelnden Blick:

»Der Bruder Mulberry wird freundlich von uns aufgefordert, an einem stillen Dank, dem Höchsten für die glückliche Beendigung unserer frommen Sendung zu bringen, Theil zu nehmen.«

Maulbeere neigte langsam sein Haupt, und sich dann wieder zu Hopfgarten wendend, sagte er:

»Wir haben wohl das Vergnügen, mit Ihnen zusammen die Reise nach Little Rock zu machen?«

»Nein, bester Herr Maulbeere, das thut mir wahrhaftig leid,« erwiederte dieser — »ich bin nur an Bord gekommen, Jemand zu suchen.«

»Das schmerzt mich in der That,« sagte Maulbeere, indem er in die Tasche griff und ein kleines Paket Bücher und eine Visitenkarte herausnahm — »sollten Sie aber später einmal wieder in unser wildes, westliches Land kommen, so wird es mich herzlich freuen, zu sehn, daß es Ihnen gut geht — diese Karte hier enthält meine Adresse — und mich glücklich machen, zu hören, daß auch Sie den w a h r e n Frieden in Gott gefunden, und die Bahn des Heils betretend, den breiten, ebenen Weg verlassen haben, der hinab zu Sünde und Verdammniß führt. Gott sei mit Ihnen — er erleuchte Sie — er neige sein Antlitz über Sie, und gebe Ihnen seinen Frieden — Amen!«

Und mit einer halb segnenden, halb grüßenden Handbewegung gegen Herrn von Hopfgarten, der Bücher und Karte fast unbewußt in der Hand behielt, und dann ebenso in die Tasche steckte, drehte er sich langsam von ihm ab, und schritt seinen Gefährten am andern Ende der Cajüte zu.

Ein neuer Trupp Fremder zog in diesem Augenblick die Aufmerksamkeit unseres Freundes auf sich, die Glocke läutete dabei zum dritten Male, und das Boot machte Anstalt zur Abfahrt. Nirgends aber ließ sich eine Gestalt erkennen, die der des Gesuchten auch nur im Entferntesten geglichen hätte, obgleich Hopfgarten vollkommen darauf vorbereitet war, das Gesicht Soldeggs durch Bart oder Brille vielleicht so viel als möglich unkenntlich gemacht zu sehn. Mit dem Chikasaw beabsichtigte dieser keinesfalls, den Strom hinaufzugehn, und er mußte zuletzt, als die Planken und Taue eingeholt wurden und die Räder nach rückwärts an zu arbeiten fingen, das Boot in den Strom hinauszuschieben, an Land springen.

Auf seiner Uhr war es jetzt halb elf Uhr, und er ging, die Ankunft Ledermann's hier verabredeter Maßen zu erwarten, indessen ungeduldig an der Levée auf und ab. Seine rechte Hand in die Tasche schiebend, fühlte er dort die vorher in Gedanken eingesteckten, ihm von Maulbeere übergebenen Schriften, und nahm sie heraus, zu sehn, was sie enthielten.

Es waren natürlich Traktätchen. Das eine handelte über die Heiligkeit des Sabbaths und die Gefahr der Sabbathschändung, mit einem abschreckenden Beispiel, wie ein Knabe an einem Sonntag einmal den Fluß befahren hatte und ertrunken war — während Millionen Beispiele, dasselbe Verbrechen jeden Sonntag verübend, glücklich abfuhren und eben so landeten — das andere über die

Bibelvertheilung, und die übrigen über das Missionswesen, und dessen dringende Nothwendigkeit; jedes am Schlusse mit einer Bitte um die Unterstützung der frommen Männer, die in die Wildniß, unter wilde Bestien und wildere Menschen zögen, und von Wurzeln und Rinde lebten, das Evangelium zu predigen. Auf der Karte stand:

*The Reverend Zachäus Mulberry.*
*Little Rock. Arks.*

Die Karte steckte Hopfgarten zum Andenken ein, die Bücher warf er fort.

Und Ledermann kam noch immer nicht — es war schon fast drei Viertel auf elf, und Hopfgarten ging wie auf Kohlen, in Angst und Ungewißheit, den Strahlen der heißen Sonne ausgesetzt, an der Landung auf und ab.

»Gott der Gerechte, der Herr Baron,« redete ihn da plötzlich eine Stimme an, und als er sich rasch danach umdrehte, stand ein Mann, augenscheinlich ein Israelit, von dessen Gesicht Hopfgarten aber keine Ahnung hatte, in einem dunklen, anständigen Rocke, mit einem kleinen Strohhute auf, vor ihm, und machte ihm eine tiefe Verbeugung; der Mann mußte aber jedenfalls sehn, daß ihn der Herr, den er angeredet hatte, nicht erkannte und er fuhr lächelnd fort:

»Gottes Wunder — hob' ich mich denn gar so sehr verändert, daß so an lieber Herr anen alten Raisegesellschafter sollte vergessen haben. Kennen Sie den Veitel Kochmer nicht mehr?«

»Veitel Kochmer? — nein —«

»Kennt den Veitel Kochmer nicht mehr;« lachte der Alte, mit dem Kopf dabei schüttelnd — »den Mann mit der Holzharmonika, dem Sie an Concertchen zusammengebracht haben an Bord, als an guter und freundlicher Herr.«

»Veitel Kochmer,« rief Hopfgarten, sich jetzt des Namens

173

entsinnend, »ja Euch hätte ich allerdings nicht wieder erkannt — Ihr seht ganz anders aus — tragt den langen Bart nicht mehr und den Kaftan — es geht Euch gut?«

»Gott soll gedankt sein, ja.«

»Und Euer Sohn —«

»Mai Sohn? — wie haißt mai Sohn —« sagte der Mann, ungeduldig den Kopf schüttelnd — »das Jüngelche, was ich bei mer hatte, mit die hibsche Stimme — wenn's ane bessere Lunge und a schlechtere Stimme gehabt hätte, lebt es n o c h .«

»Ihr habt ihn sich todt singen lassen,« sagte Hopfgarten ernst.

»I c h hab' ihn sich todt singen lassen? — wie haißt? — soll sich die Lunge beim Magen beschweren — der Eine arbeitet mit die Händcher, der Andere mit die Lunge, aber Alle arbeiten mer um ze leben, ze essen un ze trinken, und an Rock auf dem Leib ze haben — hob ich en nich acht Wochen gepflegt, als o b er mai Sohn gewesen wäre, und stirbt er mer nich zuletzt wie zum Possen? — Soll mer Gott helfen, als ich nich hob' Schaden gehabt an dem Jüngelche. — Aber Herr Baron — kennten wir zwei Beide nich a klanes Geschäftche zesammen machen; hob' ich was ganz Extraes von gute Staincher, vor solch einen fürnehmen Herrn, wie der Herr Baron.«

»Ich danke, lieber Kochmer, ich brauche Nichts in der Art,« sagte Hopfgarten, wieder nach seiner Uhr sehend, »kann mich auch augenblicklich gar nicht damit befassen — haben Sie eine Uhr bei sich?«

»Ja wohl, Herr Baron — werd' ich ka Ürche haben, un a Staatsürche is es,« fuhr er fort, eine goldene Cylinderuhr aus der Tasche nehmend, »geht se doch um drei Minuten besser wie die Sonne — s' ist gerade sieben Minuten über dreiviertel auf elf — kennten wir d a m i t vielleicht en Handelche machen?«

»Ich danke wirklich — ich habe selber eine ganz gute Uhr und brauche keine, wollte auch nur sehen ob die meinige richtig ginge.«

»Wenn Sie die Staincher emol sähen, würden Sie Appetit kriegen — se sain zum 'Reinbeißen,« fuhr aber Veitel, nicht so leicht abgewiesen, in seinem Anpreisen der Juwelen fort, »hob ich die Musik doch jetzt ganz an den Nagel gehängt un mich auf die Staincher gelegt. Wer die Sache versteht ist's a solides, prächtiges Geschäftge hier in Amerika — wenn mer sai Zeit kann abpasse.« Und er nahm dabei ein kleines Etui aus seiner Brusttasche, das er öffnete und dann, den Kopf schräg zur Seite davon zurückhaltend, die Sonnenstrahlen auf die wirklich schönen Steine, die in tausend Lichtern funkelten, wieder fallen ließ.

Hopfgarten hatte indessen die Levée auf und abgesehn, den so sehnlich Erwarteten endlich irgendwo zu erspähen, aber vergebens; Ledermann ließ sich nirgends blicken und der Zeiger seiner Uhr, den er ungeduldig und ununterbrochen fragte, schien nicht von der Stelle zu rücken.

»Ich danke Euch Veitel — ich brauche wirklich Nichts der Art,« sagte er zerstreut, »trage weder Ringe noch Tuchnadeln, und muß hier im Lande auf- und abreisen, wo man solche Sachen am allerwenigsten bei sich führen kann.«

»Aber so sehn Sie nur emol die Pracht an,« drängte Veitel.

»Ja, sehr schön — wirklich brillant,« sagte Hopfgarten, einen flüchtigen Blick darauf werfend, und dann durch das Feuer derselben doch verlockt sie aufmerksamer zu betrachten; »sehr schöne Steine in der That, aber wie gesagt, Nichts für mich.«

»Und das Stainche hier vor a Tuchnadel — ah?« sagte Veitel, vor Hopfgartens Augen ein Türquis in der Sonne blitzen lassend.

»Mensch, wo hast Du den Stein her?« rief aber Hopfgarten

unwillkürlich erschreckt aus, als sein Blick auf einen sehr schönen großen dreieckigen Türquis fiel, den Veitel zwischen den Fingern hin und her drehte.

»Woher? — Gottes Wunder!« rief der Jude erschreckt, »ehrlich gekauft, soll mer Gott helfe.«

»Ich sage ja Nichts dagegen, Veitel,« rief Hopfgarten rasch, ihn zu beruhigen, »gewiß ist er ehrlich gekauft, aber von wem? ich kenne den Stein — habe wenigstens von ihm, oder einem ganz ähnlichen gehört, ich möchte gern —«

»Von wem? von em achtbaren, soliden Herrn, von em wahren Schentelmenn in sein Handeln und Geschäftcher,« sagte Veitel, immer noch in der Meinung, ein Verdacht ruhe auf ihm, »und wenn er nicht hait Morgen abgereist wäre, kennten Se ihn selber fragen, Herr Baron — ist en alter Bekannter von Sie, noch vom Schiff her.«

»Heute Morgen abgereist? — wohin Veitel?« sagte Hopfgarten, der sich krampfhaft mit der rechten Hand in die Seite griff, nur um ruhig zu bleiben und seine Aufregung nicht zu verrathen, »wer war es denn eigentlich — der — der Doktor Hückler?«

»Gott soll bewahren, der Herr Henkel, und mit dem Schtiemer ist er fort nach der Havanna.«

»Mit dem Postdampfer nach Havanna?« rief Hopfgarten, jetzt wirklich n i c h t mehr im Stande sich zu mäßigen — und der ist heute Morgen fort?«

»H a i t Morgen wird er fort sain,« sagte Veitel, »Gottes Wunder was is jetzt dermehr?«

»Ledermann!« schrie da Hopfgarten, Veitel gar nicht mehr beachtend, den Freund an, der eben jetzt, so lang schon herbeigewünscht, gerade über die Levée herüber und auf Herrn von Hopfgarten zukam, »wann, um Gottes Willen, geht der Havanna Steamer?«

»Die Cuba? — um elf Uhr,« sagte dieser erstaunt.

»Großer Gott — es muß gleich schlagen — so ist er noch nicht fort?«

»Dort drüben können Sie ihn sehn,« sagte Ledermann, der von der hohen Levée aus ein paar Momente mit den Augen in den Fluß hinein gesucht hatte — gerade zwischen den beiden ausgezackten Schornsteinen jenes Bootes dort — das große Dampfschiff, aus dem der Rauch so dick aufsteigt.«

»Henkel ist an Bord!« war Alles was Hopfgarten herausbringen konnte, »großer Gott, daß wir nicht an das Havanna-Schiff gedacht.«

»Gott der Gerechte!« rief Veitel, seine Steine einsteckend und in Verwunderung die Hände zusammenschlagend, »was han Se uf amol vor a Eil; wird der Herr Henkel doch wiederkommen in vier oder fünf Woche, wie er mer hot gesagt.«

»Noch ist es vielleicht Zeit,« rief aber Ledermann, der indeß rasch das Terrain überschaut hatte; »so pünktlich gehen die Dampfer nicht ab; einzelne Passagiere zögern immer etwas länger am Ufer, oder der Capitain kann auch seine Geschäfte nicht so rasch besorgen. Dort fährt ein Cab — gegenüber dem Dampfer nehmen wir ein Boot, und einmal von den Schiffen frei, daß sie an Bord unser Tücherschwenken sehen können, und wir kommen noch zur rechten Zeit.«

»Veitel!« rief Hopfgarten, sich rasch nach diesem umdrehend, »kommt morgen früh zu mir in das St. Charles Hotel — verstanden? — bringt Euere Steine mit — und nun fort Ledermann, fort!« und diesem voran laufend winkte er schon von weitem dem kleinen einspannigen Cabriolet zu, dessen Kutscher, Passagiere suchend, langsam die Levée an der Dampfbootlandung hinabfuhr. Der Mann zügelte sein Pferd ein und Hopfgarten bot ihm einen Dollar, wenn er sie so rasch das Pferd laufen könne dem Havanna Steamer gegenüber die Straße niederführe.

»Halt, dort geht ein Constable!« rief ihm aber Ledermann

177

zu, »den nehmen wir mit.«

»Kann nicht drei Passagiere fahren, Sir,« sagte der Kutscher.

»Du bekommst einen Dollar für jeden, wenn Du uns rasch an Ort und Stelle bringst!« rief der Deutsche, dem Angst und Aufregung fast die Sprache zu nehmen drohte. Ledermann lief indessen, so rasch ihn seine langen Füße trugen, und sehr zum Ergötzen der ihm Begegnenden, der nächsten Straßenecke zu, an der er einen ihm bekannten Constable erspäht hatte. Wenige Worte genügten, diesen mit Allem bekannt zu machen was Noth that, und zwei Minuten später galopirte das eben nicht sehr kräftige Pferd, von der wacker geführten Peitsche seines Herrn getrieben, in flüchtigen Sätzen die Straße nieder. Unterwegs unterrichtete der Constable diesen dabei, dem großen Dampfschiff gegenüber, das sie jetzt deutlich erkennen konnten, anzuhalten, wo er Miethboote wüßte.

»Ay ay Sir!« sagte der Mann, und hieb stärker auf sein Pferd, »kommen noch zurecht, wenn mein alter Jack nicht bis dahin zusammenbricht.« Das Pferd hielt sich aber wacker, und plötzlich gegen die Levée anfahrend, denn den Wasserrand konnten sie von da aus, des hochaufgeworfenen Dammes wegen nicht sehen, hielt er an.

»Boot Sir? — Boot für den Steamer?« riefen ihnen hier schon vier, fünf Bootsleute zu gleicher Zeit entgegen, die sich herbeidrängten, die geglaubten Passagiere nach dem Dampfschiff zu bringen; dieses konnte seines Tiefgangs wegen hier nicht dicht am Ufer anlanden, und mußte ein Stück draußen im Strom vor Anker liegen; »höchste Zeit, Gentlemen, aber wir bringen Sie hinüber.«

»Fünf Dollar, wenn wir zur rechten Zeit kommen.«

»Hier Sir! hier ist ein Boot das es thun kann!« schrie Einer Hopfgarten am Arm ergreifend.

»Mit dem alten Kasten kommst Du nicht vor Abend hinüber,« überschrie ihn ein Anderer, »meins ist der

Clipper, Gentlemen, der über das Wasser fliegt.«

Der Constable hatte indessen von der Levée aus mit einem Kennerblick die Boote rasch übersehen, und den beiden Fremden winkend ihm zu folgen, sprang er in das, was ihm am tüchtigsten schien, hinein, und hinten an das Steuer. Die beiden Bootsleute, die dazu gehörten, nahmen mit einem Hohnlachen über die besiegten Gefährten ihre Sitze ein, und wenige Sekunden später schoß das scharfe, wackere Boot, die gelbe Fluth zu beiden Seiten in Schaum hinauswerfend, zischend und spritzend über den breiten Strom dem Dampfer zu.

»Wir kommen wahrhaftig zu spät!« rief Hopfgarten in Todesangst mit der rechten Hand sein Tuch schwenkend, »dort pufft das Schiff schon seinen Dampf aus, und die Räder fangen an zu arbeiten.«

»Nur keine Furcht Sir,« sagte der eine der Bootsleute, der einen Blick über seine Schulter weg nach dem näher und näher rückenden Fahrzeug warf, »sie arbeiten nur gegen die Strömung langsam an, den Anker heraufzuheben; die Kette ist noch unten.«

»Er hat recht,« rief aber auch der Constable jetzt, »die Kette ist noch aus und wir kommen zur rechten Zeit.«

»Gott sei Dank,« sagte Hopfgarten leise, aber tief aufseufzend vor sich hin, und von dem Augenblick an schien es, als ob jede Unruhe, jedes Schwanken von ihm genommen sei. Ruhig ein Bein über das andere gelegt, beobachtete er ihre Annäherung an das keuchende, gewaltige Dampfschiff, und überflog mit seinem Blick nur manchmal rasch und forschend das aufgebaute Quarterdeck des Fahrzeugs, zwischen den dort auf- und abgehenden Passagieren den Gesuchten herauszufinden; aber er bemühte sich nicht mehr sein Gesicht zu verbergen — der Verbrecher konnte ihm nicht mehr entgehen.

An Bord traten jetzt ein paar Mann, das nahende Boot bemerkend, oben an die noch aushängenden Fallreeps; der eine von diesen hielt ein dünnes zusammengerolltes Tau in der Hand, und warf es dem einen der Bootsleute zu, der es durch den Ring vorn zog und um die vordere Queerbank schlug. Im nächsten Augenblick lag das kleine schwanke Boot, auf den kurzen Wellen tanzend, die das Starbordrad schlug, dicht an die steilaufsteigende Seitenwand des mächtigen Fahrzeugs an, und der Constable rief hinan:

»Ein Tau hier herunter, Boys, für den Gentleman; er hat einen kranken Arm und kann sich nicht halten.«

Wenige Secunden später war dem Rufe Folge geleistet; der Constable legte das Seil um Herrn von Hopfgartens Mitte, und während die Matrosen oben langsam anzogen und ihn dadurch stützten, lief derselbe rasch an der steil niederhängenden Fallreepstreppe auf.

»Danke — danke herzlich,« sagte dieser, während sein Blick an dem Quarterdeck hing; aber auch dort sah er nicht den, den er suchte, und sich an den Steuermann des Schiffs wendend, der seine Leute eben gefragt hatte, ob der Herren Gepäck schon an Bord sei, bat er diesen ihm zu sagen wo er den Clerk der Cuba fände.

»Dort oben, Sir — an der Starbordtreppe; der mit dem Panama-Hut auf, Sir, und dem kleinen Buch in der Hand.«

»Sie wünschen Plätze in der Cajüte, Sir?« frug ihn dieser freundlich, »der Steward soll Ihnen gleich Ihre *staterooms* anweisen.«

»Bitte, mein Herr,« sagte Hopfgarten, dem seine beiden Begleiter auf dem Fuße folgten, »können Sie mir nicht Auskunft geben, ob ein gewisser Soldegg an Bord ist?«

»Soldegg? — Soldegg?« sagte der Clerk nachdenkend sind dabei sein kleines Buch öffnend, eine dort eingetragene Liste mit den Augen überfliegend, »ist noch nicht notirt, Sir.«

»Oder Henkel?«

»Ebenfalls nicht,« lautete die Antwort, nach kurzer Pause.

»Oder Holwich?«

»Keiner der drei Herren; aber es sind einige Gentlemen erst in der letzten halben Stunde an Bord gekommen, deren Namen ich noch nicht eingeschrieben habe. Sie werden unterwegs Zeit genug bekommen deren Bekanntschaft zu machen; soll ich Ihnen indessen —«

»Bitte, mein Herr, mein Besuch ist anderer Art,« sagte Hopfgarten ruhig; »ich habe einen Verhaftsbefehl mit gegen einen gefährlichen Verbrecher, und ich glaube, ja ich weiß ihn an Bord.«

»Oh wenn das ist,« lachte der Clerk, »dann hat der Herr auch vielleicht einen andern Namen angegeben; nichts leichter als das. Wohl ein Constable, der eine der Herren?« — dieser nickte mit dem Kopf — »well, dann bemühen Sie sich nur gefälligst selber in die Cajüte hinunter, und sehn Sie sich dort um; ich werde es indessen dem Capitain melden, und Ordre geben, daß das Schiff nicht unterwegs geht.«

Hopfgarten blieb einen Augenblick stehn, Athem zu holen, so preßte ihm die Aufregung dieses Momentes Brust und Herz zusammen, äußerlich aber war er vollkommen ruhig, und Ledermann und den Constable bittend, ihn vorangehn zu lassen, und erst nach ein paar Minuten zu folgen, stieg er mit festen, ruhigen Schritten die Quarterdeckstreppe hinauf, und die breiten Mahagonystufen, die von da in die untere Cajüte führten, wieder hinunter, und öffnete, von dem Steuermann begleitet, dem der Clerk ein paar Worte über den Zweck dieses Besuches zugeflüstert, die Thür der Cajüte, in der einige zwanzig Passagiere in den verschiedensten Stellungen umhersaßen und standen, und ziemlich ruhig die nahe Abfahrt des Dampfers, dessen Maschine schon unter ihnen arbeitete, zu erwarten schienen.

Aber Hopfgarten sah nur Einen von allen diesen; auf dem mittleren Sopha, das eine Bein behaglich über das andere gelegt, und neben sich auf einem kleinen Tisch eine Flasche mit Rothwein und ein Gefäß mit großen, klaren Eisstücken, ein Buch in der Hand, in dem er nachlässig blätterte, lag Henkel und schien so sorglos und unbekümmert die Abfahrt des Bootes zu erwarten, so sicher seiner Umgebung zu sein, daß er nicht einmal aufsah, als Hopfgarten langsam auf ihn zuging, bis dieser neben seinem Tische stehn blieb und Henkel jetzt, mit einem leisen Schrei der Überraschung emporfahrend, ganz plötzlich seinen alten Reisegefährten neben sich erkannte.

»Alle Wetter! Herr von Hopfgarten,« sagte er aber, sich rasch sammelnd; »das ist ein prächtiges Zusammentreffen, und wir sind aufs Neue Reisegefährten? — Schade, daß Frau von Kaulitz nicht da ist, für den dritten Mann.«

»Wir bekommen noch Gesellschaft,« sagte Hopfgarten, sich ruhig umsehend und den jetzt eben eintretenden Ledermann heranwinkend — »Herr Henkel oder Soldegg oder Holwich — ich weiß nicht unter welchem Namen Sie jetzt reisen — ich habe ihnen hier einen alten Bekannten vorzustellen, der eine weite Reise im Auftrag seiner Regierung gemacht hat, nur das Vergnügen Ihrer werthen Begleitung zu haben.«

»Was soll das? — was wollen Sie von mir?« sagte Henkel finster, sich aber doch leicht entfärbend, als er den Aktuar von Heilingen plötzlich hier erkannte. Einen forschenden, unruhigen Blick warf er dabei in der Cajüte umher, der indeß weiter Nichts Beunruhigendes bot, da der Steuermann an die Bar getreten war, und der Constable, der Gruppe die Seite zudrehend, eine Zeitung aufgenommen hatte, als ob er mit zu den Passagieren gehörte — »ich bin gerade nicht aufgelegt zu scherzen, sonst könnte ich Ihnen vielleicht wieder meinen — Zwillingsbruder schicken, sich mit dem abzufinden.«

»Herr Henkel,« sagte Ledermann ruhig — »wir haben ein Boot unten liegen, und ersuchen Sie, uns gutwillig und ohne weiteres Aufsehn zu erregen, da hinein zu folgen, das Weitere werden wir an Land abmachen. So viel genüge Ihnen zu wissen, daß wir autorisirt sind, in dieser Weise zu handeln — ich habe einen Verhaftsbefehl für Sie in der Tasche.«

»Haho!« rief Soldegg aber, dem im Nu die ganze Größe der

über ihn hereinbrechenden Gefahr klar wurde — »Herr von Hopfgarten will sich revangiren — hahaha — aber die Herren haben sich verrechnet — le ben dig bekommen sie mich nicht — und überdieß — wer giebt Ihnen das Recht, mich hier verhaften zu wollen?« Seine rechte Hand glitt dabei rasch und verstohlen unter die Weste, die Bewegung aber war dem Constable, der ihn indessen scharf und aufmerksam von der Seite beobachtet hatte, nicht entgangen, und seinen Rock zurückwerfend, unter dem er sein Polizeizeichen trug, ging er auf den wild und drohend zu ihm aufblickenden Verbrecher zu und wollte, mit den Worten: »*You are my prisoner!*«[5], die Hand auf dessen Schulter legen, als Henkel, unter dem Arm fortgleitend, einen Schritt zurücksprang; mit der rechten aber zu gleicher Zeit ein mächtiges, blitzendes Bowiemesser aus der Weste riß, und mit wildem, höhnischen Lachen schrie:

»Lebend nicht — Bahn frei, oder, beim Teufel, ich hacke Pastetenfleisch aus Euch!« Zu gleicher Zeit führte er einen Hieb nach dem Constable, dem dieser nur durch ein jähes Zurseitespringen entgehn konnte, und warf sich auf Hopfgarten, wieder die Klinge zum Hieb gehoben. Dieser aber, ohne einen Zoll breit zu weichen, hatte eine gleiche Waffe gezogen, und bereitete sich, den Schlag zu pariren, als der Steuermann, etwas Ähnliches schon lange erwartend, ohne sich aber selber zwischen die gehobenen Messer hineinzuwagen, einen Stuhl aufgriff und Henkel so geschickt vor die Füße schleuderte, daß dieser im vollen Wurf darüber hinflog.

»Brav gemacht!« schrie der Constable, der indeß einen Revolver aus seinem Gürtel gerissen hatte, Gewalt mit Gewalt zu begegnen — »jetzt bekommen wir den Burschen lebendig.« Und um den Stuhl flog er herum, zwischen die Thür und den Gefangenen zu kommen, und diesem den Weg abzuschneiden. Henkel aber, zum Äußersten getrieben und recht gut wissend, was ihn erwartete, wenn er in die Hand der Feinde fiel, schnellte im Nu, sein Messer noch fest im Griff haltend, vom Boden wieder auf und sprang gegen die Thür an, von der fort die zufällig dort herabkommenden Passagiere, vor der drohenden Gestalt mit der geschwungenen Waffe scheu zur Seite stoben.

»Halt!« schrie der Constable, »im Namen des Gesetzes!«

Henkel hatte die Thür erreicht und stieß sie vor sich auf, als ein scharfer Knall, und gleich darauf weißer Pulverrauch den Raum füllte — ein wilder Schrei und eine blutende, todtenbleiche Gestalt, der die blanke Waffe entfiel und klirrend die Stufen zurückrollte, taumelte die Treppe hinauf an Deck, zwischen die entsetzten Passagiere.

»*You are my prisoner Sir!*« schrie der Constable, den Flüchtling einholend und an der Schulter fassend.

»*Ready for hell!*«[6] stöhnte dieser, ließ die Arme sinken, drehte sich einmal im Kreise herum und brach, wo er stand, zusammen.

»Den Passagier könnt Ihr von der Liste streichen, Clerk,« sagte der Steuermann ruhig zu diesem, als er an Deck kam — »steht bei hier, Jungen, und hebt den Cadaver einmal in's Boot hinunter, und zwei von Euch waschen die Flecken hier weg und die Treppe rein. Marsch mit Euch und ein Bischen schnell — ist der Anker auf?«

»Alles klar, Sir!«

»Gut, in fünf Minuten müssen wir unterwegs sein — die Herren mögen die Geschichte dann selber an Land ausmachen.«

Hopfgarten stand neben der Leiche und sah tief aufseufzend in die bleichen Züge, in die stieren zu ihm aufgedrehten Augen — aber er sprach kein Wort; nur das Messer, das er noch offen in der Hand trug, barg er wieder in der Scheide, und einen kleinen weißen Handschuh aus seiner Brust nehmend, bog er sich nieder, und netzte das zarte schneeige Leder mit dem quellenden Blut des Gerichteten.

Zwei Matrosen faßten die Leiche jetzt auf und trugen sie zu der Fallreepstreppe, wo Andere mit den Tauen standen und sie hinunter ließen; der Constable hatte sich indessen vom Clerk das Gepäck, das dem Gericht verfallen war, ausliefern lassen.

»Hallo, da kommt noch ein Passagier!« rief der eine Bootsmann, als die Seeleute die Leiche rasch nach unten viehrten — »dacht' es mir beinah, wie ich den Schuß hörte.«

»Hast eine gute Nase, Kamerad,« rief Einer der Matrosen nieder, »das aber da ist nur Ballast; schlagt die Taue los!«

Die Koffer folgten dem Körper, und diesen die Passagiere — oben läutete die Glocke, die Räder rauschten und peitschten den gelben Schaum zu wirbelnden Wellen auf — stromauf arbeitete das gewaltige Schiff, einen weiten Bogen beschreibend in der kochenden, zischenden Fluth, und während es sich stromab wandte, und das flatternde Banner der Vereinigten Staaten lustig im Winde wehte, ruderte das kleine Boot mit seiner traurigen Last langsam dem Lande wieder zu.

# Capitel 9.

## Das Haus im Walde.

Wieder keimten und sproßten die Blumen im lieben deutschen Vaterland; die Wiesen hatten sich mit frischem Grün gedeckt, im Wald rauschte und flüsterte der Wind gar so traulich und heimlich durch die jungen, saftigen Blätter, und schaukelte die langen, duftenden Zweige der Birke, und trug die wirbelnde Lerche hoch in die blaue, sonnige Luft hinein.

Wie das draußen in den Feldern so regsam schaffte und arbeitete; wie die Heerden so fröhlich blökten, die wieder hinaus durften in die warme, sommerliche Flur; wie die Schwalben — die lieben, lieben Schwalben so froh durch den Äther strichen und die Störche, von den Kindern mit scheuer Ehrfurcht betrachtet, klappernd und von ihren Reisen erzählend, auf den Dächern standen, oder langsam über die feuchten Wiesenflächen schritten, alte Jagdgründe zu revidiren.

**Capitel 9.**
**Click to ENLARGE**

Wie das zwitscherte und klang und sang und schmetterte in dem weiten, lichtdurchflutheten Raum, und die Luft mit seinem Glanz und Jubel füllte, jeder Ton ein Loblied dem Herrn, jedes grüne Blatt, jeder duftende Kelch, jeder Thautropfen am schwankenden Halm, ein Dankesopfer

Menschenbrust da so froh und fröhlich hebt, und das Herz mit jauchzt und jubelt, und hinauf möchte, höher und höher hinauf, der steigenden Lerche nach, die mit zitterndem Flügelschlag, ein lebendiges Bild der Lust und Wonne, dort oben steht und betet. Wie es da stammelnd danken und preisen möchte auch in seiner Weise, und nicht Worte, nicht Ausdruck findet für die Seligkeit, die in ihm glüht und lebt, und seine Adern füllt, und deren Wiederglanz nur in der Thräne zittert, die heiß und doch so lindernd da in's Auge steigt.

Der Winter war vorbei — die Natur erwacht, und Gottes Odem wehte, ein Segen, über das weite, wundervolle Land, Luft und Frieden in der Menschen Herzen gießend — aber nicht in alle. — Den schmalen Pfad der, das Dorf Waldenhayn umgehend, nach dem dunklen, die Hügel deckenden Kieferwald hinaufführte, schritt eine schlanke, bleiche Frau, einsam und allein; sie sah krank und hülfsbedürftig aus, und die bloßen, wegwunden Füße ließen hie und da in den Spuren Blutflecken zurück, wo ein scharfer Stein sie verletzt; der Straßenstaub deckte dabei ihr Gewand, und die weiße, fast durchsichtige Hand klammerte sich fest und wie krampfhaft an den rohen Eichenstock, der ihr zur Stütze diente.

Neben ihr auf stieg wirbelnd die Lerche, und im Korn lockte das Rebhuhn und die Wachtel; — sie blieb stehn und horchte dem Laut, aber nicht vom Boden nahm sie den Blick, schauderte zusammen, als ob selbst diese süßen Töne nur furchtbare Erinnerungen für sie hätten, und schritt langem weiter ihre stille Bahn, dem Walde zu.

Nur einmal blieb sie noch stehn, und zitterte, und wäre fast in die Knie gesunken, als vor ihr, bis jetzt von Birken- und Weidenbüschen verdeckt, ein kleines, einsam gelegenes, ödes Häuschen, mit halb geöffneter Thür und ausgebrochenen Fenstern sichtbar wurde; aber wie gewaltsam raffte sie sich zusammen, faßte ihren Stab fester und schritt auf das niedere, verlassene Gebäude zu.

Als sie die Schwelle erreichte, läuteten unten die Glocken den Nachmittagsgottesdienst aus, und als ob die Töne sie mit furchtbarer, unwiderstehlicher Gewalt getroffen, brach sie zusammen in die Knie, und lag lange Minuten wie betend da. Dann erhob sie sich langsam wieder, warf noch einen scheuen Blick über das, unten das kleine Thal füllende Dorf, und verschwand dann in dem dunklen Raum der Hütte.

———

Unten im Dorf läuteten die Glocken den Nachmittagsgottesdienst aus, und der würdige Pastor Donner, dessen Haar die letzten drei Winter doch um ein Bedeutendes gebleicht, kam freundlich, rechts und links die noch vor der Kirche stehenden Kinder und Gemeindemitglieder grüßend, die ihn, mit dem Hut in der Hand, vorbeiließen, seiner kleinen Wohnung, dem duftigen, schattigen Garten zu, wo ihn zu dieser Zeit der Nachmittagskaffee in der blühenden Fliederlaube erwartete. Aber mehr als das harrte heute sein.

»Vater — lieber Vater!« jubelten ihm die Kinder entgegen, Blätter Papier hoch und jauchzend empor haltend — »Brief von Georg ist gekommen — Brief vom Bruder Georg; er kommt herüber in ein oder zwei Jahren mit seiner F r a u ! — er hat geheirathet, Vater — Bruder Georg hat geheirathet und es geht ihm gut!«

Der Pastor blieb stehn, und als die Kinder auf ihn zugesprungen kamen und ihm in ihrer frohen Kindeslust den Brief entgegen hielten, bog er sich zu ihnen nieder und küßte sie, aber die Mutter folgte ihnen, und barg ihr Haupt an des Gatten Brust. Sie hatte sprechen — erzählen — mit den Kindern jubeln wollen, und kein Wort brachte sie jetzt vor Thränen über die Lippen — aber es waren F r e u d e n t h r ä n e n.

»Georg hat geheirathet!« jubelte Fritz dabei, der jüngste Sohn, den Brief in der Hand schwenkend, und um die Anderen herumspringend — »ich bin jetzt ein S c h w a g e r geworden, und Du, Louise und Du Trinchen, Ihr seid Schwägerinnen — hurrah, Bruder Georg soll leben!«

»Und es geht ihm gut?« flüsterte der Pastor, der Gattin an ihn gelehnte Stirn wieder und wieder küssend.

»Gut — recht, recht gut, Gott sei ewig gelobt und gedankt,« schluchzte die Frau — »da, lies nur selbst — ich habe vor Thränen nicht weiter lesen können.«

Auch Louise, die ältere Tochter, kam mit ihrem Bräutigam, einem jungen Geistlichen aus Heilingen, dem Vater freudestrahlenden Auges entgegen, und während die Glocken von dem alten Thurm noch klangen und tönten, und den tiefen harmonischen Laut weit aus über das stille Dorf und an die sonnbeschienenen Hänge der blühenden Hügel sandten, saßen die glücklichen guten Menschen in der duftenden Laube, und horchten der lieben, lieben Botschaft des fernen Bruders und Sohnes, der ihnen Grüße und Küsse weit über das Meer herübergesandt, und ihre Herzen mit Glück und Wonne und Dank, heißem Dank gegen den Höchsten erfüllt hatte.

— — »Seit drei Tagen bin ich jetzt mit meiner Marie vermählt, und der glücklichste Mensch unter der Sonne. In den angenehmsten Familienverhältnissen dabei, hat sich unsere Farm, die mein Schwiegervater schon im Begriff war um ein Spottgeld zu verschleudern, auf eine ganz unerwartete und kaum geahnte Weise verwerthet, denn ich habe beim Graben eines Brunnens, in der Nähe einer neu errichteten Mühle, selber ein K o h l e n lager entdeckt, das, wenn auch noch nicht für den Augenblick, doch für die Zukunft einen bedeutenden Ertrag verspricht. Ein Amerikaner hat mir schon für die Bearbeitung eine sehr bedeutende Summe baar geboten, aber ich zögere noch sie anzunehmen. Dabei bin ich ganz gegen meinen Willen, und durch einige glückliche Kuren in den Ruf eines geschickten Arztes gekommen, und da sich unsere Gegend, durch die Unmasse der hier eintreffenden Einwanderer, sehr belebt, bleibt mir schon gegenwärtig kaum mehr Zeit, meinen ländlichen Arbeiten so obzuliegen, wie ich es eigentlich wünschte — — — —«

— »Noch eine andere Nachricht aus unserer Familie, die auch Euch interessiren wird, habe ich Euch mitzutheilen. Meine Schwägerin Anna, die ältere Schwester Mariens und ein sehr liebes, braves Mädchen, hat ganz unerwarteter Weise einen Heirathsantrag aus Deutschland und zwar aus Heilingen, von dem frühern Kürschnermeister Kellmann bekommen. Kellmann ist, so weit ich ihn kenne, ein braver, rechtschaffener Mann und Anna scheint ihm auch gut zu sein. Er hat geschrieben, wenn sie ihm ein freundliches Ja schicke, wolle er ungesäumt herüberkommen — ich denke, wir werden ihn wohl nächstens hier sehn — — — —«

— »Der Rosensenker von Mutters Strauch vor dem Fenster, den mir Louise noch an jenem schmerzlichen Abend der Trennung gegeben, hat den Ehrenplatz in unserm freundlichen Garten, und grünt und blüht, daß es eine Lust und Freude ist, — die einliegende Knospe hat er getragen. Oh, wie mich der Blüthenstock an Euch erinnert; ich habe ihn so lieb, und doch treten mir jedes Mal Thränen in die Augen, wenn ich ihn ansehe. Meine Marie pflegt ihn selber; sie wird E u c h auch gefallen. Hat sich das Geschäft mit dem Kohlenlager erst geordnet, und sich dasselbe so einträglich erwiesen, wie ich es jetzt wirklich glauben muß, dann komme ich mit ihr hinüber, Euch zu besuchen. Lieber Gott, es ist ja doch unser Aller Wunsch, später einmal wieder nach Deutschland zurückkehren und dort unsere Tage beschließen zu können. — — — —«

Unten am Brief in einer Nachschrift stand:

— »Über den Steffen, der bei uns der schwarze Steffen hieß, und von dem ich Euch schon früher schrieb, wie ich mit ihm zusammengekommen, habe ich nichts Näheres erfahren können. Auch seine Frau, die sich von ihm getrennt hatte, ist aus dem kleinen Städtchen, wo sie die letzte Zeit still und fleißig, und mit keinem Menschen verkehrend, gearbeitet hatte, spurlos verschwunden; Amerika ist zu groß, solche Leute im Auge behalten zu können. —«

»Du guter, barmherziger Gott,« sagte die Frau Pastorin, seufzend die Hände faltend, »ich begreife, wie schlechte

Menschen einen Anderen aus Geldgier oder Rache, oder sonst in böser, sündhafter Leidenschaft morden können, aber daß Eltern im Stande sein sollen, ihre Kinder auf solche Art zu verlassen, begreife ich nicht. Das unvernünftige Thier thut das ja nicht, sorgt für seine Jungen, und vertheidigt sie in Gefahr, und der Mensch soll schlechter sein, als das Thier?«

»Für die Kinder war es ein Glück,« sagte der Pastor, seufzend mit dem Kopfe nickend — »was hätten sie von solchen Eltern gelernt, wie wären sie von ihnen erzogen worden, und jetzt sind sie bei guten Menschen untergebracht und versorgt.«

Ein paar Knaben aus dem Dorfe kamen in diesem Augenblick athemlos an den Garten gerannt, rissen die Mützen vom Kopfe, und schauten mit den roth erhitzten, dicken, gutmüthigen, jetzt aber jedenfalls durch irgend etwas sehr erregten Gesichtern durch die Gitterthür hinein, wo der Geistliche saß.

»Was wollt Ihr, Kinder?« sagte dieser freundlich, indem er von seinem Sitze aufstand und auf sie zuging.

»Oben am Berge spukt's!« rief aber der Eine von ihnen, in aller Eile und Geschäftigkeit ganz den sonst gewiß nicht versäumten Gruß vergeßend — »am schwarzen Steffen seinem Hause geht's um!«

»Am Hause des schwarzen Steffen?« rief Pastor Donner, erstaunt den Platz gerade jetzt, wo sie sich selber damit beschäftigt, genannt zu hören — »wer hat Euch den Unsinn weiß gemacht?«

»Ne, wahrhaftig,« rief der Andere betheuernd aus — »Hollebens Liese und Gutegrunds Annamarie haben den Geist von der »stolzen Jule« gesehn, der oben herumgeflogen ist.«

Nur mit Mühe bekam der jetzt aufmerksam werdende Geistliche heraus, daß zwei Mädchen aus dem Dorfe oben am Wald auf dem kleinen, dem Haus gerade gegenüber liegenden Hang gewesen waren, Blumen zu suchen, und an der, von den Dorfbewohnern ängstlich gemiedenen Hütte des schwarzen Steffen eine Gestalt gesehen hätten, von der sie erklärten, daß sie der Geist der »stolzen Jule« sei. Sie habe keine Ruhe im Grabe, und ginge dort an der Stelle um, wo sie ein Verbrechen begangen, für das wir in der sonst so reichen deutschen Sprache nicht einmal einen Namen haben. Die Hütte lag auch noch, gefürchtet und gescheut, unberührt so, wie man die Kinder damals darin gefunden, und nur mit dem Bettzeug und dem besten Hausgeräth herausgenommen hatte, und die Leute in den Spinnstuben erzählten sich Abends schauerliche Geschichten von dem Ort.

Pastor Donner schüttelte ungläubig den Kopf zu der Erzählung, Andere aber aus dem Dorf kamen nach, und der Schultze, der von den jungen Mädchen selber den Bericht gehört, den sie mit bleichen Wangen und zitternden Lippen in's Dorf getragen, folgte den Übrigen, bestätigte dem Herrn Pastor, was sich die Leute erzählten, und bat ihn, mit ihm hinauf zu gehn nach dem alten Hause, das Gerücht zu widerlegen, das sonst leicht mehr Nahrung gewann und von dem abergläubischen Volke ausgeschmückt wurde, oder sich zu überzeugen, was Wahres an der Sache sei.

Die Frau Pastorin wollte mit den Kindern ihren Mann begleiten, er bat sie aber, zurückzubleiben, und schritt dann, seine Amtstracht ablegend und Hut und Stock nehmend, an der Seite des Schultzen durch das Dorf hin, den kleinen, mit Unkraut überwucherten und fast verwachsenen Pfad hinauf, der zu dem, etwa eine kleine halbe Stunde von Waldenhayn entfernten Gebäude führte. Eine Menge der Dorfbewohner schloß sich ihnen unterwegs an, sie zu begleiten.

Als sie den Platz erreichten, war Alles todtenstill; nur hie und da zwitscherten die Vögel in den Zweigen, und auf dem alten Eichbaum neben dem Haus saß ein Rabe, drehte, als er die Menschen auf sich zukommen sah, den Kopf scheu nach rechts und links hinüber, und strich dann mit seinem tief und unheimlich krächzenden »k r a h — k r a h« — von dem Zweige ab, auf dem er gestanden, dem Holze zu!

193

»Das war sie — das war sie!« flüsterten die Frauen untereinander, indeß sie sich näher zusammendrückten, und scheu nach dem schwarzen Galgenvogel hinüberschauten, »jetzt werden sie Nichts mehr finden; die ist fort, und in der Nacht kommt sie wieder und sitzt dort auf dem alten Dach. Ich gehe nicht weiter mit — ich auch nicht — Gott soll mich bewahren vor der Stelle, die ewiglich verflucht ist.« rief eine andere Frau. »Man sollte Feuer anlegen und das Nest von der Erde vertilgen,« sagte Einer der Männer dann, »i c h wenigstens möchte nicht einmal einen von den Balken in meinem Ofen brennen.«

»Die Thür steht offen, daß sie immer recht bequem aus und ein können,« flüsterte wieder eine Andere, »huh, wie mag's da drinnen um Mitternacht zugehn — der Schornstein sieht auch nicht umsonst so gelb und schweflig aus, und unsere Annakathrine hat neulich die Irrlichter hier oben wie toll herumtanzen sehen.«

Die Leute aus dem Dorf blieben wirklich, als sie den kleinen freien Platz vor dem Haus erreichten, scheu an dessen Grenze stehn, und nur Pastor Donner schritt, von dem Schultzen begleitet, langsam dem Hause selber zu.

»Ich habe schon lange einmal heraufgehen wollen, zu sehn, wie der Platz hier eigentlich aussieht,« sagte dieser endlich, »bin aber immer nicht dazu gekommen. Hm, wie öde und unheimlich das hier ist — es wundert mich gar nicht, daß sich die Kinder davor fürchten, ist mir's doch selber ein ganz eignes, unbehagliches Gefühl hier herzugehn — es ist fast, als ob man eine Richtstätte beträte.«

»Wohl ist es so,« sagte Pastor Donner feierlich und mit halb unterdrückter Stimme, als ob er selber sich scheue, an diesem Orte laut zu sprechen. »Aber wir wollen hier nicht stehen bleiben; die Leute dort hinten murmeln schon miteinander, und glauben sonst, daß wir selber uns fürchten, das Haus zu betreten.«

»Aber was sollen wir darin?« sagte der Schultze ausweichend, und es lag ihm wirklich Nichts daran, dort hineinzugehen, »'was Lebendiges hält sich hier oben nicht auf, sonst hätte der scheue Rabe da nicht im Baum gesessen, und an Gespenster glauben wir doch alle Beide nicht.«

»Ich bin einmal oben,« sagte der Geistliche mit seinen eigenen Gedanken beschäftigt, denn vor seinen Augen schwebte in diesem Augenblick die Scene auf dem Amerikanischen Dampfboot, die ihm in einem früheren Briefe der Sohn beschrieben, »und möchte auch das Innere des Hauses sehn, das ich seit jenem Tag, wo wir die armen, halb verhungerten Kinder hier oben abholten, nicht betreten.«

Langsam schritt er, von dem Schultzen nur widerstrebend gefolgt, der Thüre zu, schob diese noch etwas weiter auf, mehr Licht und Luft hineinzulassen, und betrat, durch den schmalen dunklen Gang gehend, die frühere Stube des »schwarzen Steffen«. Dort aber schrak er selber einen Schritt zurück, denn auf dem Boden vor ihm lag ausgestreckt und regungslos eine menschliche, weibliche Gestalt.

»Was giebt's? — was ist?« rief der Schultze, der den unwillkürlich ausgestoßenen Ruf des Erstaunens gehört, und auf der Stelle stehen blieb, wo er gerade stand, während sich eine Anzahl Burschen aus dem Dorfe näher herandrängten, die Frauen und Mädchen aber noch scheuer zurückwichen, und sich schon halb zur Flucht wandten.

Pastor Donner winkte aber dem Schultzen langsam und traurig näher zu kommen, und als dieser die Schwelle betrat, deutete er nieder auf den vor ihm ausgestreckten Körper der Unglücklichen, die Gram und Reue, und der nagende Wurm im Herzen wieder herüber, zurückgetrieben hatte durch das weite, wilde Land, über das weite Meer, an dem Ort, wo sie so furchtbar sich vergangen — zu sterben.

Jetzt rasteten die blutigen, nackten Füße von der weiten Wanderschaft, jetzt ruhte das arme Herz, das in Verzweiflung und Gram wohl manche lange furchtbare Nacht die Stunde hier herbeigesehnt, mit dem Kopf auf den zerfallenen Kasten gestützt, der dem jüngsten Kind in früherer Zeit zu seinem Bettchen gedient hatte, aus von

seinem Leid und Weh. Der Körper selber war abgefallen und
mager, die Wangen hohl und dünn, aber ein ruhiges, seliges
Lächeln zog sich um die bleichen, kalten Lippen, die der Tod
für immer geschlossen. Was sie verübt, was sie gesündigt, sie
hatte schwer gelitten — hatte tief bereut, und wie, als ob die
Kräfte ihr nur eben noch gehorcht, die Stelle zu erreichen,
war hier der Tod, ein willkommener lieber Freund, zu ihr
getreten, sie zu erlösen von ihrem Leid.

Neugierig und muthig gemacht, durch das Verweilen der
beiden Männer im Haus, drängten die übrigen
Dorfbewohner jetzt auch nach und nach heran, und der
Ruf. »die stolze Jule — die stolze Jule liegt todt im Haus!«
füllte den kleinen Raum bald mit einem Theil der Schaar, die
jedoch die Leiche immer noch scheu und furchtsam
umstanden. Über ihr aber faltete Pastor Donner die Hände
und sagte mit leiser, tiefbewegter Stimme:

»Gott hat in seiner Vaterhuld sich Dein erbarmt, Du armes
verirrtes Kind — Du hast schwer gesündigt — schwer und
furchtbar, aber auch viel, viel gelitten, und Gram und Reue
haben ihre Züge mit scharfen Furchen in Dein Angesicht
gegraben. Er sei Deiner armen Seele gnädig!«

Und seinen Hut abnehmend, welchem Beispiele rasch und
scheu alle Übrigen folgten, betete er still und brünstig über
der abgerufenen Sünderin.

196

# Capitel 10.

## Der rothe Drachen bei Heilingen.

### Schluß.

Im rothen Drachen bei Heilingen herrschte heute ein reges, geschäftiges Leben; Kellner liefen und stürzten durcheinander hin, Tische wurden gerückt, Stühle getragen, Tischtücher ausgebreitet, und Körbe mit Flaschen und Getränken angeschleppt, als ob ein Regiment damit versorgt werden sollte. Im Garten, der mit einer Masse Kränze und Blumen und Guirlanden geschmückt war, standen noch einzelne Arbeiter, die mit frischem Sand bestreuten Gänge von den hineingefallenen Blättern und Zweigen des Ausschmucks zu reinigen, und unter einem kleinen, erst kürzlich aufgeschlagenen und ganz mit frischen Blumen besteckten und behangenen Zelt, lagen eine Reihe breitbauchiger Bierfässer mit eingesteckten gefälligen Hähnen, nur der Hand harrend, die sie aufdrehen würde, ihr schäumendes, kräftiges Naß zu spenden.

Den Pfad herunter, der von Zurschtel niederführte, kam ein Bettler an einer Krücke daher gehinkt. Es war sonst eine breitschultrige, kräftige Gestalt, aber mit eingefallenen Backen und hohlliegenden Augen, das linke Bein ziemlich dick in alte zerlumpte Tücher und Lappen eingeschlagen, und die linke Seite seines Gesichts ebenfalls mit einen schmutzigen Tuch verbunden.

Als er die Gartenthür erreichte, blieb er stehen, und sah hinein, betrat aber den Garten selber nicht, und schaute still und aufmerksam nach dem Haus hinüber.

Den breiten Gang herunter, der von der Guirlanden geschmückten Hausthür in gerader Linie nach dem Thore zu führte, schritt der Eigenthümer des Grundstücks, Herr Kaspar Helker, nach seinen Arbeitern zu sehn. In die Nähe des Bettlers gekommen, zog dieser den Hut ab, und sagte mit bittender Höflichkeit:

»Wären Sie wohl so gut, lieber Herr, mir zu sagen was heute hier los ist im rothen Drachen, mit all den Kränzen und Blumen, und welches Fest Sie feiern?«

»Ja wohl Freund,« sagte Herr Kaspar Helker, den armen zerlumpten Teufel dabei mit aufmerksamem, vielleicht nicht besonders befriedigtem Blick betrachtend, »Herr von Hopfgarten feiert heute seine Vermählung mit des reichen Dollinger jüngster Tochter, die früher, ich weiß nicht, ob Ihr die Geschichte kennt, an einen, jetzt gestorbenen, Amerikaner verheirathet war.«

»Herr von Hopfgarten — hm — Herr von Hopfgarten — der Name ist mir doch gar bekannt; stammt er von hier?«

»Nein, aus dem Mecklenburgischen. — Kommt Ihr weit her? — Ihr seht müde und krank aus.«

»Sehr weit — bin aber wohl mehr hungrig und durstig, wie krank,« sagte der Mann, mit einem scheuen Blick nach den Brod- und Kuchenkörben hinüber.

»So kommt herein und eßt und trinkt,« lud ihn der Wirth freundlich ein, »und Ihr habt mir nicht einmal dafür zu danken,« setzte er rasch hinzu; »Herr von Hopfgarten hat strengen Befehl gegeben, Niemand heute, wer es auch sei, ungespeist von dannen zu lassen. Es ist frei Bier und Essen hier im Haus.«

»Hm, da bin ich gerade zur rechten Zeit gekommen,« sagte der Mann, immer aber noch zögernd den Garten zu betreten.

»So kommt herein und setzt Euch gleich dort in eine von jenen kleinen Lauben,« sagte der Wirth; »die werden heute nicht benutzt und Ihr — Ihr seht eben nicht appetitlich genug aus zwischen den andern Gästen zu sitzen. Es soll Euch aber an Nichts fehlen,« fügte er rasch hinzu, »heh Wilhelm! besorgen Sie mir einmal für den Alten dort in die

Laube ein Mittagsessen und Bier.«

»Bier kann ich nicht gut vertragen — wenigstens nicht gleich auf den leeren Magen hinein — gäben Sie mir einen Schnaps vorher?«

»Auch den sollt Ihr haben — heh Wilhelm — ein Glas Kümmel — aber ein großes Glas, und dann dürft Ihr ihm Bier geben, was er trinken will.«

»Danke,« sagte der Bettler, und hinkte an seiner Krücke in den Garten hinein. An der Schwelle blieb er noch einmal stehn, und warf einen scheuen Blick nach rechts und links, und wandte sich dann der kleinen Laube zu, in deren Schatten er verschwand.

»Dort kommen die Wagen!« rief da Einer der Kellner, der vor die Thür getreten war, den Weg hinunter zu sehen, »hierher, Herr Helker — sie kommen!«

Der Wirth sprang mit seinem Kellner der Thür zu, die Gäste zu empfangen, und die Wagen rasselten unter dem fröhlichen Schmettern der Posthörner lustig die Straße herunter.

In dem vordersten saß Herr von Hopfgarten mit seiner jungen Frau, sein gutmüthiges Gesicht ordentlich verklärt, seine Augen blitzend in Wonne und Seligkeit, und auch in Claras liebe Züge war das frohe, süße Lächeln zurückgekehrt, das ihrem Antlitz sonst einen so unwiderstehlichen Reiz verliehen. Die düstere trübe Zeit lag hinter ihr, wie ein böser Traum, und hell und freundlich glühte wieder das Sonnenlicht auf ihren Weg.

Den zweiten Wagen füllte die Dollingersche Familie, der alte Herr mit Frau, Tochter und Schwiegersohn, denn auch Sophie war im vorigen Herbst an einen reichen Gutsbesitzer, aber ebenfalls einen alten Bekannten von uns, verheirathet worden. Herr Baron von Benkendroff nämlich hatte sich nach seiner Rückkehr von Amerika zufällig einige Zeit in Heilingen aufgehalten, dort die schöne reiche Kaufmannstochter gesehn und kennen gelernt, sich zu gleicher Zeit sterblich in sie verliebt und seine Hochzeit, da ihn auch Sophie lieb gewonnen, gleich in demselben Monat noch gefeiert.

In den anderen Kutschen, aber alle von mit Blumen geschmückten Postillionen gefahren, saßen die Hochzeitsgäste aus der Stadt, bunt gemischte, aber fröhliche Menschen, und unter ihnen das gutmüthige Gesicht unseres alten Freundes Kellmann, neben der scharfgeschnittenen aber heute ebenfalls zufrieden lächelnden Physiognomie seines unzertrennlichen Gesellschafters, des Apotheker Schollfeld.

An der Gartenthür von dem Wirth und einer Schaar geschäftiger Kellner empfangen, stiegen die jungen Eheleute aus, und begrüßten hier zuerst ihre Gäste, und während das, hinter einer künstlichen Blumenhecke aufgestellte Militair-Musikchor — eine Überraschung Kellmanns — plötzlich mit schmetternden Trompeten in Mendelsohns herrlichen Hochzeitsmarsch des Sommernachtstraums einfiel, und dem kleinen glücklichen Hopfgarten vor Rührung auf einmal die großen hellen Thränen in die Augen traten, setzte sich der Zug in Bewegung, dem Hause zu.

Das Mahl ging vorüber, wie derartige Mahlzeiten gewöhnlich thun; eine Menge Toaste wurden ausgebracht, und die glücklichen Menschen jubelten, lachten und erzählten bis spät am Nachmittag, wo der Kaffee im Garten selber servirt werden sollte, und die Gäste dann zusammen in das Dollingersche Haus eingeladen waren, wo Herr Dollinger einen kleinen Ball für den Abend arrangirt hatte.

Im Garten, bei lustig tönenden Fanfaren, bildeten sich dann kleine Gruppen, und Benkendroff, Kellmann und Schollfeld hatten sich nächst dem Thor auf dem kleinen Vorbau, wo sie die wundervolle Aussicht nach dem grünen herrlichen Thal und den fernen Bergen genießen konnten, zusammengefunden ihre Cigarre zu rauchen. Nach einer Weile fand sich auch Hopfgarten zu ihnen, sie zu bitten, sich bereit zu halten, da die Wagen bald wieder vorfahren würden.

»Wer uns das damals gesagt hätte, Hopfgarten,« rief Benkendroff, seine Hand lächelnd auf des Freundes Schulter legend, »als wir auf der Haidschnucke zusammen Whist spielten, oder selbst als wir in New-Orleans von einander Abschied nahmen, daß wir heute hier so zusammenstehen würden.«

»Dem wär' ich schon damals vor Freude um den Hals gefallen, Benkendroff,« sagte der kleine Mann mit leuchtenden Augen.

»Es ist eine merkwürdige, mir aber höchst interessante Thatsache,« rief da Herr Schollfeld, sich die Hände reibend, »daß die Menschen, die einmal in Amerika gewesen, und glücklich wieder, ein sehr seltener Fall, zurückgekommen sind, sich am wohlsten fühlen. Und trotzdem, trotz allen schlagenden Beweisen, will sich dieses unglückselige Menschenkind, dieser frühere Kürschnermeister hier, nicht warnen lassen, sondern ebenfalls mit einem Leichtsinn, den man kaum einem jungen Menschen von achtzehn Jahren verzeihen würde, hinüber nach diesem gottvergessenen Lande der Freiheit ziehn, und das nennt er sich zu Ruhe setzen. Es wäre mehr Verstand darin, wenn er hier Nachtwächter oder Briefträger würde.«

»Aber bester Herr Schollfeld,« sagte Hopfgarten, »Sie wissen ja, daß er um seine jetzige Braut erst dort angehalten hat, und von Fräulein Lobenstein doch nicht verlangen kann herüber zu ihm zu kommen; er muß sie doch wenigstens abholen.«

»Ich will auch noch gar nicht verschwören, daß ich drüben bleibe,« sagte Kellmann ruhig, »mir aber jedenfalls die Verhältnisse dort ordentlich ansehn. Meines künftigen Schwagers, Georg Donners, Beschreibung des dortigen Landes lautet keineswegs entmuthigend; von anderer Seite habe ich ebenfalls recht gute Berichte über das wirkliche Farmerleben gehört, und kann ich mir dort mit meinem Capital, und von dem Rath meiner guten Freunde unterstützt, eine ruhige, glückliche Stellung gründen, warum nicht? — Freund Schollfeld müssen Sie aber viel zu gut halten, mein lieber Herr von Hopfgarten; er ist als ein

Antiamerikaner hier schon bekannt.«

»Und hab' ich nicht recht?« rief dieser hitzig, »hatt' ich nicht recht auch mit jenem lebendigen Loblied Amerikas, jenem Weigel, der Betrügereien halber landesflüchtig werden mußte.«

»Das war ein einzelner Lump und kann nicht als Maasstab gelten,« sagte Kellmann.

»Lassen Sie das gut sein,« nahm Benkendroff hier des Apothekers Parthie, »Herr Schollfeld hat sehr gediegene und vernünftige Ansichten über Amerika, und Sie werden mir zugeben, daß i c h ebenfalls im Stande bin ein Urtheil darüber zu fällen; ich kenne das Land aus Erfahrung, aus eigener, persönlicher Anschauung.«

Hopfgarten wechselte mit Kellmann einen gutmüthig lächelnden Blick, und sagte, sich an diesen wendend:

»Wie kommt es nur, daß Sie Fräulein Lobenstein, wenn Sie dieselbe schon so lange geliebt haben, von hier fortziehen ließen, ohne ihr Ihr Herz zu öffnen?«

»Weil es ein wahnsinnig, unnatürlich verschämter Kürschnermeister war,« rief Schollfeld, die Antwort für seinen Freund aufnehmend, »wie Lobensteins hier fort waren, ging er herum wie ein begossener Pudel, sprach mit Niemandem, trank nicht mehr, schnitt ein Gesicht, als ob er Äpfelwein getrunken hätte, und wollte keinem Menschen Rede stehn, beinah zwei Jahre lang. Endlich bekam ich's heraus, und da gestand er mir, daß er — sehn Sie sich den Menschen einmal an — k e i n e C o u r a g e h ä t t e den Schritt zu wagen, obgleich er selber fast hoffe, Anna Lobenstein sei ihm nicht ganz abgeneigt. Da hört denn doch Alles auf. Na ich nahm ihn dann ordentlich in's Gebet, schon meiner selbst willen, denn es ist ja langweilig mit einem solchen verliebten Kopfhänger umgehn zu müssen. Er ließ sich auch endlich überzeugen, und ist mir nachher, wie er den Zusagebrief erhielt, um den Hals gefallen, und hat mich »sein liebes Schollfeldchen« genannt — und so ein Mensch will nach Amerika.«

202

Die Männer lachten über Schollfelds komischen Eifer und Hopfgarten sagte, noch immer lächelnd. »Sie reden gerade als ob Amerika ein Unglück wäre.«

»Ist es auch,« rief Schollfeld hitzig, »ist es auch, und der arme Teufel, der Ledermann, sonst so ein netter, rechtschaffener Kerl, wußte wohl, was er that. Der hätte auch nach Amerika gehn können, aber was ich ihm darüber die ganze Zeit vorgepredigt, hatte gute Früchte getragen; er sprang lieber in's Wasser, Ruh zu haben, ehe er solch verzweifelten Schritt that. Ist mir übrigens doch Leid um ihn, und ich hätte ihm etwas Besseres gewünscht — das verfluchte Spiel.«

»Seine Frau ist noch in Heilingen?« sagte Hopfgarten.

»Ja,« sagte Schollfeld mürrisch, »will aber wirklich dieses Frühjahr mit ihrem Bruder auswandern. Das ist auch so ein Lump, hat zweimal Bankerott gemacht, und nun natürlich nichts Gescheuteres zu thun, als daß er nach Amerika geht. Solche Leute gehören auch dorthin, aber vernünftige und rechtschaffene Menschen sollten besser wissen, was sie sich und ihren Familien schuldig wären.«

»Apropos, lieber Kellmann,« sagte Hopfgarten da plötzlich an diesen gewandt, »erinnern Sie mich doch daran; ehe Sie fortgehn, möchte ich Ihnen noch ein paar Zeilen an einen sehr lieben Freund von mir, einen Herrn Fortmann in New-Orleans, mitgeben; er kann Ihnen dort von Nutzen sein.«

»Ich danke Ihnen, ich werde es nicht vergessen — Sie haben ja wohl heute Briefe von dort bekommen?«

»Ja — eben von Fortmann. Das wird Sie auch interessiren; Sie wissen doch, daß der arme, unglückliche Loßenwerder eine Schwester hatte?«

»Lieber Gott,« sagte Kellmann, hinauf auf die Straße deutend, »an dieser Stelle trafen wir das arme Kind, Ledermann und ich, an jenem Abend, wo sie hier allein und zu Fuß in die Stadt kam, und noch keine Ahnung von der furchtbaren Nachricht hatte, die ihrer wartete. Es geht ihr gut jetzt, wie Sie uns schon früher sagten.«

»Besser jetzt wenigstens wieder — Fortmann schreibt mir eben, daß außer der bei dem Raubanfall erlittenen Mishandlung Schreck und Aufregung sie so ergriffen hätten, sie lange Monate an ihr Lager zu fesseln. Hamann hat auch deshalb besonders sein Geschäft aufgegeben, und sich weiter den Strom hinauf in ein gesünderes Klima gezogen. Der Nachlaß seines Vaters ergab übrigens, wie es scheint, ganz unerwarteter Weise, ein gar nicht geahntes, höchst bedeutendes Vermögen, das der alte Geizhals von dem Schweiß und Blut armer Auswanderer zusammengescharrt. An Aktien und Papieren, Geld und Juwelen, ganze Säle voll Leinwand und anderen Sachen gar nicht gerechnet, fanden sich weit über hunderttausend Dollar. Der junge Hamann ist aber ein braver, rechtschaffener Kerl, der gern wieder, wenigstens einen Theil dessen gut machen möchte, was sein Vater schlecht gemacht, und Fortmann schreibt mir eben, daß er, besonders von seiner Frau dazu angeregt der Stadt New-Orleans die volle Hälfte des ganzen Vermögens zur Verfügung gestellt habe, wenn sie das andere Geld zuschießen und ein großes Auswanderungshaus, das unter städtischer Aufsicht steht, gründen wolle, wo der Einwanderer vor Betrug sicher sei, und der arme hülfsbedürftige Arbeiter auf eine gewisse Zeit, seinen ersten Aufenthalt zu decken, selbst unentgeldlich Obdach und Nahrung fände. Wenn es zu Stande käme, wäre es ein Segen für Tausende, und New-Orleans, als Theil der Staaten, erfüllte damit nur eine schon längst schwer auf ihm gelegene Pflicht der Hafenstädte, Tausende von Unglücklichen, die nach Amerika kamen, dem Lande ihre Kräfte zu weihen, vor Verderben und Untergang, wenigstens vor grenzenloser Noth zu bewahren. Gott gebe seinen Segen dazu.«

»Wie wunderbar doch Gottes Wege sind,« sagte Kellmann, langsam mit dem Kopf dazu schüttelnd; »das arme Kind, das wenige Jahre früher, ohne einen Groschen, seine Nachtherberge zu zahlen, barfuß hier die Straße wanderte, verfügt jetzt über Tausende, und sucht Schmerz und Elend zu lindern, das sie selber ja so schwer aus ihrem eigenen

Leben kennt.«

»Da kommen die Damen,« sagte von Benkendroff, der sich für die Leute nicht im mindesten interessirte, und indessen langsam seinen Kaffee getrunken und seine Cigarre geraucht hatte, »Schwiegermama scheint aufbrechen zu wollen, die Anordnungen zum Ball zu revidiren. Dort rasseln auch schon die Wagen heran,« rief er seine Cigarre wegwerfend, »also meine Herren, auf Wiedersehn heute Abend.«

Die Kutschen kamen jetzt, unter dem fröhlichen Hörnerschmettern des Postillions, um die Gartenwand gefahren und die erste hielt vor dem Thor, in die Hopfgarten wieder, als Ehrenpaar den Zug anzuführen, seine junge, lächelnde Frau hineinhob, und dann Platz an ihrer Seite nahm. Langsam fuhr dann der Postillion voraus, bis sämmtliche Gäste ihre Sitze eingenommen hatten, und der ganze Zug unter dem Hurrahgeschrei der sämmtlichen Dorfbewohnerschaft, der ebenfalls für den Abend hier draußen ein Fest bereitet worden, rasch die Straße nach Heilingen hinabrollte.

Der Wirth hatte seine »innigsten Glückwünsche« sämmtlich angebracht, und seine tiefen und freundlichen Bücklinge noch gemacht, bis der letzte Wagen schon lange sein Grundstück passirt war, drehte sich dann mit demselben freundlichen Gesicht um, gab einem der in die Lehre genommenen jungen Kellner, der mit offenem Maule neben ihm stand, eine Ohrfeige, und schickte den darüber aufs Äußerste Erstaunten an seine Arbeit, und lief selber in das Haus zurück, das Wegräumen der nicht getrunkenen Weine zu überwachen.

Nur der Oberkellner blieb, sich vergnügt die Hände reibend, und mit schmunzelnden, ein vortreffliches Trinkgeld verrathendem Antlitz noch einen Augenblick in der Thüre stehn, bis auch die letzte Staubwolke auf der Straße verschwunden war, und wandte sich eben, seinem Principal zu folgen, als der alte Bettler, der bis dahin vollkommen unbeachtet in der dichten Laube gesessen hatte, daraus hervor und auf ihn zu hinkte, den Garten zu verlassen.

»Nun, Alter, hat's geschmeckt?« sagte der Oberkellner mit einem huldvollen Lächeln ihm zunickend — »seid Ihr satt geworden?«

»Vollkommen, Gott lohn' es Ihnen!« seufzte der Mann und strich sich mit der Hand über das Gesicht — »aber eine Frage hätt' ich noch, die Sie mir wohl beantworten können. Jener Herr von Hopfgarten —«

»Ja?« frug der Kellner, die Augen fest zusammenpressend, und sich wieder aus Leibeskräften die Hände reibend — »der eben fortfuhr?«

»Ja, derselbe — war der Herr auch schon einmal in Amerika?«

»Der? — nun ja, gewiß; auf der Hinreise hat er ja seine jetzige Frau, die frühere Madame Henkel kennen lernen.«

»Hm — ja Henkel,« wiederholte der Mann leise vor sich hin.

»Dort hat er auch,« fuhr der Kellner, seinem Ideenlauf folgend, der ihn besonders interessiren mochte, fort — »den früheren Wirth hier vom rothen Drachen, den Lobsich, gefunden, der in Milwaukie ebenfalls einen rothen Drachen errichtet hat. Bei Tisch erzählte er uns die Geschichte — hahahahaha — es war zu komisch. Na adieu Alter — glücklichen Marsch,« und den Mann in der Thüre stehn lassend, ging er vor allen Dingen in die Laube, wo jener gesessen, zu sehn, ob er auch weder Messer noch Gabel mitgenommen und schoß dann, wieder wie vorher die Hände reibend, als ob er sie in Feuer bringen wollte, nach dem Speisesaal hinüber.

Der Bettler drehte sich langsam ab von ihm.

»'S ist mir doch 'was Unbedeutendes!« flüsterte er leise und tief aufseufzend vor sich hin, und hinkte, während ihm eine große Thräne über die eine offene Backe hinunter und in das Tuch lief, dem nicht mehr fernen Heilingen zu.

## FUSSNOTEN – FOOTNOTES

1: In Arkansas kann und darf kein Ansiedler wegen irgend welcher Schulden gepfändet werden, wenn er nicht mehr hat, als ihm das Gesetz an Eigenthum gestattet und für seine Existenz für nöthig hält. Seine Wohnung, sein Bett, seine Büchse, sein Ackergeräth, sein Pferd und zwei Kühe dürfen nicht angerührt werden, und so gerecht und wohlthätig das Gesetz auch sein mag, läßt sich denken daß es manchmal gemißbraucht wird, indem der Farmer sein »überzähliges Vieh« nur auf kurze Zeit zu verleugnen und einem andern Nachbar zuzusprechen braucht.

2: Ich frug einst in Arkansas die Frau, in deren Hause ich wohnte, eine geborene Irländerin und sonst ganz vernünftige, brave Matrone, die ebenfalls dieser Sekte angehörte, ohne jedoch selber jemals vom »Geiste befallen zu werden,« ob sie denn wirklich glaube, daß die in solchen Zustand verfallenden Menschen etwas Derartiges ohne ihren freien Willen, ohne jede Absicht thäten, und also wirklich begeistert würden? – worauf sie mir antwortete: »Ja! – ich habe auch früher geglaubt, die Menschen verstellten sich, wenn ich mir auch den Schaum auf den Lippen nicht erklären konnte; ich dachte aber doch, der Wille des Menschen vermöchte auch dieß zu bewirken, und so sehr mich die Religion der Methodisten erfaßte und zu sich hinzog, so sehr schreckte mich diese Begeisterung, die ich für Heuchelei hielt, zurück. Da kam ich eines Abends auch aus einer solchen Versammlung zu Hause, und war recht traurig, uneinig mit mir selber; ich wußte nicht was ich thun, was lassen sollte, und bat den lieben Gott noch unterwegs recht inbrünstig, er solle mir ein Zeichen geben. Als ich mein Haus betrat hörte ich ein Flattern und mit den Flügeln Schlagen; ich hatte ein paar kleine zierlich gefleckte

Hennen, die oft zu mir ins Haus (das Zimmer ist in Arkansas gewöhnlich gleich das ganze Haus) kamen, und die Brosamen aufsuchten. Ich sah mich danach um, und fand das eine von den beiden Hühnern unter dem Bett, anscheinend in Krämpfen, mit den Flügeln schlagend, mit den Beinen strampelnd, die Augen verdrehend, gerade wie ich die Bewegungen bei den Begeisterten gesehen hatte, und — es gab mir ordentlich einen Stich in's Herz — mit Schaum am Schnabel. Da war ich überzeugt; das Huhn — ob sich die Menschen verstellten — das Huhn verstellte sich nicht; das war Natur; der Zustand war also natürlich, er existirte, und von dem Augenblick an beschloß ich zu dieser Sekte überzutreten.«

3: Das Prairiehuhn ist ein Mittelding etwa zwischen dem wilden Truthahn und Rebhuhn; es erreicht die Größe eines gewöhnlichen Haushuhns, hat aber einen ziemlich langen Hals und befiederte Stender, den kurzen, niedergekehrten Schwanz aber vom Rebhuhn. Das Fleisch ist nicht besonders, ziemlich dunkel und leicht zäh; nur die Brust ist gut, doch trocken zu essen. Sie finden sich in ungeheueren Mengen über die ganzen Prairieen von Illinois, und schaaren sich im Winter besonders zu Völkern von vielen hunderten zusammen. Aufgescheucht gehen sie aber ziemlich weit, ehe sie wieder einfallen, und verlangen einen tüchtigen Schuß und schweren Schroth, erlegt zu werden.

4: Zweites Frühstück

5: Sie sind mein Gefangener.

6: Fertig für die Hölle!